双子の王子に双子で婚約したけど「じゃない方」だから闇魔法を極める2

ジークフリート
リンデンベルク王国の
双子王子の兄。
物腰が柔らかく
紳士的で人望も厚いが、
時折ドライな部分が
顔を見せることも。
ギルベルト
リンデンベルク王国の
双子王子の弟。
口が悪く一見冷たいが
情熱的な一面がある。
酒を呑むと
大変なことになる。
リュカ
リューペン王国の
双子王子の弟。
類稀な才能と膨大な
知識を持っていたが、
シュリを救うために
手放した。
シュリ
リューペン王国の
双子王子の兄。
ゾネルデの日の事件を
きっかけに不吉の象徴
から幸せの象徴に
変わり始める。

エルンスト
レイオット王立
魔法学院の
闇魔法の教授。
ミショー
元ルベレー王国の
闇魔法士。
ライナー
レイオット王立
魔法学院の
聖魔法の新任教師。
コンラート
フレーベル伯爵家の
長男で、シュリの
一番の大親友。

◆帰郷編

第一章　故郷へ帰る

　冬休みが明け、最高学年の二学期が始まった。

　生徒たちの中には卒業後も学院に残り研究の道に進む者も多いが、寮生のほとんどが王侯貴族であるビオレット寮の生徒たちは、卒業後に領地へ帰る者ばかりだ。

　シュリやコンラートも例外ではない。最後の冬を名残惜しむように、数日前から二人で昼休みの時間を利用して少しずつ雪を集め、校舎の庭に巨大な雪だるまを作っていた。

「コンラート、悪い、もうちょっと右」

「オッケー」

　卒業記念にと校舎の庭で一番大きな雪だるまを作ろうと張り切ったのはいいが、あまりに大きすぎて背伸びしても頭の部分をのせられず、シュリはコンラートに肩車をしてもらっていた。

　さらに、ただ大きいだけではオリジナリティがないと、雪だるまの頭の両側に猫の耳を付けた。

「うわぁ～～可愛いクマ!!　シュリたんはやっぱり天才！」

「ク、クマじゃない！　ネコだ」

「えっ？　うっそ、マジ？　あ、じゃあこれシュリたんご自身……？」

ズモモ……と立ちはだかるように聳《そび》え立つネコ雪だるまを見上げて、コンラートが首を捻った。

「いや、白いからこれはリュカ……のつもりだったんだけど」

「なるほど！　たしかに、リュカちゃんって感じの大物具合だねえ」

コンラートが下で頷きながら笑っているのを聞きながら、シュリはクマと間違えられないようにと耳の形を整えていく。しかし手を加えようとすると崩れてしまって、なかなか難しい。

「よし！　できた！　あとは顔を付ければ完成だ」

地面にぴょんと飛び降りると、土台が完成したネコ雪だるまを見上げて、シュリは目を輝かせた。

（うん、上出来だ）

「すごいじゃん。こんなおっきい雪だるま見たことないよ。ネコ耳付いてるのも、最高」

「コンラートがいっぱい雪集めしてくれたおかげだ」

手袋をしていても冷えてしまって痛くなった肉球を擦り合わせて礼を言うと、真っ白な息が上がった。

じっとしているとブルブルと震えてしまう。それに気づくと、コンラートは自分の手でシュリの両手を包みこんで摩《さす》りながら言った。

「シュリ、これ以上は肉球を痛めちゃうから顔を付けるのはまた明日のお昼にしよ？　ほっぺた真っ赤だよ。今夜もめちゃくちゃ寒いらしいし、溶けないと思うから」

「……ああ、さすがに寒くて限界だ。もうすぐ午後の授業も始まるし、そうするか」

辺りを見回すと、先ほどまで雪だるま作りで賑わっていた庭は、誰もいなくなっていた。皆、寒くて寮の中に引っ込んだのだろう。

下級生に交ざってはしゃぎ過ぎたと、シュリは頬を赤らめた。

「ごめんな、コンラート。寒いのに長く付き合ってもらって」

「いいのいいの。この国にずっと住んでると雪ってうんざりするだけだけど、シュリたんが大はしゃぎしてるのを見ると、悪くないもんだなって思うんだよね～。リューペンは暖かいから雪が降らないんだもんね」

そう言って笑うコンラートの鼻と頬も、寒さで真っ赤になっている。

(いいやつ……)

思わず何度目かわからない呟きが漏れそうになったが、聞き飽きたと言われるだろうと呑み込んだ。

黒猫の半獣のシュリは、手足の七割が黒い毛で覆われている。全身に付いた雪を手で払って落としていると、コンラートが「俺も手伝う～」とシュリの腕をわしゃわしゃと撫でた。

「ほんとシュリたんの毛並みはいつも最高だけど、冬毛はモフモフ増量でさらに最高だなあ」

「逆撫では禁止！」

毛並みに逆らって撫でられるのはなんとなく気に食わず、コンラートを尻尾で叩いて抗議する。

「ごめんごめん。ついワッシャワッシャしたくなるんだよねー」

「ったく……」

尻尾に降り積もっていた雪を払い落として校舎へ戻ろうと歩きだすと、ふと、前方の見知った後ろ姿に気づいた。

「あれ？　リュカだ」

「ん、どこどこ？　あ、ほんとだ」

輝くような純白の毛を持つリュカは、室内にいると誰よりも目立つが、今日のような雪の日は逆に風景に溶け込んでいる。彼は両手いっぱいに資料を抱えて、少し危なっかしい足取りで寮へ歩いているようだった。

（リュカ……？）

もうすぐ授業が始まるというのに、どうして寮へ戻ろうとしているのだろう。

慌ててリュカに駆け寄って資料の半分を持ってやると、さらに追いかけてきたコンラートがそれを取りあげ、リュカの分も合わせて全て一人で持ってくれた。

突然手が軽くなったことに驚いたのかリュカは一瞬金色の目を丸くしたが、シュリたちの姿に気づくと小さな牙を見せて屈託なく笑った。

「ありがとうー。二人は今日も雪だるま作り？　すっごい大きいのができたね」

「あ、ああ」

リュカも編入したての時は大きな雪だるまを作っていたが、最近は、「もう飽きた」と言って作っていない。

対照的に、在学三年目でも雪が降ると未だに大はしゃぎしてしまう自分が恥ずかしくて、シュリはリュカから目を逸らしながら頷いた。

「でっかいリュカちゃんだるまを作ったんだよねえ、シュリ？」

コンラートの言葉に、リュカは庭の雪だるまを二度見して「えっ⁉」と驚きの声を上げた。

「待って、あれ僕なの⁉　空想上の不思議な生き物だと思ってた」

「……」

「ご……ごめんごめん。立派に作ってもらえて嬉しいよ！　なんか偉い人になった気分！　ありがとシュリ」

いつも飄々としているリュカがこんなに慌てるのは珍しく、必死にフォローされると逆にいたたまれなくなる。

どう見たって猫だろう、とシュリは少し不貞腐《ふてくさ》れつつ話題を変えた。

「……リュカ、寮に戻るのか？　もうすぐ授業始まるぞ？」

「あー、授業は出ないよ。今の僕の学力、一年生以下なのに最高学年の授業受けてわかる訳ないしね。割り切って部屋で自主勉した方が有意義だもん」

実に合理的で、リュカらしい考え方だと思う。

ゾネルデの日に自分の才能を代償にシュリを助けて以来、彼は魔法の才能を全て失ってしまった。

そのことが大々的に公表された訳ではないが、学院長から教師陣には伝えられているし、生徒たちにも噂話ですでに知られている。

誰もがリュカの才能を惜しみショックを受けたが、失ったもののあまりの大きさゆえにか腫物に触るような扱いになっており、教師も彼の友人たちも、誰も何も触れてこない。

未来の国王候補の婚約者を卒業させない訳にもいかないため〝仕方のないこと〟とし、授業やテストの成績に、これまでの輝かしい功績を加味して、及第点にしてくれているらしい。

だが、だからと言って授業にすら出ないとなると本当に自室に籠りっぱなしになってしまうことを、シュリは心配していた。

息抜きに誘っても、勉強したいからと最近は断られてしまうことの方が多い。他の友人たちの誘いも断っているようだ。

あと半年足らずで学生生活も終わる。いつも友人に囲まれて楽しく青春を謳歌していた彼が、最後は部屋に籠って独りぼっちのまま卒業するなんて、寂しかった。

ましてやそうなったことには、シュリに原因がある。

(ごめん、リュカ。ごめん……)

心の中だけで何度も謝るが、口には出せない。それはリュカが一番嫌がることだとわかっているからだ。

リュカを寮まで送り届けたあとに校舎へ戻ると、教室内は暖炉《だんろ》が焚《た》かれていて、とても暖かかった。

最高学年にもなると、素行点が関係なくなる。テストの点数だけで卒業試験をパスする自信のある生徒は授業をサボって自主学習にする人もいるが、聖魔法の授業は人気のためか出席している人が多い。

聖魔法が人気というよりも、新任の教師のライナーの授業が面白いと人気なのだ。おそらく欠席者はリュカだけだろう。

二人並んで座れる席がかろうじて空いていたので、コンラートと並んで腰かける。

ノートを広げて授業の準備をしていると、近くの席に座っていた生徒たちが、校舎前の庭に聳《そび》え立つ雪だるまを指差しながら言った。

「ねえ、あの巨大なクマの雪だるま作ったのってシュリ？」

教室では何度も顔を合わせていたが、実際に話すのは初めてだったので、シュリは驚いて反射的に尻尾の毛を膨らませた。

長いこと「じゃない方」と呼ばれて遠巻きにされていたシュリは、未だに人見知りなところがある。熱心に慕ってくれているノイマンたちとは大分打ち解けてきたが、完全に気を許している友人はコンラートだけ。

最近は気さくに話しかけてくれる人が増えているのだが、普段は国王候補の婚約者ということで『様』付けで呼ばれることの方が多いので、突然フレンドリーに話しかけられるとドキドキしてしまうのだった。

（う、嬉しいな……）

早く会話に応じなければと思いながらも緊張で固まっていると、コンラートが助け船を出すように割って入ってくれた。

「違いますー。クマじゃなくてネコチャン雪だるまですー。ちなみに、俺とシュリの愛の合作ね」

「え⁉　どう見てもクマじゃん」

「……ネコ、なんだ。耳、上手くつけられなくて……」

たしかに上手く耳の形を成形できなかったため、遠くから見ると丸っこく見える。

ぺしょりと耳を下げてネコだと訴えると、彼らは「うっ」と呻《うめ》いて顔を赤らめ、慌てて「ごめんごめん」と謝った。

「お詫びに明日僕も手伝うよ！　僕、結構器用だから、耳のところ上手く調整してあげる」

「そうだそうだ！　どうせなら皆でもっとでっかくしようぜ」

彼らは口々に言い合って、シュリの頭をグリグリと撫で回した。

「でもいいなぁ～シュリは。この季節、毛が生えてるとあったかいでしょ？　ちょっとモフってもいい？」

「ダメ。シュリたんへのおさわりは俺の許可を通してくださーい」

コンラートが手で×印を作ると、周りの皆がブーイングを始める。

「なんでだよ！」

「独占禁止だコンラート！」

「別に良いぞ。減るもんじゃなし……」

シュリがそう言い、おずおずと袖を捲《まく》ると、皆が寄ってきてわしゃわしゃとシュリの腕を撫で始めた。

「あっ、ちょっとそこ！　逆撫では禁止！」

遠慮なく撫で回す同級生たちにコンラートが注意するが、彼らは聞く耳持たずだ。

「うわっ、つーかシュリ、肉球冷たい！　尻尾の毛も湿ってるし」

「ほら、もっと暖炉《だんろ》の近く行きなよ。猫って寒いの苦手なんでしょ？」

「俺のセーター着てていいよ」

皆が口々に言うや、シュリは暖炉《だんろ》の側に連れていかれ、タオルで腕や脚を拭かれ、セーターを着せられ、マフラーでぐるぐる巻かれてしまう。

シュリはしばらく皆の勢いに圧倒されてされるがままになっていたが、雪で湿った毛が乾き、体が温まってくると、じんわりとした幸せを噛みしめた。

（……あったかい。みんな優しいな……）

この学校に入った頃には考えられなかった日常だ。

あの頃は周りが全員敵だらけに思えたけれど、最初から味方はいたのだろう。

（頑張って良かった……一歩踏み出せて、変われて良かった）

暗闇の中から強い光に焦がれて燻《くすぶ》っていた。今は、この暖炉《だんろ》のような温かい仄《ほの》かな明かりの中にいられている。

（でも、リュカは……）

しかし、こうして自分が幸せに生きているのはリュカが助けてくれたおかげなのに、彼は今一人で部屋にいる。リュカ自身がそうしたいと言っていたが、本当にそれでいいのだろうか。

やはりもう一度声を掛けに行こう――と思ったその時、授業の本鈴が鳴ってしまった。同時に教室のドアが開き、新任の聖魔法教師ライナーが入ってきて、皆慌てて自席へと戻っていく。

だが、ライナーは教壇を通り越すと暖炉《だんろ》前に直行してしゃがみこみ、手を翳《かざ》し始めた。

「あ〜〜あったまる〜〜」

ライナーは今秋からの新任の聖魔法教師だ。少しボサッとした癖のある髪の毛をいつも一つに束ねている。

王立魔法研究所にも籍を置いており、聖魔法研究の第一人者としても有名な聖魔法士なのだという。しかし彼はまだ二十二歳と若く、明るく爽やかで話しやすいため、生徒からの人気は高い。

シュリにとって聖魔法は苦手属性なので冬休み前の試験の際には何度か質問したことがあるが、いつも気さくに教えてくれ、しかもその説明がわかりやすいのだ。

威厳など微塵《みじん》も感じられない、友人のような教師だった。

「ちょっと先生、あったまってないで授業してくださいよ」

誰かが笑いながら言うとライナーは渋々立ち上がり、暖炉《だんろ》を離れた。

「だって先生が学生の頃には、この教室に暖炉《だんろ》なかったんだぞ？　制服の上にセーター着るのも禁止だったしさぁ。お前らが羨《うらや》ましいよ」

「えー、じゃあ冬の間どうしてたの？」

「休み時間にこっそり聖魔法使って教室あっためてた。ほら、聖魔法の光って放つ時に結構熱を放出するだろ？　あの熱を利用すると、すんごい暖かくなるんだよな」

「こんな広い部屋が暖かくなるほどの光なんて出せないよ」

「先生は学生の頃から天才だったから出せたんだよ」

かつてのリュカは、人を焼き尽くせるぐらいの強烈な光を生み出すことができていたが、普通の学生にそんなことはできない。

ちなみにシュリは聖魔法が特に苦手ということもあって、ほんのりとした程度の光しか出すことができない。彼の言う通り、ライナーは学生時代から、かなりの聖魔法の使い手だったのだろう。

「でもやりすぎて窓割っちゃったことあって……学院から弁償代請求されたけど、先生ん家貧乏だから払えなくてなぁ。二カ月ぐらいヴァイス寮の食堂で皿洗いのバイトしたよ」

アハハ、と笑いながら言うライナーに、教室からも「先生やばい奴だ」と笑い声が上がった。

「そういえば、リュカも前に似たようなことやってたな。演習室が寒いから温めるって」

「あったあった。窓は割ってなかったけど」

後ろの方の席で、何人かが言い合っているのが聞こえたのか、ライナーが不意にシュリの方を向いて言った。

「シュリ。今日もリュカは授業欠席か？」

「は、はい。その……具合が悪いみたいで」

そう伝えてほしいと頼まれているのだが、当の本人はピンピンしている。

「えーっと、それはこの三週間ずっと具合が悪いってことか？」

ライナーに笑いながらそう聞かれ、シュリはブンブンと首を縦に振った。

リュカがライナーの授業を欠席するのはこれで五度目。

生来不器用な性格が災いし、嘘を吐くのがあまり得意ではなく尻尾がゆらゆらとしてしまい、目が泳ぐ。

ライナーは笑みを浮かべたままジーッとシュリの顔を見つめていたが、やがて言った。

「そっかぁ。それは心配だなぁ。じゃあ来週も授業欠席だったらお見舞いに行かせてもらおうかな」

「え!? は、はい……」

どう考えても、嘘だとバレている。

ライナーの爽やかな笑顔を見て、シュリは暴れ回る尻尾を握りしめて押さえ、ただただ青ざめた。

(来週は、ちゃんと教室に連れてこないと……)

今週末はちょうどギルベルトと会う約束もしている。リュカについて、相談させてもらおうと思っていたのだ。

――お試しで付き合ってほしい。

半年前の夏、ギルベルトにそう言われてから、シュリは彼と時折外出している。

彼はぶっきらぼうに見えて意外に几帳面な性格で、とても筆がマメだ。きっちり二日に一通の頻度でピグルテが飛んでくる。

他愛もない日常の話ばかりのその手紙の中で、治癒魔法でわからない問題があると話したところ、詳しく教えてくれるというので、今週末、久しぶりに街のコーヒーハウスで会うことになっていた。

ギルベルトは長年リュカの婚約者だったのだ。何か良いアドバイスをくれるかもしれない。

シュリはライナーの授業を聞きながら、今週末の予定について思いを馳せ始めた。


――週末。

休日の昼下がりということもあり、広場に面したコーヒーハウスはいつになく活気づいていて、弦楽器の音や人々の談笑の声に溢《あふ》れている。

シュリはギルベルトと共にテラス席に腰かけて、辺りを見回した。

(懐かしいな)

このコーヒーハウスは、かつてジークフリートと交際していた時にもよく訪れた。一度、ギルベルトがリュカと共に来ていた時に鉢合わせたこともある。

(そういえばあの時……)

ギルベルトがリュカの頬にキスをしていたことを思い出した。キスと一概に言っても口以外のキスは恋愛のキスとは限らない。

実際、リュカもギルベルトも互いに恋愛感情はなかったと言っていたが、あの時は二人のキスにドキッとして、彼らは恋人関係にあるのだと思った。

なぜか今更思い出して、少しモヤモヤとする。

「……なに怒ってんだ？」

「え？」

「いや、尻尾」

「あ……っ、ご、ごめん!!」

シュリの尻尾はいつのまにか大きく揺れていて、バシッバシッとギルベルトの頬を強く殴りつけていた。たしかにこれは怒っている時の尻尾の動きだ。

(なんで俺、怒ってるんだ……？)

不思議に思いながら尻尾を手で押さえ、シュリは取り繕うように言った。

「昔四人でこのテーブルで勉強した時のこと思い出して……あの時は俺、ギルと仲悪かったなぁって」

しみじみと言うとギルベルトはバツの悪そうな顔をして黙り込んだ。

「……でもあの時、ギルは俺のこと助けてくれたよな」

「は？」

「ほら、みんなが古代語の解釈の話で盛り上がってて俺だけついていけなかった時、ギルも古代語わからないふりしてくれただろ」

あの時は気のせいだと思っていた。だが、今ならはっきりわかる。あれは彼なりの助け舟だったのだろうと。

「……そう、だったか？　全然覚えてねーけど」

彼はそう言ってプイッと顔を逸らしてしまった。

「……で？　どこの問題がわからないって？」

「ああ……この治癒魔法の問題なんだけど……」

先にリュカのことを相談したかったのだが、ギルベルトはすでにシュリが失点した小テストの問題用紙を手に取り、長文問題を読み始めてしまった。

「……これは、結構意地が悪い引っかけ問題だな」

彼はさっと目を通しただけでシュリが何で躓《つまず》いているのか理解したようだ。

その治癒魔法の問題は、腹痛を訴えている男性の症例が書かれており、どの呪文をどの部分にかければ完治するかを問う長文臨床問題だった。

実際にその男性が治癒魔法士にかかった時の診察結果が、そのまま問題文に記載されている。

「……ロモの実を食べて激しい腹痛が起きたってことは食中毒だろ？　なんで腹部に解毒魔法のキアレスの魔法をかける選択肢が間違いになるんだ？」

「この患者にキアレスの魔法をかけるっていうのは間違ってねーよ」

「え……じゃあなんでだ？」

「原疾患が食中毒じゃないからだ」

「うーん。じゃあ、ストレス性の胃痛か？」

ストレス性の胃痛はシュリにも身に覚えがあることだ。問題文にも、男性は家族仲が悪く大きなストレスを抱えていた、と書いてある。

しかしストレス性の胃痛ではない理由があった。

「ストレス性の胃痛なら、解毒魔法は使わないだろ？」

「たしかに……」

「だが、〝家族仲が悪かった〟というのはヒントだ」

ますますわからないと首を傾げていると、ギルベルトは問題文に目を落とした。

「治癒魔法で一番難しいのは、痛みの根本の原因を突き止めることだ。痛みが出ている場所が直接の原因とは限らない。的外れな場所に魔法をかけても絶対に治らねえ。このケース、主訴は腹痛だが原因はもっと別のところにある」

「魔法をかける場所が……違う？」

小首を傾げると、ギルベルトはなぜか少し頬を赤くしたあとに咳払いをした。

「男の生い立ちから読み直して、痛みを生じさせた根本の原因を探せ。根本を治さなければ、絶対に痛みは消えない。文中にヒントが隠れてる。まあ多少の知識も必要だが……」

ギルベルトはシュリが持ってきていた治癒魔法に関する辞書の中から、薬草事典を手に取ってシュリに渡した。この中にヒントがあるということだろうか。

「今の俺のヒントを踏まえてもう一度読み直してみろ」

「わ、わかった」

シュリはその長文問題を、頭から読み直すことにした。

問題文には男性に関するあらゆる細かい情報が書かれている。

幼い頃からの食習慣や、発症までの数日以内に口にしたものなど、症状を引き起こすきっかけになりうることの全てが記録されており、どれが腹痛の直接の原因なのかを特定するのは容易ではなかった。

その間、ギルベルトは山積みになった文書に目を通したり、サインをしたりしていた。

ゾネルデの日の事件後、王妃の呪いによって国王は体調を崩して臥《ふ》せっており、今は実質ジークフリートとギルベルトが王の代理を務めている。

二人で仕事を分けているとはいえ、隣国ルベレーとの関係悪化により混乱している国の政治の忙しさは尋常ではないようだ。今日もよく見ると、目の下にうっすらと隈が見える。

僅かな時間の合間を縫ってシュリに会ってくれているが、デートと言っても勉強を教えてもらうか、食事を共にするか、一緒に買い物をするか、ぐらい。

(そういえば……ジークともそうだったな……)

いつも部屋で一緒に勉強をして、休日はたまに街に出た。たくさん膝にのせてもらい、キスをした。

そんな風に過ごしたのはすごく短い間だったけれど、宝物のように大切な思い出だ。

ジークフリートとの恋が終わった時、シュリは自分の命すら投げ出したいと思った。

目を覚ました時、生きていることに絶望さえして、もう二度と恋なんてしないと心に決めた。

だがギルベルトに助けられて必死で立ち上がって、闇魔法によってようやく自分の進むべき方向を掴んだ。

そしてゾネルデの日の事件。

エーリヒを助けるために死を覚悟した時、心から「生きたい」「生きて、もう一度恋をしてみたい」と思った。

それなのに、シュリは未だにギルベルトに対する想いが友情なのか、恋なのかわからずにいた。

彼に対する感情は、かつてジークフリートに対して抱いていたあの苛烈で、全身でぶつかっていくような恋の形とはまるで違っていて、同一の感情ではない気がしたからだ。

だからといって、コンラートに向ける特別な感情ともまた違う。

(ギルとキスなんて……想像もつかないしな)

考えただけでなぜか気恥ずかしくなってしまい尻尾をゆらゆらとさせていると、「集中しろ」とギルベルトに突然腕の毛をわしゃわしゃと逆撫でされた。

「うわあああああっやめろ！」

「やめねえ」

「悪かった！　悪かったって！」

尻尾を振り回して降参すると、十秒もしないうちにギルベルトは逆撫でするのを止めてくれた。

「ううう……」

ボサボサになってしまった毛をもう片方の手で梳《す》いて元通りにしていると、ギルベルトが不思議そうに言った。

「なあ。なんでそんなに逆撫でが嫌なんだ？」

「ボサボサになるし、なんか……こう、ゾワゾワするから嫌なんだ。あと尻尾も……敏感な場所だから触らないでほしい」

「へえ……」

ギルベルトはなぜか微かに顔を赤らめて逸らしたが、今度は毛並みに沿って大きな手で撫でて元通りにするのを手伝ってくれた。

……ゴロゴロゴロ……

心地良さに思わず喉が鳴ってしまい、シュリはハッとした。

昼下がりの静かなコーヒーハウスに盛大にゴロゴロ音が響き渡ると、周りで勉強していた学生たちも顔を上げ、何事かと辺りを見回している。彼はシュリが喉を鳴らすのが物凄く好きなようで、ゴロゴロ音が出ると撫でるのを止めないのだ。

「ギ、ギル、撫でるのやめろ。まだ仕事が残ってるんだろ？」

「片手が使えれば十分だ。やめてほしかったらサボってないでさっさと問題を解くんだな」

反論しても撫で続けられ、シュリはゴロゴロ喉を鳴らしながら長文問題を読むはめになった。

（……ギルはジークよりずっと意地悪だ）

ジークフリートも、教え方は意外と厳しかったが意地悪はしなかった。

集中できていない時は紅茶を淹《い》れて一息つかせてくれて、問題が解けた時は思いきり撫でて褒めてくれた。きっともう、二度と戻れない宝物のような甘い時間だった。

——愛してる。ずっと……、愛してるんだ。王位なんて……いらなかった……。何も、いらないから、君と……

ゾネルデの日に、瀕死のジークフリートが口にした言葉を思い出して思わずハッとすると、ギルベルトが仕事の手を止めてこちらを見たので、シュリは慌てて問題に目を落とした。

それから三十分程経っても、シュリはその問題を解くことができなかった。あと一歩でわかりそうなのに、どうしても答えに行き着かない。

ギルベルトはすでに書類仕事を終えてしまったようで、コーヒーを飲みながらシュリをぼんやりと見つめている。

(……集中できない)

癖なのかわからないが、彼はボーッとしている時、シュリの顔をじっと見つめる。これはジークフリートに勉強を教えてもらっていた時もそうだった。

兄弟そろっての変な癖だ。こんなに至近距離で見つめられると、さすがに気まずい。

だが、貴重な時間を割《さ》いて教えてもらっているのだ。早く問題を解かなければならないと必死に問題文を読み込み、ああでもない、こうでもないとノートに書きなぐっていく。

十分程経った頃、ふと、シュリは肩に重みを感じた。

「え……」

視線を横に向けると、ギルベルトがシュリの肩にもたれかかって眠っていた。金の髪が頬にかかり、少しくすぐったい。

昔ミショーの特訓の帰りに迎えに来てくれた馬車の中で、シュリがよくギルベルトの肩に寄りかかって眠ったことはあったが、逆は初めてだ。

というより、ギルベルトが眠っているところを見ること自体が初めてかもしれない。

よほど疲れているに違いない。スヤスヤと眠る目元には、今はくっきりと隈が浮いている。起こさないように息を潜め、ますます落ち着かない中、必死に問題文を読み直した。

——キアレスの魔法をかけるっていうのは間違ってねーよ。

——痛みが出ている場所が、直接の原因とは限らない。

ギルベルトから言われたアドバイスを念頭に置き、何度も長文を読み、渡された薬草事典と見比べる。

「わ、わかった！」

思わずそう小さく叫ぶと、その衝撃でシュリの肩に寄っかかっていたギルベルトがずるりとバランスを崩し、膝の上に頭が乗ってしまった。

「わ!?」

反射的に毛を膨らませて驚いていると、衝撃でギルベルトも目を覚ました。彼はしばらくの間寝ぼけた様子でゆっくりと瞬きを繰り返していたが、やがて上から覗き込んでいるシュリと目が合うと、慌てて飛び起きた。

「……俺、寝てたか？」

「す、少しの間だけ……」

真っ赤になりながら頷くと、ギルベルトはシュリの太腿《ふともも》を見つめながらゴクッと喉を鳴らした。

「……まさかお前の膝枕で？」

「いや、肩に寄っかかって寝てただけだけど……その、途中で膝に頭が落ちて……その……」

「そうか……」

互いになんとなく気恥ずかしく無言になっていたが、しばらくしてギルベルトはシュリの苦戦の跡の残るノートに視線を移した。

「答え、出たみたいだな」

「ああ。男性の腹痛の根本の原因は、食中毒じゃなくて、〝毒〟だ。だから、キアレスの魔法を使うっていうのは間違ってなかったんだ」

問題文の一行目にさらっとだが、この男性の生い立ちについて書かれていた。

男性はニンゲル地方の出身で、家族と折り合いが悪く、兄弟の中で一人だけ子供の頃から染物の仕事を手伝わされていたとある。

ニンゲル地方の染物は、フェニルの葉から抽出される鮮やかな赤い染料が使われることで有名だ。薬草事典で調べてみたところ、強い痛み止めの薬草として使われるが、弱毒性があるらしいと記載されていた。

大人が飲む分には服用時に副作用が現れるだけで済むが、体が未発達の子供が飲むと解毒しきれずに体内に微量の毒が溜まっていく。

そして大人になった時、特定の食べ物を摂取するといった些細なきっかけで、激しい頭痛や吐き気、腹痛など様々な症状を引き起こす。場合によっては死に至るとも書かれていた。

「この場合、腹痛の大元は食中毒じゃなくて全身に蓄積された毒だから、お腹じゃなくて身体全体にキアレスの魔法をかけないとダメなんだ」

シュリは解答を言いながら、少し切なくなった。

他の兄弟たちは危険だからと免除されていた中で、たった一人だけ、仕事をさせられていた。それは、彼の身体だけが大人たちから蔑《ないがし》ろにされていたということだ。

その心境を思いながら思わず耳を下げていると、ギルベルトが「正解」と言った。

「……この手の引っかけ問題はよく出るからよく覚えておけ。……まあでも、ヒントは出したけど自力で解けたんだから優秀な方じゃねーの？」

書類に目を落としたまま、ギルベルトは少し早口に言ってぎこちなくシュリの頭を撫でた。またしてもゴロゴロと喉が鳴ってしまう。

ギルベルトは褒めることがあまり得意でないようだ。それでもぶっきらぼうに褒めてくれることに、胸がホカホカと温かくなる。ポケットから懐中時計を取り出すと彼は「やべ」と小さく呟いた。

「そろそろ戻る」

「ああ。ごめん……今日は本当にありがとう」

(リュカのこと、相談できなかった……)

そう思っていると、ギルベルトがコートに袖を通しながら声をかけてきた。

「なんか他に、俺に相談したいことがあるのか？」

「え!?　……よ、よくわかったな」

「ま、お前のことは一挙手一投足よく見てるからな」

「……え？」

「い、いや、ちがう。寝ぼけて間違えた！　お前は意外とわかりやすいって言おうと思ったんだよ！」

ギルベルトの顔が赤くなっていく。それを見たシュリもまた釣られて、頬が熱くなるのを感じた。

「今日はもう無理だけど、明後日の夜なら時間作れるから、夜間外出届出しておけ」

「でも……ギル、忙しいんじゃないのか」

今日だって相当無理をして時間を作ってくれたのだろう。

「忙しかろうとなんだろうと、必要な時間は作る」

「……ありがとう」

ギルベルトには本当に、してもらってばかりだ。

「俺、卒業したらたくさん仕事手伝うから」

「……いや、それはいいから……その代わり膝……い、いや、な、なんでもない。とにかく、今日は帰るぞ」

ギルベルトが何を言いかけたのか気になってシュリは首を傾げたが、聞いている暇はなさそうだ。

その日はそのまま、慌ただしく解散となった。

■

週明けの平日。午後の授業は全て自主学習の時間だった。

シュリは基本的に自主学習の時間を、全て闇魔法の特訓に充てていた。

ミショーに学ぶことはまだまだたくさんある。

卒業まであと半年。時間がなかった。

だが、精神の安定が何より大事な闇魔法において、焦りは禁物だ。ミショーもシュリの性格はよくわかっており、普段から適切に休息の時間を取っていた。

最初のうちは、もっと練習時間を増やした方がいいのではないかと思っていたが、最近はこれを含めて闇魔法の授業なのだと思うようになっていた。

他愛ないおしゃべりの中で、ミショーはシュリが今抱えている悩みや不安がないかよく観察してくれている気がする。

今日もまた、十五時になると休息を兼ねたティータイムが始まった。なぜか最近、その時間帯になるとコンラートが遊びに来るようになった。

どうやら彼はミショーと茶飲み友達になったらしく、ティータイムだけでなくシュリの練習中も研究室に入りびたり、自主学習をしていることもある。

おしゃべりなミショーにコンラートが加わると、研究室はすごく賑やかになる。エルンストの研究の邪魔になるのではないかとヒヤヒヤするが、今日彼は研究のため外出しているらしい。

コンラートと共にハーブティーを用意してティーテーブルを囲むと、ミショーは嬉しそうにカップケーキのような焼き菓子を皿にのせてシュリたちの前に差し出した。

「エルンストがね、この間出張先から美味しいお菓子を買ってきてくれたのよ。珍しいこともあるものよねー」

「エルンスト先生が⁉」

信じられない想いで皿の上のカップケーキを見つめた。木の実とクリームがかかったそれはとても可愛らしく、エルンストの物静かなイメージからかけ離れていた。

「ミショー先生の教育のタマモノっすね」

「でしょー？　教育は大事よ」

（こうやって先生やコンラートたちとお茶ができるのも、あと半年か……）

卒業したら、コンラートはアルシュタットの領地に戻ってしまうし、シュリもリンデンベルク城で暮らすようになったらそう滅多に外出もできなくなってしまう。寂しく思っていると不意にミショーが言った。

「ねえシュリ。結局ジークとギル、どっちが好きなの？」

思わず紅茶を噴き出しそうになって咽《む》せていると、コンラートが慌てた様子でシュリの背中を摩《さす》った。

「先生、俺でも聞きにくいことをおもいっきり聞きますねー」

「聞くに決まってるでしょー？　今一番気になってることよ。昨日はギルとデートしたのよね？　進展はあったのかしら」

シュリはしばらくゴホゴホと咳き込んでいたが、ハンカチで汚れた口元を拭って顔を上げた。

「い、いえ。デートというか、勉強を見てもらっただけで……」

「そうなの。まだ恋には発展しなそう？」

口を噤《つぐ》んでしまうと、ミショーは慌てた様子で首を横に振った。

「ごめんなさい。追い詰める気はないのよ」

「……恋って……どういう状態なのか、よくわからなくなってしまって」

思わずそう吐露すると、ミショーは少し驚いた顔をしたあとに笑った。

「恋かどうか判定するのってとても難しいわ。特に〝婚約者〟なんて形から入っちゃったら、頑張って好きにならなきゃって、肩肘張っちゃうものね。だからこれは、完全にアタシ独自の定義なんだけど……」

ミショーは真っ赤なネイルの指先を伸ばしてティーカップを手にし、一口飲んでから話し始めた。

「〝誰か〟と幸せになってほしいじゃなくて、〝自分が〟相手を幸せにしたいと思ったら、それは恋じゃないかしら」

「……俺、それは違うと思いますね。恋してる相手には、どんな形であれ幸せになってほしいと思いますから」

コンラートが間髪入れずにそう口を挟んだので、シュリは驚いた。

（そういえば、コンラートとそういう話したことないかも……）

学校内ではチャラ男として有名なコンラート。

出会ったばかりの頃、彼はろくに寮内に戻ってもこず、夜遊びばかりしていた。女遊びが激しいなどという噂が絶えない彼だが、その割に、この三年、コンラートから恋の相談を受けたことはない。

コンラートの言葉に、ミショーはハッとした表情を浮かべる。

「……そうね。たしかに、アタシの仮説は間違ってる気がするわ。じゃあ、これならどう？　相手が自分以外の誰かと幸せになっている姿を見て、胸が痛くなったらそれは恋」

「あ〜〜〜それっスね！　間違いない！　さすが先生！　それで論文書きましょ！」

コンラートが胸を両手で押さえながら突っ伏して悶絶した。

(相手が自分以外の誰かと幸せになっている姿を見て……胸が痛くなったら……)

たしかに以前、ジークフリートがリュカと二人で会っているのを見る度に、シュリは苦しいぐらいに胸が痛くなっていた。

彼が自分ではなくリュカを選ぶと言った時もそうだ。心が粉々になりそうだった。

(じゃあ……もし、ギルとリュカが結ばれたら……)

ふと昨日、ギルベルトがリュカの頬にキスしていたのを思い出してモヤモヤしたことを思い出した。

(いや、でも痛いっていうよりモヤモヤって感じだし……違うのか？)

わからない、とグルグル思い悩んでいると、コンラートがカップケーキを齧《かじ》りながらミショーに向かって、ピッと人差し指を立てた。

「つーか、そういう先生はどうなんスか？　エルンスト先生と」

「エルンストと？　アタシが？」

ミショーは驚いた様子でキョトンと首を傾げた。

「気づいてないとは言わせないっすよ。エルンスト先生の熱～い視線に」

途端、ミショーは「あっはっは」と大声で笑い出した。

「何言ってんのよ。……アタシはもう、顔も体も半分以上失くして、幽霊みたいなものよ。幽霊は恋なんてしないの」

その言葉を聞いた瞬間、シュリは思わず立ち上がり、尻尾を大きく振りながら言った。

「違う！　先生は幽霊なんかじゃありません！」

「ごめんなさい。シュリ。冗談だから、そんなに怒らないで」

そう宥《なだ》められて自分の全身の毛が逆立っていることに気づいた。慌てて席についたが、暴発したままの毛はなかなか収まらず、尻尾は大きく膨らんだままだ。

冗談だと言っているが、きっとミショーは本気でそう思っているのだろう。

彼はいつも穏やかで正しく導いてくれるけれど、その穏やかさは、どこか世捨て人のように達観している。顔や体を取り戻したら、ミショーはエルンストと向き合えるのだろうか。

きっとエルンストも同じ気持ちで、だからこそミショーの体を元に戻そうと、研究に明け暮れているのだと思う。

(俺も勉強しよう。もっともっと……)

シュリはいつか、なんとしても恩師の体を取り戻したいと思った。

■

次の日の夕方、授業を終えたシュリは、ギルベルトとの待ち合わせ場所である広場のグラウプナー像の前に向かった。平日に会う時は、いつもお決まりの酒場に行くことになっていた。

――いいか？　来る時は必ず馬車を使って時間ギリギリに来いよ。夜の広場は治安があんまりよくないから、長い間突っ立ってるなよ。遅刻していいから――

そう言われていたものの、忙しい彼の時間を一分でも無駄にする訳にはいかないと、シュリは五分だけ早めに着くようにした。

人混みを縫うようにグラウプナーの像へと向かうと、ギルベルトはもうすでに来ていて、彼はシュリの姿を見つけると呆れたように溜め息をついた。

「早く来るな、って言っただろうが」

「でも、もう三分前だぞ」

「三分でもダメだ。こんなとこで待つな」

酔っ払いたちで賑わう広場を見渡しながらギルベルトは言う。

心配性だと思う一方で、彼が大切に気にかけてくれていることが嬉しかった。

ジークフリートと破局して、婚約者がギルベルトに代わった時は、もっとひどい扱いを受けると思っていた。リュカが彼の婚約者ではなくなってしまったことを一生恨まれ、責め続けられるのだろうと。

彼は自分をひどく嫌っていると思っていたから、告白を受けた時は全く信じられなかった。

だが今は、最近は彼がとてもシャイで天邪鬼《あまのじゃく》なだけで、本当は自分を心の底から大事に思ってくれているのだと痛い程感じる。

日頃から二人でよく行く酒場に入ると、食べ物とお茶を頼んだ。ギルベルトは以前派手に酔い潰れてからというもの、シュリの前では絶対に酒を口にしないようにしている。

(あの時はすごかったな……)

思い出すとシュリは顔が真っ赤になった。

彼は酔っても顔にはあまり出ないらしく、相当量の酒を呑んでも素面《しらふ》と変わらない。

(なんだ、コンラートがギルは酔うと面白いって言ってたけど、全然変わらないじゃないか)

と、密かに少し残念に思っていたが、そんな真剣な顔をした彼の口から飛び出した言葉に、シュリは思いきり噴き出しそうになった。

『お前の肉球舐めたい。嫌がっても絶対やめねえ』

『…………は!?』

あまりに衝撃的な言葉に、シュリは全身の毛を逆立てて硬直してしまった。

『ちょっ、センパイその発言は完全アウト‼　あとで後悔しますから！　店員さん、水お願いしまーす！』

あわてふためくコンラートを傍目に、ギルベルトはシュリの両手をガシッと掴み、肉球を揉みしだきながら愚痴り始めたのだ。

『つーかお前そろそろいい加減、俺の膝の上にも乗れよマジで。なんのために毎日鍛えてると思ってんだ？　足が痺れても一生どかさねえから』

『ほらセンパイ、水飲んで水！』

『うるせえ。俺は疲れてるんだ。水なんていらねえ。酒とシュリだ。シュリを吸わせろ』

『もうダメだこの人……』

思い出しながら密かに顔を赤らめていると、ギルベルトは「話したいことって？」とすぐに切り出した。今日も一時間ぐらいしか時間はない。シュリもできるだけ手短に話そうと思い、口を開いた。

「その……リュカのことで……」

シュリはリュカが最近、部屋に籠りっぱなしで授業に出ないこと。どうやって授業に連れ出すべきか迷っていることをギルベルトに話した。

上手く説明できなかったが、彼は急かすこともなく最後まで話を聞いてくれた。

全てを聞き終わったあとに、彼は少し複雑な表情を浮かべた。

「……お前は何も言わない方がいいと思うぞ」

「え……」

「あいつは本当に授業に出ない方が勉強効率が良いって思ってるし、遊ぶことよりも、学力を取り戻したいって思ってんだろ」

「そうだけど……」

「それに、お前からしたら寂しそうに見えるのかもしれないけど、あいつは学生の思い出作りとかマジで気にするタイプじゃねーよ。……ただ、お前に言われたことはすごく気にする」

「え！」

「教師が見舞いに来るって言ってるなら、その教師に任せた方がいい。あいつは教師の言うことなんて聞くタマじゃねーけど、お前に心配されたり気を遣われたりされることが一番辛いと思うだろうよ」

——シュリ。お願いだから僕を可哀そうだとか、申し訳ないとか、そんなことを思わないでね。

僕は僕のやりたいようにやったんだから。

ゾネルデの事件後、目を覚ましたシュリに、リュカはそう言った。

ギルベルトの言う通りだ。リュカが今、寂しいのではないかと思っているのは、シュリ自身が昔、独りぼっちで一日中勉強するのが寂しくて苦しかったからだ。

人は自分の主観や経験を通してしか他者の気持ちを想像することはできない。自分が苦しいと思ったことはリュカも苦しいのではないかと思ってしまう。

だがその考え方は独りよがりなのかもしれない。

机の上でキュッと手を握り締めると、ギルベルトはそっぽを向きながら言った。

「ただ、あいつがお前のことが大好きなのは確かだから、声かけてやるのはまあ……普通に喜ぶとは思うけどな。素直に授業に出るかは別として」

「……そ、そうだな！　声だけはかけてみる」

声をかけることすら独りよがりな行動なのではないかと思っていたから、その言葉に心が軽くなった。

「いつもありがとう、ギル」

微笑みながら礼を言うとギルベルトは相変わらず顔を背けたまま「別に」と呟いた。食事を済ませて酒場を出ると、夕方四時だというのに辺りはすっかり暗くなっていた。

冬のリンデンベルクは日照時間がとても短い。濃紺に赤銅が交じる空から粉雪が舞っていて、厚着をしていても物凄く寒かった。

フードのあるコートを着てきたから雪避けにできると思ったが、ギルベルトは傘を持ってきてくれていたようだ。

「……ギル、いつも用意がいいな」

「普段だったら絶対持ち歩かねーけど。今日はお前いるし……」

照れくさそうに黒い大きな傘を広げると、彼はシュリの肩を抱き寄せて中に一緒に入れてくれた。

「寒いな」

ブルッと身体を震わせると尻尾についていた雪が飛び散った。

ギルベルトはさほど寒そうにはしていない。幼い頃からこの国で過ごしているから、寒さには慣れているのだろう。

身体をふるふると震わせていると、彼は無言でシュリの手を掴んで自分のポケットの中へと入れた。

「……お前の肉球、氷みたいだな」

「こ、氷ほど硬くないだろ！」

「はあ？　ちげーよ。冷えてるって意味だ。大体、硬い肉球の何が悪いんだよ」

「……柔らかい方が、触り心地が良いだろ。知ってるんだぞ、みんなプニッとした肉球が好きだって」

子供の頃、屋敷ではいつもリュカの肉球が大人気で、シュリの肉球は黒々として石みたいに硬くて触り心地が悪いと誰も触りたがらなかった。

それを未だにコンプレックスに思っている。

一時期、肉球が柔らかくなるというクリームを塗りたくっていたが、劇的な効果は見られなかった。

尻尾と耳を下げていると、その落ち込み様にギルベルトが笑いを噛み殺しながら言った。

「俺は弾力がある方が好きだから、人それぞれだな」

そんなフォローはいらないと不貞腐《ふてくさ》れつつも、頬が熱を持った。

お世辞だとしても弾力がある方が好きだと言ってもらえたことが、とても嬉しい。

ギルベルトは自分の白い手袋を外してから、もう一度シュリの手を握り込んだ。

「……ほら、俺の手のひらも硬いだろ。お前の肉球よりずっと硬い」

「！」

ギルベルトは魔法も得意だが、剣の腕も並外れている。忙しい今でも毎日鍛練は欠かしていないらしく、重い剣を振るう手の皮は厚く、ゴツゴツとしていた。

ジークフリートも剣は得意らしいが、どちらかというと魔法に力を入れていて、こんなに硬くはなかった。

「すごいな。ギル……」

思わず彼の手を握る自分の手に力が籠る。

「……なんだよ。硬い手は嫌か？」

ギルベルトが拗ねたようにぶっきらぼうに問うものだから、シュリはすぐに首を横に振った。

「嫌じゃないぞ」

この大きな手で撫でられるのが心地よく、最近は条件反射のように喉がゴロゴロと鳴ってしまう。ぎこちない撫で方が不器用なギルベルトらしくて、とても愛おしくなる。

「俺……ギルの手大好き」

少し恥ずかしく思いながらも顔を上げて笑うと、ギルベルトは不意にピタリと立ち止まった。

「……ギル？」

不思議に思いながら彼の顔を覗き込む。

傘の外は、いつの間にか本降りとなった雪が降り注いでいる。真っ白な息を吐き、どうしたんだともう一度問いかけようとしたその時だった。

不意にギルベルトの手から傘が落ち、両手で肩を強く掴まれた。

「シュリ……」

囁《ささや》くように名前を呼ばれ、それとほぼ同時に唇に熱い感触が触れた。

（……っ！）

驚いて、目を見開く。

ずっと友達の延長線上のようなことしかしてこなかったから、突然のキスに混乱し、全身の毛がブワワッと逆立つ。

ギルとキスなんて想像もできない。そう思っていたのに。だが、そのキスは決して嫌ではなく、ドキドキと胸が高鳴っていく。抱きしめる腕の力は強く、身じろぎ一つできない。

目をつぶり、その深いキスに応えようとした、その時だった。

――シュリを、愛してるよ。

――できない。王位が決まった今、俺はシュリを選べない。

不意に全く同じ感触のキスを思い出した。同じ声で名前を呼ばれ、同じ強さで抱きしめられ、同じ声で突き放された。

――嘘つき！　俺のこと愛してるって言ったじゃないか！　何度も……っ、何度も……！　俺を選ぶ気が端《はな》からなかったなら、なんであんなこと言ったんだ！

耳鳴りのように頭に響く自分の悲鳴。それに交ざって、うわああんという、幼い頃の自分の泣き声の幻聴がする。

――お父様もお母様もみんな、俺のことが嫌いなんだ。

窒息するような息苦しさと嘔気《おうき》にも似た強烈な痛みが鳩尾《みぞおち》から湧き上がって、シュリは目を見開いた。そしてとっさに、ギルベルトの体を思いきり突き飛ばしていた。

「っ！」

「はぁ……はぁ……」

肩が微かに震えて、息が苦しくなって呼吸が乱れる。見開いた目には涙がこみ上げてきた。

「シュリ……」

涙でぼやけた視界越しに、ギルベルトの傷ついたような表情が視界に入り、ハッとした。

「ご、ごめん。違うんだ。ギル……」

ギルベルトはジークフリートではないのに。二人は全然似ていないのに。あの時の弱い自分とはもう決別したはずなのに。

ジークフリートに対しても、もう怒りや悲しみの感情はない。彼はあの頃、本当に自分を愛してくれていた。決して、自分に与えてくれていた愛情は偽りではなかった。

自分の中で気持ちの整理はついたはずだ。

自分自身に言い聞かそうとするが、体の震えが止まらなかった。

ギルベルトはしばらくの間呆然とシュリを見ていたが、やがてシュリの震える肩を摩《さす》ると、「悪かった」と呟いた。

「お前が俺を好きになってくれるまで、そういうことはしないって言ったのに……約束を破った」

「ち、ちが……」

嫌だったから拒絶した訳じゃない。少しも嫌じゃない。そう訴えたいのに声が出ず、自分の尻尾を握りしめてただただ震えていた。

（なんで……？　なんで、俺……）

「ごめん……ギル、ごめん……」

「お前が謝ることは一つもねーよ。なんなら、俺の顔ぶん殴ってもいいんだ」

ギルベルトは苦笑すると、降り積もった雪の中から傘を拾い上げた。それからは互いに無言のまま歩いて、シュリは寮に戻った。

学校の前まで送ってもらい言葉少なに別れると、シュリは一人、寮へ続く雪深い小道を歩いた。

（雪の上を歩く時は……歩幅を狭くして……）

昔ギルベルトから教わったことを思い出して慎重に歩いていたが、途中でふと足を止めて空を見上げた。暗い闇から降り注ぐ光のような白い雪を眺めながら、胸に手を当てる。

今、好きだと言ってくれる人がいて、自分のために全てを捨ててくれるような弟がいて、闇魔法という武器を持って、友達にも恵まれて幸せに過ごせていて。

それなのに、過去に受けた心の痛みに未だに怯《おび》える臆病者でいるなんて、なんて情けないのだろう。

……もう立ち直れた。自分は強くなった。

そう思っていたのに、全然ダメだ。なぜこんなにも怖いのかわからない。

ギルベルトは間違いなく自分を愛してくれているはずだ。

（俺もしかして……もう一生、〝恋〟なんてできないんじゃないか？）

心から愛し合って、想いが通じ合っても、ある日突然それが全てひっくり返されてしまうかもしれない。その痛みを思い出すと、もう二度と、耐えられる気がしなかった。

漠然とした恐怖と不安を抱えながら、シュリは窓明かりが漏れるビオレット寮へと帰った。

■

その日を境に、それまで一日置きに届いていたギルベルトからの手紙が、ぱったりと来なくなってしまった。

当たり前だ。あんなひどい拒絶をしてしまって、もしシュリが彼の立場だったらきっと深く傷ついただろう。

すぐに謝罪の手紙を書いたがそれに対する返事もなく、シュリは毎日そわそわしながら窓辺に立ち、一日中ピグルテの羽音に耳を澄ませていたが、一向に返事は来なかった。

その日も、ポストが気になって談話室に行く気にもなれず自室で自主学習をしていると、遠くから微かにピグルテの羽音が聞こえてきた。

「あっ」

シュリは慌てて立ち上がり、窓辺へと駆け寄った。半分猫の血が流れているシュリは動いているものを目で追うのが得意だ。

遠くの方に見えるピグルテが持っているのはロイヤルメールで、リンデンベルク城から来た手紙だとわかった。

（ギル……！）

少し安堵しながらも緊張気味に手紙を受け取り、封筒をろくに見もせずに中身を開けると、そこに並んだ筆跡はギルベルトのものではなかった。整っているけれど、少しだけ癖のある筆跡。

「これは……ジーク？」

差出人名はジークフリートになっていて、シュリは思わず目をゴシゴシと擦った。

二年前に破局してからというもの、四人で顔を合わせることはあったが二人で話したことは数えるほどしかない。手紙のやり取りも一度もしていなかった。

（な、なんだろう……）

その名前が書かれた封筒を見ると、まだ胸の奥がジクジクと痛む。緊張しながら手紙を読んでみると、宛名は自分宛という訳ではなく、自分とリュカ宛だということに気づいた。きっと公的な用事の手紙だろうと思うと、少し緊張が和らぐ。大きく深呼吸しながらシュリは時計を見た。もうすぐ昼休みが始まる。

午後からは聖魔法の授業もあり、どのみち声をかけに行こうと思っていたところだったので、リュカの部屋へと向かうことにした。リュカの部屋はシュリの部屋の斜め向かいだ。

「リュカ。俺だけど今入っていいか？」

「シュリ？　もちろんだよ。入ってー」

リュカの部屋はシュリの部屋と間取りも広さも変わらないはずだが、机の上にうず高く積まれた本がある以外は、物が少ないとてもシンプルな部屋で、そのせいか随分広く見える。

出かけた先でつい買ってしまった置物だとか、騙されて買った毛並みが良くなるオイルだとか、肉球が柔らかくなるクリームだとかそういう物がたくさん並んでいる自分の部屋を思い出し、もう少し片付けようと密かに決意した。

「どうしたの？」

「あ、いや、なんでもない。……ジークから、俺たち宛に手紙が来てて」

「ジークから？　珍しいね。何の用？」

「まだ中は見てないんだ。一緒に読もうと思って」

手紙を広げると、リュカはソファを指差して座るように言ってくれた。並んで腰かけて、一緒に手紙を読む。

ジークフリートもギルベルトも二人とも字は上手いが、筆跡はかなり異なる。ジークフリートの字は、少し独特な癖があった。

整っているけれど癖のあるその字が、子供の頃から大好きだったことを思い出して懐かしくなる。

だが、彼らしい優しい語り口で綴られたその手紙の内容は、穏便なものではなかった。

「……え」

昨今のリンデンベルク王国と隣国ルベレーの関係悪化に伴い、同盟国であるシュリたちの故郷リューペンにも影響が出ている可能性があるということ。

また、リューペンの隣国であるラナイフ公国は、密かにルベレーと手を結んでいるという噂もあり、ラナイフ公国との国境にある街では、すでにルベレー絡みと思われる不可解なことが起きているという。

「……ラナイフとの国境で、何か起きてたなんて知ってたか？」

「初めて知った。新聞にも載ってなかったと思うよ。多分、ジークとギルが極秘に掴んだ情報だろうね」

物騒な話題に、リュカも自分も自然と尻尾が揺れてしまう。

手紙には、その調査も踏まえて一度リューペンと防衛強化などについて話し合う必要があり、春に行《おこな》われる「ノノマンテ」の祭りを観に行くという名目でギルベルトと共にリューペンを訪問するということが書かれていた。

そしてノノマンテには、シュリとリュカも参加してほしいということも。

「たしかに王子二人で急にリューペンを訪問したんじゃいかにも対ルベレーって感じで角が立つけど、ノノマンテの時期なら、婚約者の故郷の祭りを観に行くってことにすれば不自然じゃないからね」

リュカが横で感心したように頷いている。

（ということは……帰るのか。リューペンに）

無意識に肉球が汗ばんだ。シュリはもう長いことリューペンに帰っていなかった。

リュカがシュリのせいで能力を失ったことについて、故郷に帰って説明しろという手紙が何度も来ていたけれど、返事すら出していない。

きちんと説明しなければと思っていたけれど、怖くて帰れないのだ。

——リュカ様お一人だけで良かったのに……奥様がおいたわしい。

——あの黒い不吉な色は、生まれながらに邪悪な心を持ってるんじゃないか。

——どうしてリュカと同じように頑張れないの？

その声を思い出すだけで耳を塞ぎたくなり、視線を思い出すだけでギュウッと締めつけられるように胃が痛くなってしまう。

きっとみんな怒っている。リュカがシュリのせいで能力を失ってしまったことを。

特に母にとってリュカは希望だった。シュリの不吉な容姿のせいで、母は周りからいつも責められていたが、一方でリュカのおかげで賞賛を浴びていた。

彼女にとって救いでもあり宝物でもあったリュカの能力までも奪った自分を、母は絶対に許さないだろう。だが、自分たちが不在では彼らの訪問は不自然になってしまう。

震える手を握りしめていると、リュカがシュリの尻尾に自分の尻尾を絡めた。

「……僕一人で帰るよ。さすがに、婚約者がリューペンに来るのに僕たちどっちも帰らないのは不自然になっちゃうけど、どっちかいれば十分でしょ」

「えっ⁉」

「無能になっちゃったことについては僕の口から説明しとく。ついでに縁切り宣言してこよっかな」

なんでもないことのように明るく、リュカは言った。今、一番大変な身の上にあるのはリュカなのに。

屈託なく笑ったリュカの顔を見つめながら、シュリはしばらく尻尾を震わせていたが、やがて首を横に振って言った。

「リュカ……大丈夫。俺も帰る。久しぶりに一緒に帰ろう」

幼い頃から慈しんでくれたレレラたちだって、あの国で暮らしている。

それに、シュリたちの故郷を守るためにジークフリートたちが動いてくれるのに、その国の王子が逃げ出す訳にはいかない。

今度は一人で帰る訳ではない。今はジークフリートも、ギルベルトも、リュカもいる。

彼らが一緒ならきっと大丈夫だろうと思った。


手紙を読み終えて昼食を取りに食堂ホールに行くと、席を取っていたコンラートを交えて三人でランチを取った。

今日の午後は、ライナーの授業がある。欠席したら、〝見舞い〟に来ると言われたことはリュカにも伝えたが、居留守を決め込むと言っていた。

ランチの帰り道、校舎と寮への分かれ道に差し掛かると、シュリはおずおずと切り出した。

「リュカ、午後の授業本当に休むのか？　ライナー先生の授業、わからなくても面白いぞ」

間違いなく高度な技術を教わっているにもかかわらず、彼の授業は終始笑いが絶えない楽しいものとなっていた。

「俺も聖魔法苦手だからちんぷんかんぷんだけどー、それでも笑えるからオススメだよ」

コンラートも頷きながら賛同したが、リュカはきっぱりと首を横に振った。

「いいや。今日は僕、基礎呪文を百個覚えるって決めてるし。せっかく誘ってくれたのにごめんね」

「そ、そうか……」

断られてしまったことに耳と尻尾があからさまに垂れてしまうが、リュカがそう望んでいる以上仕方がない。そう思っていた。その時だった。

「いやいや、授業は出てもらわないとなあ。単位あげないぞー？」

ニコニコと笑いながら、ライナーが立っていたので、シュリは驚いて尻尾を膨らませた。

「ラ、ライナー先生！　なんでここに？」

「部屋にお見舞いに行ったところで、居留守を使われちゃうかなーって思ったから、先回りして来たんだ」

リュカは冷めた目をしてライナーを見上げると、淡々と言った。

「すみません。今日は僕、具合が悪いので」

「さっきランチ中に骨付き肉に元気にかぶりついてたとこ見たけど？」

「……は？」

なんで見てるのと、リュカは苛立たしげに呟く。

「まあ体調不良は胃腸の不調とは限らないからな。でも、基礎呪文百個覚えるぐらいなら、俺の授業をボーッと聞いてる方が体に負担は少ないと思うけど」

「お言葉ですが、今の僕が授業に参加する意味ありますか？　授業の内容などまるでわからないのに教室にいても意味ないでしょう。それなら部屋で勉強していた方が時間を有効的に使えると思うんです」

「りゅ、リュカ……」

さすがに教師に面と向かってその言い分はまずいだろうとハラハラしながら尻尾を揺らす。素行不良と言われるコンラートでさえも、リュカの強い口調にギョッとしていたが、ライナーは怒った様子もなく笑ったままだ。

「それは大変だ。最高学年にもなって授業の内容を全く理解できないというのなら、卒業の資格は与えられないなぁ」

「先生、リュカは事情があるんです」

シュリは慌てて口を挟んだ。

「それはよく知ってる。聖魔法を研究している身として、俺が一番その事情とやらにはショックを受けたぐらいだ。世界を圧倒させた天才少年の聖魔法をいつかこの目で見たいとずっと思っていたんだからな」

たしかに、リュカのことはリンデンベルク中に知れ渡っていたし、特に教師陣の間ではゾネルデの事件は有名だ。赴任してきたばかりとはいえ、ライナーもリュカの事情は知っているはずだ。

「みんな〝事情〟を知ってるから、リュカが卒業できなかったとしても誰もバカにしたりはしないと思うぞ。でも、卒業の資格が足りてなければいかなる事情があろうと卒業できない。それだけのことだ」

「……学院長は、僕の卒業を保証してくださいました」

「学院長がなんと言おうと、俺は今の君に卒業資格を与える気はないよ。この学校のシステム上、一人でも教師が及第点を与えなかったら卒業の資格は与えられないから」

「ええっ、そうなんスか⁉」

やっべえとコンラートが慌てたように言った。彼は最近、すっかり成績上位者として定着しているが、昔から素行が悪かったため未だに一部の教師からは目を付けられているらしい。

「そうだぞー。この学校は厳しいぞ。でもまあ、俺の採点基準は至って簡単。この学院の卒業生に値する魔法の実力があるかどうかの一点に尽きる。正直生徒の素行なんて俺にとっちゃどうでもいいんだよ。その先の人生の責任なんて持てないし」

いつも教室で見せる明るく気さくな表情とは違う、どこか冷めたライナーの顔にシュリは驚いたが、彼はすぐにいつもの笑顔を浮かべ、話を続けた。

「でも完全実力主義にしちゃうと、聖魔法が属性的に不得意な子が可哀そうだから、救済措置として出席日数を加味してるんだ。全部出席さえしてくれてたら大分素行点でプラスしてあげるとこなんだけど、リュカは俺の授業をもう五回サボってるからなぁ。卒業に必要なレベルの聖魔法の実力を卒業試験で発揮してもらうしかないな」

（そんなの、できる訳がない……）

この学校の魔法教育は世界最高水準で、授業も試験も難易度が桁違いだ。シュリも編入したての頃はあまりの難しさに何から手を付けたらいいのかわからず、心を壊しかけた。

基礎から全て忘れた状態で、数カ月で卒業レベルに達するなど不可能な話だ。

「……僕はこの国の王子と婚約してる。卒業させないなんて、国が認めないと思いますが」

リュカの言葉にライナーは笑みを浮かべたまま、ひどく残酷な言葉を放った。

「〝以前の君〟なら、婚約者としてなんの遜色もなかった。国の宝だったからどんな特例も認められただろうけどね。果たして今の君は国の宝と言えるかな」

その言い方にシュリは思わず怒りに駆られ、尻尾をぶわりと膨らませた。

「先生！」

抗議しようとすると、リュカが手を出してシュリを止めた。リュカの尻尾が激しく揺れていて、噛みしめた口からは低い唸り声が漏れていた。

「おお、猫って怒るとイカ耳になるって本当なんだ。可愛い可愛い」

ライナーはのんびりと言って笑ったあと、少し身を屈《かが》めてリュカの顔を覗き込んだ。

「過去の栄光は過去のものだよ。今何もないなら君には何もないってことさ。自分の力だけで這い上がろうなんて思っても、今の君には這い上がる力もない。何がわからないのかもわからないなら聞きにおいで。欠席が増えれば増えるほど、卒業は難しくなる。授業にはできるだけ出ておくことだ」

それだけ言い残すと、「遅刻するんじゃないよー」と言ってライナーは足早に校舎の方へと歩き出した。

「……教室ではトモダチ先生みたいな感じなのに、結構シビアでびっくりしちゃった」

ライナーの姿が見えなくなるなり、コンラートが小声で言った。

「リュカ、大丈夫か？」

心配しながら顔を覗き込むと、リュカはいつも通りのけろっとした顔で笑った。

「あー大丈夫大丈夫。全っ然気にしてない。ま、悔しいけど何一つ間違っちゃいないしね。でもあいつはムカつくからやっぱ今後も授業は出ない」

バシッバシッとリュカが白く長い尻尾で雪に埋もれた地面を叩く。相当苛々している証拠だ。

「ええっ、でも……」

「要は、出席日数の点数がゼロでも、卒業までに実力出せばいいんでしょ？」

まるで簡単なことのようにリュカは言った。以前の状態なら、どんな逆境でもリュカならやり遂げるだろうと思えた。だが今はそうではないはずだ。

「大丈夫。僕は一人で這い上がれるから。まだ卒業試験まで時間はある。やってみせる。やってやるよ」

やはりリュカなら不可能と言われることも成し遂げられるのではないかと思わせるようなそんな笑顔だった。

それからリュカは、ますます部屋に閉じこもるようになってしまった。シュリが夜遅くまで起きていた時も、早朝目覚めてしまった時も、いつもリュカの部屋からは明かりが漏れていた。

食事に誘っても断られてしまい、彼は一日に一度、食堂横にある売店でパンなどを買い込んでは部屋で齧《かじ》りながら勉強や魔法の練習をしているようだった。

（心配だ……）

ああいうがむしゃらな姿勢は、自分にも身に覚えがある。あれでは体を壊してしまうし、心も壊れる。

だがギルベルトが言っていたようにシュリが何かを言うのは良くないのだろうと思うと、どういう言葉をかけたらいいのかわからず、強く止めることができなかった。

ギルベルトからも相変わらず手紙は来ず、後はもう、ハーフターム中に話し合うしかない。様々な不安を抱えながら、シュリは期末試験を迎えた。

■

刺すような寒さが少し和らぎ、曇天から春の陽光が差し込むようになってきた。

毎年この雪解けの時期を楽しみにしていたが、今年はコンラートと作ったリュカの巨大雪だるまが溶けてしまうことを憂い、少し寂しくなってしまう。だがそれでも、温かい陽射しは心地いい。

（よし……！）

シュリは顔を洗うと、頬を叩いて自分自身に気合を入れた。今日は期末試験の結果が張り出される日だ。

夏にある最後の試験は「卒業試験」と呼ばれる少し特殊なものだから、これが実質最後の期末試験だ。シュリはもう、以前のように成績発表のストレスで体調を崩すようなことはない。

自分の努力は自分自身が一番よくわかっているから、点数はあくまで目安に過ぎないと思えるようになっていた。

だが、だからと言って、成績を見にすら行かないという境地にはまだ達することができず、コンラートと共にドキドキしながらホールに見に行った。

案の定、成績発表の場所は発表を見に来た生徒たちでごった返している。

なかなか目当ての成績表に辿り着くことができず、背伸びをしていると、コンラートがシュリの肩をポンと叩いた。

「シュリたん、俺の肩乗っていいよ〜。で、ついでに俺の成績も見てー」

コンラートが珍しく少し緊張気味に言った。彼も最近、前よりも随分勉強に対してやる気を出しているようだった。彼の肩によじ登ろうとしていると、それよりも先に、興奮したような同級生たちの声が周りから上がった。

「シュリ、すごいじゃん！　学年首席だよ！　ほら」

「………え？」

学生たちの頭で成績表はほとんど隠れて見えないが、唯一、一番上だけかろうじて見えた。自分の名前が、たしかにそこに書かれている。

「うそ……だ……」

あまりの衝撃に膝から力が抜けて、ふらりとよろめいた。

（やっと……、やっとここまで……っ）

だが、倒れそうになる寸前、コンラートがシュリの体を抱き止め、そのままきつく抱きしめた。

「おめでとう！　シュリ！　シュリは本当にすごい」

抱きしめてくれる彼の腕は力強く、少し涙声になっていた。本当に喜んでくれているのだと、シュリはまだ実感が湧かないのに瞼が熱くなるのを感じた。

すると、同級生たちが集まってきて、コンラートの頭をグリグリと撫でながら少し非難するように言った。

「つーかコンラート！　お前も五位ってどうなってんだよ。去年までろくに授業も受けてなかったくせに」

「お前、前までいつも下から五位とかじゃなかったか？」

「え……うっそマジ？　五位とか俺天才じゃん」

コンラートが心底驚いたという声を上げた。自分でも信じられないようだ。

彼は元々、とても頭が良い。だが、才能とカンだけでここまで上り詰めた訳じゃない。彼がこの一年間、猛勉強をしていたことは一緒に勉強してきたシュリが一番よく知っていた。

「コンラート、おめでとう。本当に、おめでとう。お前も……本当に、すごい奴だ」

コンラートを抱きしめ返すと、彼はいつものように茶化すことなく「ありがとう、シュリ」とただ静かに言った。

しばらくの間、コンラートと共にテストでベストを尽くせた余韻に浸っていたが、ふと、周りがざわざわとしていることに気づいた。

（……？）

「うそだろ、リュカ。リュカが聖魔法で最下位なんて……」

「しょうがないだろ。〝あんなこと〟があったんだから」

「リュカから才能を奪っておいて、あいつは一位か」

そんな声が聞こえてきて、シュリは目を見開いた。

「え……」

成績表の一番下に、リュカの名前が書いてある。

「リュカ……」

シュリは呆然とそう呟き、ハッとした。人混みの中に、リュカの白い尻尾がちらりと見えた。彼はいつも成績を見に来なかったが、今回は密かに見に来ていたのだ。

「リュカ！」

「えっ、ちょっとシュリたん!?」

シュリは人混みをかき分け、リュカを追いかけた。

「リュカ！」

廊下でようやく追いついて呼び止めると、リュカは少し驚いた様子で立ち止まり、振り返った。以前より少し痩せて、顔色も悪いように見える。その姿に、シュリは瞳を揺らした。シュリの表情を見て、リュカは明るく笑いながら言った。

「あー……ごめん。心配させちゃったよね。あいつムカつくから、結構頑張ったつもりだったんだけど、予想以上にボロボロだったよー」

「リュカ……」

「シュリ、一位おめでとう」

屈託のない笑顔でそう言った後、リュカは「ちょっと悔しい」と笑った。

「マジで留年になるかもしれないってこと、ハーフタームでジークとギルに話してみるよ」

「リュカ……」

その時、背後から声がした。

「君にハーフタームはないぞ。リュカ」

「は？」

「やあ。やっと会えたな」

ライナーがいつの間にか背後に立っていて、シュリは驚いた。リュカは慣れていることなのかうんざりした様子でライナーを睨《にら》みつけた。

「僕にハーフタームがないって、どういうことですか」

「言葉の通り。君は惨憺《さんたん》たる成績を取った。このままじゃ卒業は百パーセント不可能。だからお休み返上で毎日俺の補習を受けてもらいます」

「……補習を受けたら、卒業させてくれるんですか？」

「まさか。卒業試験で平均以上を取らなければ、卒業させる気はない。でも、この間も言ったけど、一人の力で這い上がるのは無理だ」

「補習って、他に生徒はいるんですか？」

シュリは思わず聞いた。この学校はよくも悪くも実力主義で、補習などという救済措置を各教師が実施するのは聞いたことがなかった。

「いないよ。完全特例措置。俺だって忙しいんだから、感謝してほしいなぁ」

(先生……熱心だな)

人気者で面白いけれど、どこか掴みどころのない先生というイメージがあったから、彼の熱意に驚いた。

不意に、自分にとってのミショーの存在を思い出した。

(リュカにも……親身になって味方してくれる大人が必要だ)

ライナーはシュリよりもずっと上手に、リュカを支えてくれるのかもしれない。するとリュカがライナーを睨《にら》むように見上げて言った。

「じゃあいいです。留年で。どのみち今年中に卒業レベルに達するのは無理だ」

「そんなこと言ってたら君は来年も再来年も卒業できないよ？　俺はしばらく、この学院で聖魔法教師を務めるつもりだから」

リュカの尻尾が不機嫌に揺れた。

「でもどちらにしろ、ハーフタームは無理です。僕、リューペンに帰らないといけないんで」

「補習中も追試は随時受け付けるから、合格レベルに達することができたら、休みを取ってもいいよ。一日でも多く、休みが欲しければ、頑張って勉強に励んで合格するしかないね」

「頑張れよー」と言いながら、ライナーは手をひらひらさせながら去って行ってしまった。

その背中を見ながら、リュカが一際大きく尻尾をブンッと音を立てて振った。彼の真っ白な耳は後ろに反らされてひどく怒っていることがわかる。

「シュリ、ごめん。僕すぐに追試終わらせてリューペンに行くけど……もしかしたら無理かも」

リュカはいつになく弱気な声で、シュリの顔を見てひどく申し訳なさそうに言った。

「……ああ。大丈夫だ。俺、行ってくる」

レレラの優しい手、緑豊かな風景。狭くて猫にとって快適な城。

あの場所が戦禍に巻き込まれるのはシュリとしても避けたい。ただ、リュカを一人残していくのは心配だった。

（あれ、でも……）

リュカがリューペンに帰らないということは、ジークフリートとギルベルトの三人きりになってしまう。

「りゅ、リュカ、でも……」

すると彼は、シュリの困惑をくみ取り、笑いながら言った。

「逆にジークとギル、どっちと結婚するのか決めるいい機会じゃないかな」

心底興味がないというように笑ったリュカにシュリは思わず黙り込んだ。もし逆の立場だったら、嫌だと思うからだ。リュカと彼らが過ごすことを。

(考えると、なんかモヤモヤする……)

これが、ミショーの言っていた恋の定義というものに当てはまるのかはわからないが、少なくともリュカほど何も気にせずにはいられない。

「……なあ、リュカは、本当にいいのか?」

シュリはこれまでずっと思っていて言えずにいたことを聞いた。

「……何が?」

「全く恋愛感情のない相手と結婚すること」

リュカはジークフリートにもギルベルトにも、一切の恋愛感情がないと言っていた。そんな相手と結婚して、不幸にはならないだろうか。

「全然平気。結婚ってそういうもんじゃないのかな。ジークたちの親も、僕たちの親も全然愛し合ってると思えなかったけど、僕たちは生まれて、王族の血筋を絶やさないっていう役割は果たされてるんだし」

(役割……か)

恋愛感情がない結婚というものに、ずっと後ろめたさを抱えていたが、今ならリュカの言うことも少しだけわかる。

シュリ自身も、結婚相手にかかわらず、もう恋というものができないかもしれないと思い始めていた。もしそうなら、完全に〝役割〟としての政略結婚という形になる。

それは、彼らを不幸にしてしまうことにならないだろうか。

第二章　傷痕に触れる

外は陽光、抜けるような空の青さ。

それにもかかわらず、リンデンベルク城からリューペン行きの王室馬車の中は気まずい空気が充満していて落ち着かない。

（……なんでギル、いないんだ？）

馬車の中はジークフリートと二人きりだ。ギルベルトとはキスを拒絶したあの日からずっと気まずいがジークフリートとは二年前からもっと気まずい。リンデンベルクを発ってからもう長いこと馬車に揺られているが、自分たちの間に会話は全くなかった。

色々と聞きたいこともあるが、自分たちの関係を思うとこちらから話しかけにくい。シュリは落ち着かなさに激しく揺れる尻尾の先をギュッと掴み、なんでもないフリをして本を読んでいた。

ジークフリートの方はというと気まずげな様子もなく車内でも書類に目を通して溜まっている仕事を片付けていたが、途中、見かねたように顔を上げて、青い目を細めて言った。

「シュリ。尻尾楽にしてていいよ」

「えっ!?」

今この暴れ回る尻尾を野放しにしたら彼の顔面を強打してしまうだろう。だが彼は、そんなシュリの心情を見透かしたように言った。

「俺としては大歓迎だから」

「……変態」

反射的に悪態をついてしまった。

ジークフリートはその反応に笑うと、書類をしまいながらシュリに声をかけた。

「……ごめん。落ち着かないよね。まさかリュカが補習になるなんて思わなかったから。というか、レイオット学院に補習なんてシステムあったんだね」

「ああ。新任の先生が特別措置でって」

「ライナー先生か。高名な聖魔法士だね。俺も城の結界のことで時々世話になってるけど……でもあんなに忙しい人がわざわざ一人の生徒の卒業のために補習をするなんて驚いたよ。そんなに教育熱心なイメージはないから」

「……やっぱり、そうなのか」

——世界を圧倒させた天才少年の聖魔法をいつかこの目で見たいとずっと思っていたんだからな。

ライナー自身がああ言っていたように、彼はリュカに対して並々ならぬ思い入れがありそうだ。

「……俺と二人きりだとシュリも落ち着かないだろうし別の馬車に乗ることもできたけど、シュリを一人にするのもそれはそれで心配だし」

(一人?)

護衛はたくさんついているのに、一人とはどういう意味だろうかとシュリは思った。

「いや、別に……落ち着かなくはないけど、ギルはどうしたんだ？」

「ああ。ギルは後ろの馬車で来てるよ。片付けなきゃいけない書類が溜まりすぎて、車内に思いきり広げてやりたいんだって」

「そ、そうか……」

（やっぱり……避けられてる）

わざわざ別の馬車で来るほど避けられているのかと思うと、自分が原因とはいえ耳と尻尾がしょんぼりと垂れさがる。再び沈黙しそうになり、シュリは慌てて聞きたかったことを聞くことにした。

「あのさ、リューペンで起きてる不審なことってなんなんだ？　俺もリュカも把握してなくて……」

「ああ。そのことはリューペンに着いてから折を見て話すよ」

ジークフリートはちらりと窓の外を見ながら言った。彼はかなり周りを警戒しているようだ。

迂闊《うかつ》に聞くべきではなかったと慌てて口を塞ぐと、ジークフリートが気にするなというように優しい笑みを浮かべて首を横に振った。

「ごめん、気になるよね。大丈夫。ちゃんとあとで話すよ」

「……ありがとう」

話題がなくなってしまい、今度こそ完全な沈黙に戻った。

シュリはジークフリートと普通に話すことができて安堵すると同時に、少し眠くなってきてしまった。久しぶりに故郷へ帰ることへの不安があり、昨日の夜はあまりよく眠れなかったのだ。

だが、眠るには少しだけ肌寒い。馬車内には防寒用の毛布が用意されていて、それを被ってはいたのだが、曇天ということもあり想定以上に馬車内は冷えていた。

(一枚じゃ足りない……もう一枚……持ってくればよかった)

そう思いながらも目を閉じると、不意に体が温かくなった。薄く目を開くと、毛布がもう一枚重ねられている。

(ジークの匂いだ……)

懐かしさにシュリはしばらくウトウトとしながら尻尾の先をゆっくり揺らしていたが、やがてハッとした。

「これ、ジークの毛布だろ。なんで俺にかけてるんだよ」

「毛布が足りないのはこっちの不手際のせいだし。……それに俺は別に寒くないから」

「……いや、寒いだろ」

たしかにシュリはネコ族の血が流れているということもあり人間以上に寒がりではあるが、それを加味しても馬車内はかなり冷え込んでいる。

シュリは尻尾を大きく揺らしながらジークフリートを睨《にら》むように見て言った。

「前にも言ったよな。ジークが自分を大事にしない限り、俺は絶対にお前を許さないって」

「……そうだったね」

少し苦笑いを浮かべてそう言ったジークフリートに、シュリは尻尾を大きく振って眉を吊り上げた。シュリは以前のように彼に対して激しい怒りをぶつけたり、警戒して怒ることもなくなってきている。

ゾネルデの日、瀕死の彼が血を吐きながら絞り出すように口にした『愛している』を聞いて、胸が潰れるほど苦しくなった。

彼と破局してからずっと、ジークフリートは自分という出来の悪い婚約者に困っていたのだろうと思っていた。優しくしてくれていたのも、婚約者として仕方なくそうしてくれていたのだと。

だがそうではなかったのだと、あの時やっとわかった。彼は自分の立場を考え、自分の気持ちを殺して、国のことを優先したのだ。別れを告げた時、きっと彼もまたシュリと同じぐらい痛くて苦しかったのではないかと。それに気づいた時、彼への怒りや裏切られた悲しみよりも自分自身への怒りが上回った。

自分のことでいっぱいいっぱいで、長い間、彼が抱えていた苦しみにも葛藤にも何も気づかずにいた自分自身に、シュリは腹を立てていた。

ジークフリートはあの時瀕死だったから、シュリに『愛している』と言ったことを覚えていないようだ。

だからその本心は確かめようがないが、シュリは彼に、もっと自分自身を大事にしてほしいと思っていた。

「本当は寒いんだろ」

「……好きな子の前でぐらい、かっこつけさせてほしかったな」

白い息を吐いて、ジークフリートが困ったように笑った。

シュリは呆れたように溜め息をついて、毛布を突き返した。

「これはジークが使うものだ」

突き返して再び寝ようと目を閉じて、寒さをやりすごそうとしていると、またしてもそっと毛布を掛けられてしまう。それを押し返して、というやり取りを何度か続けていたが、シュリは根負けしたように立ち上がると、彼の隣に移動してボスンと腰かけた。そして二枚の毛布のうち半分を、ジークの体に被せた。

「……半分ずつだ。これで実質、二人とも二枚毛布を着てることになるだろ」

窓の外を向いたままそう言うと、ジークフリートは少し驚いたような声を上げた。

「シュリが隣に座ってくれるとは思わなかった」

「仕方がないからだ。それ以上一センチも近寄るなよ」

隣同士とはいえ、可能な限り距離を取り、耳を後ろに下げて威嚇すると、ジークフリートは「手厳しいね」と笑いながらも、半分の毛布の端を嬉しそうに握った。

「ありがとう。シュリは優しいね」

その声に、少しくすぐったいような気持ちになり、シュリは窓の外を眺めたふりを続けた。毛布が二枚になったことで、ようやく寒さが和らぐと、いつの間にか国境付近に差し掛かっていた。少しずつ変わっていく車窓を眺めながら、シュリはついに眠気に負けた。

(リューペン……久しぶりだな……今の季節、あったかいんだろうなぁ)

瞼を閉じると、草花の生い茂る故郷の青々とした丘陵が目に浮かんだ。

■

子供の頃の夢を見た。

温かい陽だまりのような部屋で、和気藹々《わきあいあい》と楽しく家族団らんが行《おこな》われている中、自分がその中に入ろうとすると途端に母から笑顔が消え、父は険しい顔になる。兄と姉はそんな両親の様子に困ったように顔を見合わせる。

リュカだけがきょとんとして、「シュリもおいでよ」と屈託なく笑っていた。急激に部屋の温度が冷えていくような感覚に胸がギュッと痛くなったが、どうにか気づかないふりをした。

無理やり家族の仲間に入れてもらおうと、他の兄弟たちのように母の膝の上に乗ろうとするが、なぜかいつもその度に〝シュリはダメ〟と言われて床に下ろされてしまった。

幼心ながらにその拒絶には、シュリはひどく傷ついた。

『……俺、お父様とお母様に嫌われてるのかな』

ずっと気づかないふりをしていたけれど、ある日レレラに相談したことがあった。

怖くてタブーにしていた言葉を一度口にしてしまうと、それは一気に現実味を帯びる。喉元まで熱い物がこみ上げてきて、シュリは目にいっぱいの涙を浮かべた。

『そんなことある訳ないじゃないですか』

『でも、今日も俺だけ膝の上にのせてもらえなかったんだ。……兄弟の中で、俺だけ。リュカはのせてもらえるのに。お父様も昨日公務から戻ってきてお土産をみんなに買ってきてくれたけど、俺の分だけなかった』

するとレレラは言葉を失い、ひどく悲しそうに目を細めた。

『……やっぱり、お父様もお母様もみんな、みんな俺のことが嫌いなんだ。なんで、だろ……なんで、俺だけ……っ、仲間、外れ……っ、なんだろ……っ』

ひっくひっくとしゃくりあげながら、涙が止まらない目元を両手で拭っていると、レレラがそっとシュリを自分の胸の中に抱き寄せた。

『こんなに良い子で可愛らしいシュリ様を、誰が嫌うというのですか。それに、子供を嫌う母親などいませんよ。親にしてみたらどんな子供でも可愛いんです』

『黒い毛をしていても？』

『当然です』

使用人のレレラは主人たちの前に顔を出すことはできない。シュリと両親が話しているところを実際に見たことはない。だから彼女は信じていたのだと思う。子供を嫌う親が、この世に存在するはずがないと。幼かったシュリはレレラの優しい言葉を信じたかった。

それでも涙が止まらないでいるシュリに、レレラは名案を思い付いたとばかりに尻尾を立てて言った。

『そうだ！　お二人に、美味しいラポリャの贈り物をしてみませんか？　きっとお喜びになると思いますよ』

『や、やってみる！』

そうして、レレラに手伝ってもらい、シュリはラポリャを作る練習を始めた。

最初はまったく上手くいかず、生地がボロボロになってしまったり、魚の形にならなかったり、焼きムラが酷かったりしたが、何度も何度も特訓を重ねて上手なパイが作れるようになった。

自分が作った証である肉球印を入れて、綺麗なリボンをかけて、ありったけの大好きの気持ちを込めたカードを書いて添え、両親にプレゼントをした。

きっと喜んでくれるだろうと思った。これで父も母も、自分を少しは好きになってくれるのではないか。そんな風に期待していたが結果は散々だった。

国の王子ともあろう子供が、使用人たちに交ざって厨房に出入りするなど言語道断ということで、罰としてその晩の夕食は抜きだった。

だがそれでも、きっとラポリャは食べてもらえたと信じていた。心を籠めて作った美味しいパイの味に、両親も少しだけ、シュリを好きになってくれるだろうと願っていた。

翌日、シュリはドキドキしながら母の膝の上に乗ろうとしたが、やはり降ろされてしまった。

『なんで……？　なんで俺だけダメなの？』

理由がわからず涙声でそう訴えながら母を見上げると、彼女は目を逸らした。

『怠け者にお膝には乗る資格はないの』

その言葉に、シュリはひどく驚いた。

（怠け者……？　俺が？）

『怠けてないよ。昨日だってリュカよりたくさん勉強した』

『長い間机に向かっていればいいっていう訳じゃないでしょう。リュカの半分も魔法を覚えられてないのに、使用人に交じって料理なんてして遊んで』

その分朝、早起きした。早起きして勉強して、夜料理の練習をしていたのだ。勉強時間は削っていない。そう訴えても、言い訳としか受け取ってもらえなかった。

『……じゃあ頑張れば、リュカよりたくさん魔法を覚えたらお膝に乗ってもいいの？』

『そうね。リュカと同じぐらい頑張って良い子になったらね』

ラポリャを渡した効果がなかったことに落胆し、レレラに話しに行こうと階下へ向かうと、キッチンメイドたちの話し声がした。

『それじゃあ、陛下も王妃様もシュリ様がお作りになったラポリャを召し上がらなかったって言うの？』

『一口も口にされなかったって……どうして』

『かわいそうに……。シュリ様になんと説明すればいいかしら……』

シュリはふらりとその場を離れると、部屋に駆け込んで、ベッドの中に潜り込み散々泣いた。

大好きだという気持ちを籠めて作ったラポリャを一口も食べてもらえなかったことも、怠け者だと言われたことも悲しくて悔しくてたまらなかった。

その日からシュリは、リュカに対して猛烈に対抗意識を燃やすようになった。

頑張ればいいんだ。頑張って良い子にさえなれば、自分も家族として認めてもらえると心から信じていた。

どうしたらリュカより早く呪文が覚えられるのだろう。どうしたら、リュカより頑張ったと認めてもらえるんだろう。毎日そんなことばかり考えていた。

——怠け者にお膝には乗る資格はないの。

〝資格〟が欲しかった。

彼らの子供として、認められるための資格。

そして、愛されるに値するだけの資格が。

愛されるためには、資格が必要なのだとずっと思っていた。自分にはそれがないから、愛されることはないのだと。

そう思い続けていた。


ガタン、という馬車の揺れの音で目を覚ました。温かくて、心地いい。誰かが肩を抱いてくれて、時折頭を撫でてくれている。

そしてふと、頬に柔らかいものが触れる感触がして、シュリは目を開けた。

「ギル……？」

寝ぼけたまま薄く目を開けると、目に飛び込んできたジークフリートの姿に驚いて「フギャッ」と声を上げてしまった。

距離を取って座っていたはずだったのに、いつのまにか彼に寄りかかっていたようだ。窓の外はすっかり暗くなっている。随分長く眠っていたらしい。

突然目を覚ましたシュリに、ジークフリートもまた驚いたようだ。彼の手には、白いハンカチが握られている。

「な、なんだ？」

「これ使って。頬、濡れてるから」

慌てて手で触れてみると、たしかに濡れていた。夢を見ながら泣いていたのだ。

子供のようで恥ずかしいと思いながら目をゴシゴシと拭っていると、ジークフリートが少し真剣な顔をして言った。

「シュリのことは俺が……いや、俺たちが守るよ。今度こそ、絶対」

「え？」

「リューペンに帰っても、嫌な想いはさせない。シュリにはリンデンベルクっていう、もう一つの故郷があるんだ。その国の王子の俺たちがついてるから大丈夫」

彼の言葉に、シュリはずっと抱えていた故郷への大きな恐怖や不安が和らいでいくのを感じた。

「……ありがとう。二人も一緒だから……帰ろうって思えたんだ」

それから長い馬車旅を終え、ようやく故郷に着いた。

リンデンベルクの巨大な城を見慣れてしまうと随分こぢんまりとして見えるリューペンの城。その周りも、賑やかな城下町というには緑が多く、長閑《のどか》な田舎の市場が並んでいる。

街を行きかう人々もほとんどがネコ族の半獣だ。彼らは皆、日頃は見慣れない壮麗な馬車や、その周りを馬に乗って取り囲む護衛騎士たちに驚いて足を止めていた。

馬車の窓を開けてそっと外の様子を窺うと、中に乗っているシュリの姿に気づいた人々が驚いたように顔を見合わせた。

――やだ、シュリ様だわ。

――しばらく戻っていらっしゃらなかったから、安心していたのに。

――最近じゃ闇魔法で呪いをかける術を学んでらっしゃるとか……

――リュカ様がシュリ様に能力を奪われたというのは本当なの？

案の定ヒソヒソと話し合う声に耳を下げて慌てて窓を閉めようとすると、背後でバンッと物凄い音がして、車内にいたシュリを含めその場にいた全員がビクッとした。

ジークフリートが馬車のドアを開けたのだ。日頃紳士的な彼らしくない荒々しい開け方だった。扉を開け閉めするのは御者の仕事のはずだが、彼は自分で開けてわざと大きな音を立ててくれたのだと思う。

――シュリのことは俺たちが守るよ。

その言葉を思い出し、シュリは安堵した。

「ごめん。シュリ。驚かせちゃった？」

にこやかな笑みでそう言うと、彼は軽やかに馬車を降りて、シュリに向かって手を伸ばした。

「足元、気を付けて」

「……自分で降りられる」

シュリは恐る恐る外へと出た。たちまち鼻先を掠《かす》めた草の青い匂いにシュリは懐かしさを覚えた。

空気もリンデンベルクより少し湿っている気がする。

もうすぐノノマンテということもあり、街のあちこちには装飾が施されており、春の草花もたくさん咲いていた。

(やっぱり……この匂い、好きなんだよなぁ)

生まれ育った地ということもあり、空気が肌に馴染《なじ》む。するとそこに、白い馬に乗った騎士がやって来て、軽やかな身のこなしで飛び降りた。

「ジークフリート様、こちらの馬車にいらしたんですか⁉」

なにやら驚いた様子だ。比較的若めの青年騎士で、シュリは彼の顔にはぼんやりと見覚えがあるような気がした。

「そうなんだ。直前に俺がシュリと馬車に乗ることになってね」

「僕らにも共有してくださいよ。お二人で乗るなんて知らず、馬車には毛布も二枚しか用意しておりませんでした。寒くはございませんでしたか?」

どうやら毛布は本来、一人二枚だったのだろうと思っていると、その青年騎士がシュリのもとに跪《ひざまず》いて言った。

「寒い思いをさせてしまい申し訳ありません。シュリ様。こうしてお近くでお顔を見るのは本当に久しぶりでございます。ご立派になられて……」

「え？」

まるで知り合いのような口ぶりに、驚いているとジークフリートが笑いながら言った。

「覚えてないよね？　八年前のノノマンテの時、少しだけ顔を合わせてはいるんだけど」

「あ……」

――王子、こういうのは護衛の僕らに任せてくださいって言ってるでしょう。

八年前のノノマンテの日、子供だったシュリが賊に誘拐されそうになった時、ジークフリートが助けてくれた。確か、あの場にこの騎士がいた気がする。

「あの時はさぞ驚かれたでしょう。婚約者の前で、賊の腕を斬り落とすなんて……ジークフリート様は昔から少々、やることが過激ですので」

「……そうかな？」

「そうですよ。そういうことは僕たちに任せてほしいんですよ」

相当手を焼いているのだろう。珍しい光景に思わず頬を緩めていると、ジークフリートは改めて紹介してくれた。

「彼はマルセル。俺が子供のころから付いてくれてる護衛騎士だよ。出かける時は必ず連れてる、一番信頼の置ける側近だ。少し頼りなく見えるかもしれないけど、剣技も魔法もずば抜けてる。いないと思っても、どこからともなく駆けつけて助けてくれるから安心して」

シュリはその紹介を聞いて安堵した。常に国のことを考え自分を二の次にする彼にとって、信頼できる、頼るべき大人がいるということが無性に嬉しい。その時、もう一台、豪奢な王室馬車が到着した。

中から現れたその人を見て、シュリは少し緊張気味に尻尾をピンと張った。

（ギル……）

あの日、キスを拒絶して以来初めて会う。ずっと手紙のやり取りもしていないため緊張してしまった。

彼はシュリたちに気づくと、足早に近寄ってきた。途端に激しく揺れ出す尻尾を手で押さえていると、ジークフリートが少し小声で言った。

「ギル。道中どうだった？」

「……ああ、特段何事もなかった」

（……？）

まるで、ギルベルトが何者かに狙われているような口ぶりだ。

「……そうか。こちらも特段何事もなかったよ。ねえ、シュリ？」

「あ、ああ。うん……」

頷いてドキドキしながらギルベルトを見ると、彼は目を逸らしながら「そうか」と言った。

あからさまではないが、何とも言えないぎこちなさを感じていると、ネコ族特有のよく聞こえる耳に、少し離れて立つ人々のヒソヒソ話が聞こえてきた。

——あれがリンデンベルクの王子様？

——子供の時以来だわ。立派になられて……あんな美しい人たちがいるのね。

（……二人とも目立つもんな。背も高いし）

リンデンベルクにいる時も彼らは目を惹いたが、こんな長閑《のどか》な田舎街にいるとさらに際立って見えた。長身も、太陽の光のようなブロンド髪も、空のような青い目も。シュリの話をしていた人々は皆、彼らに見入っているようだった。

噂話も、二人への賞賛なら心地いい。

周りが二人に注目している隙にシュリは馬車の陰にそっと隠れようとしたが、それを引き止めるようにギルベルトがシュリの肩をガシッと掴み、自分の方へ抱き寄せた。その瞬間、ざわざわとした声が周囲から上がり、シュリは頬が赤くなる。

「国王夫妻の所へ挨拶に行こうか。〝シュリ王子〟」

ジークフリートに笑顔でそう言われ、シュリは無意識に背筋を伸ばした。

そうだ。自分はここに王子として来た。誰になんと言われようと逃げたり隠れたりする必要なんてない。そう思えた。


謁見の間というには小さすぎる部屋に入ると、父や母のみならず次期王となる兄のリルケがいた。兄は元々無口な性格ではあるが、もう何年もろくに口を利いていない。今もどこか冷ややかな目をして立っている。父・母・兄三人とも茶トラと白猫のミックスの毛柄だ。姉は三年前に隣国へと嫁に行ったため、今はもうリューペンにはいない。

さらに、祖母と叔父夫婦。そしてその娘たち、シュリにとっては従姉妹にあたるアイネとミーネもいた。

アイネは今年で十四、ミーネは今年で十二歳になる。二人はどちらもミルクティーのような色合いの一風変わった美しい毛色をした美人姉妹だ。特にアイネはすでに諸外国からも結婚の申し込みが絶えないらしい。

（二人とも……随分大きくなったな）

黒く呪われた毛の色ということで、二人には、特に下の子のミーネには随分怖がられていたから、また泣きだされるのではないかとドキドキしてしまう。

だが、二人の視線はシュリの隣にいるジークフリートとギルベルトへと熱く注がれているようでホッとした。

「遠いところからお越しくださいまして、ありがとうございました」

父がジークフリートとギルベルトに恭《うやうや》しく挨拶をする。少し緊張しているようにも見えた。

二人はリンデンベルクの王子として挨拶を交わし、しばし昨今の情勢についての話をしていたが、去年のゾネルデの事件の話になると、ジークフリートが頭を下げた。

「……シュリとリュカを、我が国の混乱に巻き込んでしまったことに深くお詫び申し上げます」

そうして、ジークフリートはゾネルデの日にシュリが闇魔法の力で呪いを解いて回ったこと、リュカが混乱でケガを負った国民たちの傷を癒したことを話した。

闇魔法のことは一度エルンストのもとを破門されたと報告したきりだ。

ミショーのもとで続けていたことは両親には話していない。だから両親共にシュリが闇魔法の力でリンデンベルクの国民たちを救ったという話を信じられないというような表情で聞いていた。

「シュリの闇魔法の力は、今やリンデンベルク一と言っても過言ではないです。本当に二人には助けて頂きました。リンデンベルク王子として、深く感謝いたします」

まさかこの場でこんなに詳細にあの時のことを話してくれると思わず、シュリは嬉しさにドキドキと高鳴る胸を押さえた。

（……このタイミングで、リュカのことも話さないと……）

ゾネルデでリュカの身に何があったのか、説明を求める手紙を多数両親から受け取っていた。リンデンベルク・リューペン両国の宝のような存在だったリュカの輝かしい能力を失わせてしまった責任は重い。

たとえどんな罵りを受けようと、その原因を作ってしまった自分にはきちんと説明する義務がある。眩暈《めまい》がしそうな程の緊張の中、シュリは勇気を出し、口を開いた。

「あの……その時のことで、お話があります」

おずおずと口を開くと、その場にいた全員の視線が一斉に自分へと集まり、シュリは胃が痛くなった。

シュリは幾分冷静に、当時の状況を話した。強力な呪いを解くために、代償魔法を使ったこと。そのために、全身の感覚を失ってしまったが、リュカが彼の才能の全てをかけて助けてくれたこと。

「リュカの能力が失われたのは俺のせいです。申し訳ありません」

父と母に向かって深く頭を下げる。二人が隣にいれば、どんな言葉を投げつけられても耐えられるはずだと思った。

だが、いつまで経っても何も反応がないのでおそるおそる顔を上げてちらりと母の方を見てみると、思いきり目が合ってしまった。

思わずぶわっと毛を膨らませると、彼女は微かな笑みを口元に浮かべてシュリに言った。

「リュカの能力のことは残念だけれど……あなたが無事だったことはよかったわ」

「……え？」

予想もしなかった言葉に思わず、驚いて声も出せないまま固まってしまった。まさかシュリの身の無事を喜んでくれるとは思わなかった。

昔からリュカが熱を出した時は大騒ぎだったが、シュリがケガをしたり風邪を引いたりすると、自己管理を怠ったと責められることはあっても、見舞いになど一度も来てくれたことはなかった。

不意に、いつもシュリに対して厳しい祖母が口を開いた。

「シュリ、今回の試験首席だったそうね」

「は、はい」

緊張しながらぎこちなく頷くと、隣で母が微笑んだ。

「すごいわ。よく頑張ったわね」

頑張ったわね。

母に言われたその言葉が信じられず、シュリは目を見開いた。

——怠け者はお膝には乗る資格はないの。

今までどれだけ頑張っても、一度も「頑張った」などと言ってもらったことはなかった。それがようやく認められたのだろうか。そう思うと信じられず、膝から崩れ落ちそうになる。胸に熱い物がこみ上げてきて、堪えきれない涙が目元に溢《あふ》れて思わず俯いた。

(長かったな……本当に、長かった)

小さなころから走り続けて、すごく長い道のりだった。

一位という最上の成績を残して、やっと認められたのだろうか。これで自分も家族として認めてもらえるのだろうか。そう思うと信じられなくて、シュリは俯いたまま、頬を伝う涙をそっと手の甲で拭った。

国王夫妻への挨拶のあとは、シュリがジークフリートとギルベルトに城内を案内することになっていた。張り切って廊下に出ると、追いかけてきたアイネとミーネにより、シュリはグイッと押しやられてしまった。

「私が城内を案内するわ！」

「いえ、わたくしが！」

二人は彼らの腕に抱きつきながら言った。

年頃の少女たちにとって、絵の中から抜け出てきたような王子二人はとても心惹かれるだろう。可愛らしいアイネとミーネは傍から見ると二人によくお似合いに見えて、シュリは不意にモヤッとしたものを感じた。

（なんかすごく、嫌だ）

尻尾をブンブンと不機嫌に振り回しながらも、彼女らの勢いに圧倒されて近づけないでいると、ジークフリートが穏やかな笑顔を浮かべて首を横に振った。

「ありがとう。嬉しいけど、シュリに案内してもらうから」

すると二人はたちまち不機嫌な顔になり、ミーネが背伸びをしながら耳打ちをするように言った。

「ねえ知らないの？　黒猫は悪魔の使いなのよ」

小声だったが、シュリの耳にはハッキリと届いた。

リンデンベルクでは、ゾネルデの事件以降少しだけ変わりつつあるが、世界的には未だに黒猫は不吉だという噂がはびこっている。特に田舎など、都市部の情報が入りにくい場所では余計に閉鎖的になりやすく、噂も蔓延しやすい。

ミーネは昔、シュリを見ただけで大泣きするぐらい怖がっていたので、あの頃と比べると大分落ち着いたようだが、今もまだその噂を信じているようだ。

ギルベルトは呆れたように溜め息をつくと、しゃがみこんでミーネに向かって言った。

「くだらねえ迷信だ。お前まだそんなの信じてるのか」

「リンデンベルクじゃ、黒猫は幸福を呼ぶって言われてるよ」

「そんなの嘘よ。みんな言ってるもん。黒猫は悪魔の使いだって。〝怖い闇魔法を学んで、この国に呪いをかけようとしてる〟って」

「……みんなって誰？」

ジークフリートが穏やかな笑みを消し、怒りを滲《にじ》ませた低い声で言うと、ミーネはビクッと肩を震わせた。

「……教えてくれる？　みんなって言うのは誰かな」

彼が一歩近づくと、ミーネは顔を青ざめさせてアイネの後ろに隠れた。

だが、尚もジークフリートが近づこうとすると彼女はアイネの手を引き、逃げ出していってしまった。

「ちょ、ちょっとミーネ！」

アイネは名残惜しそうにこちらを振り返ったが、さすがに妹を放っておけなかったのだろう。何度かこちらを振り返りながら走り去っていった。

「ジーク！　ミーネはまだ子供なんだぞ。あんなに怖がらせてどうするんだ」

「……紳士的に聞いたつもりだったんだけどな」

「どこがだよ。ガキ相手に本気出しやがって。もっと上手に聞き出せよ。逃げられちまっただろ」

噂の出所を見つけて締め上げるつもりだったのに、とギルベルトが拳をポキポキと鳴らした。

こんな噂、昔からよくあることだ。いちいち気にしていたらキリがない。

だが、二人がそれに対して怒りを感じてくれることが嬉しい。

「……二人ともありがとな」

思わずそんな言葉が滑り落ちた。

「は？　何がだ」

礼を言われるようなことをした覚えがないというようにギルベルトが首を傾げる。

「さっき俺とリュカのこと……お父様とお母さまたちに話してくれて」

「ああ……そのことか」

「……やっと俺、お父様やお母様たちに〝頑張った〟って認めてもらえたんだ。二人のおかげだ」

未だに興奮が収まらず、ゴロゴロと喉を鳴らしながらそう言うと、二人は押し黙ってしまった。

「？　二人とも、どうした？」

「いや……。なんでもない。シュリ、首席おめでとう」

「ああ、本当によくやったな」

ギルベルトに頭を撫でられて、シュリはますます大きな音で喉を鳴らした。二人に褒められると胸が熱くなる。

「……そうだ。ギル、いっぱい治癒魔法教えてくれてありがとな」

あの日以来連絡が途絶えていたから、やっと礼を言えた。

まだあのことについて話し合えておらずひどく気まずいが、どうしてもこれだけは伝えたかった。

ギルベルトはいつものようにフイッと顔を逸らしてどこか照れくさそうに「別に」と言った。


リューペンの城はとても小さくて素朴だ。

王族の居室自体もわざとこぢんまりと作られた小さな部屋が多く、その代わり中庭が広い。日当たりのいい場所には仮眠用のソファやベッドなどが至るところに置かれている。

ネコ族は一人一人お気に入りの場所を持っており、親や兄弟などでもない限りその場所を共有することはない。自分のお気に入りに他の者の匂いが残っていると、嫌な気持ちになるからだ。

ジークフリートとギルベルトの体に先ほどのアイネとミーネの匂いが残っているのを、シュリはなんとなく面白くない気持ちになりながら歩いていた。

「……おい、何怒ってるんだ？」

「え？　……あっ」

背後にいる二人の顔を、いつのまにか尻尾で殴りつけていたようだった。慌てて尻尾を手で掴むが、耳がイカ耳になっているのはどうすることもできない。

「なんでもない」と誤魔化し、シュリは近くにあった適当な部屋の扉を開けた。

「ここは図書室。リンデンベルクみたいに本はたくさんないけど……リューペンの郷土資料なんかはたくさん残ってるぞ」

「ほんとだ。なかなか興味深いね」

ジークフリートは本棚を見渡していたが、途中でふと視線を止めた。

『悪魔の使い　黒猫の恐怖』

子供の頃からこの図書室に置かれている本だ。幼い頃はそんなタイトルの本が自分の目につくところに置かれていること自体に傷ついたが、今となってはもう見慣れた本だ。

彼らに見られるのは気まずくて片付けようかと思っていると、ジークフリートがそれを手に取った。同時にボッと炎が上がり、本は一瞬で灰になった。

さらにギルベルトが「これも」と言って『黒猫がもたらした不吉な事象まとめ』という本をジークフリートに手渡すと、またしても一瞬で灰になってしまう。

あまりのことにポカンとしていると、彼はにこやかに笑って言った。

「ごめん。手が滑ったみたいだ。我が国から別の本を寄贈させてもらうよ」

(……絶対嘘だ)

「……ほ、本は大事にしろ」

ドキドキとする胸に手を当てて言いながらも、シュリは少しだけ胸がすくような思いがした。

図書室を出て、食堂ホールや回廊、見張りの駐屯する塔など一通り案内し終えると、ジークフリートが呟いた。

「この城全体的に少し……結界が薄いね」

城に張られている結界は、普段は目に見える物ではないが、魔法を使うと見ることができ、肌でもなんとなく感じ取ることができる。

リンデンベルクで長い間暮らしていると、たしかに薄く感じる。

リューペンは強国からは離れているため、距離的に魔法や呪いが届くこともないだろうと、そこまで強力な結界は必要とされていない。そもそも自国の聖魔法士の力では今の結界の強度が限界だった。

だが、今後ラナイフを足掛かりにされたらこの城まで届くかもしれない。

「一昨年まではリュカが結界を補強してくれてたんだけど……リュカも最近ずっと帰郷してな

くて」

「俺たちの方でも少し補強しておくけど、全体的に強化しないと意味ねえな」

二人は強力な聖魔法が使えるが、建物や都市全体に張るような大規模な結界を張るには、個人では限界がある。

この規模となるとリンデンベルクから専門の聖魔法士を連れてきて数日、あるいは数カ月がかりで結界を張り直さなければならないだろう。

「城の結界強化については、このあと色々見て回った後に国王と話し合ってみるよ。他にも強化が必要な場所はありそうだからね」

「ありがとう。俺の国のことなのに、何から何まで悪いな」

「何言ってやがる。もうこの国は〝他国〟じゃねえんだぞ。お前の実家は俺の実家だ」

ギルベルトはそう言い切ったあとに不意に照れくさそうに顔を赤くした。

その反応に、シュリも釣られて真っ赤になりながら「ありがとう」と礼を言った。

「これで主なところは一周したんだけど……ちょっと、二人に会ってほしい人がいるんだ」

「会ってほしい人？」

シュリはコクッと頷き、階下へと続く階段を下りながら二人を振り返り、ついて来てほしいと言った。

キッチンは、昼下がりの時間で夜の仕込みをしているメイドたちがいるものの、ちょうど落ち着いている時間帯のようだった。まさか使用人たちの間に案内されるとは思わなかったのだろう。二人は驚いているようだった。

二人は城で働く使用人たちとはほとんど交流しない。貴族以上の特権階級に生まれたものは皆そうだろう。ましてや自分たちは貴族どころか王族という身の上だ。

だが、シュリはどうしても二人をレレラに会わせたかった。

扉を開けると、キッチンメイドたちが一斉に振り返り、シュリとシュリの後ろにいるジークフリートたちを見て驚いたように声をあげた。

奥で洗い物をしていたレレラも何事かとこちらを振り返った。そして彼女はシュリの姿を目に止めると、洗い物をする手を止めて叫んだ。

「まあシュリ様！　お久しぶりです！」

「レレラ！　ただいま！」

シュリは我慢しきれず駆け出すと、彼女に思いきり抱きついて、ゴロゴロと喉を鳴らした。

「お久しぶりですシュリ様。また一段と立派になられて」

レレラは半獣だが猫の割合の方が高い。顔は完全に三毛猫だ。

彼女はシュリの後ろに立つジークフリートとギルベルトに気づくと、宝石のような緑の瞳を輝かせ、耳と尻尾をピンと立てた。

「まあ！　もしかしてこちらの方たちは……」

「そう。リンデンベルクの王子のジークフリートと、ギルベルトだ。ジーク、ギル。この人はレレラ。この城のコックで、俺が小さい頃からずっと世話になってるんだ」

その瞬間、ただでさえざわついていたメイドたちが、一層色めき立った。

「ジークフリート様とギルベルト様!?　うそ!?　本物!?」

「絵本から出てきたみたい！　素敵だわ！」

彼女たちは互いに手を取って尻尾を絡ませ合いながら、興奮気味に口々に囁《ささや》き合う。

ギルベルトは、メイドたちの熱い視線に「うっ」と呻《うめ》いて、あからさまに視線を逸らした。

「もう、どうして今日いらっしゃると教えてくださらなかったんですか。こんな煤《すす》だらけのエプロンで……キッチンも煤《すす》だらけ！」

レレラは少女のように恥ずかしそうにその場をぐるぐると回った。

「ごめん、驚かせたくて……」

「どうかお気になさらず。とても素敵なキッチンですね」

ジークフリートがにこやかに言うとレレラは「まあ！　ありがとうございます」と頬に手を当てる。

キッチンメイドたちも「キャーッ」と黄色い声を上げている。

「人……いや、猫たらしめ……」

ギルベルトが呆れたように呟いたが、ジークフリートは気にした素振りもなく続けた。

「シュリから……以前ラポリャを貰ったことがあって。レレラさんから教わったと聞きました。あんなに美味しい食べものは、初めてでした」

いつも落ち着いたジークフリートが、珍しく少し興奮気味に言った。

レイオット学院に編入したての冬休み、まだジークフリートと婚約関係にあった頃、彼にラポリャを贈ったことがあった。

　手紙でお礼は言われていたが、こんなにも喜んでくれていたとは思わず、嬉しくて頬が熱くなった。子供の頃、両親に贈って手つかずのままこのキッチンに置かれていたラポリャを思い出し、少し泣きそうになってしまい思わず俯く。

「まあ！　では、ジークフリート様がシュリ様の婚約者なのですか。ラポリャは家族や特別な相手に贈るものですから、シュリ様にそういうお相手ができたことを嬉しく思っておりました。たくさんお話は伺っています。色々な場所に連れて行ってくれて、本当に優しくて紳士的な方なのだと、お休みの時にたくさん話してくださいました」

「レレラ、その――」

「いや、まだシュリの婚約相手は決まっていません」

　シュリが否定するよりも先に、ギルベルトが被せるように言った。

　その剣幕に驚いたのか、レレラがぶわっと毛を膨らませたあとに耳をぺしょりと下げて、申し訳なさそうにペコペコと頭を下げた。

「ま、まあそうなんですか⁉　これは失礼いたしました」

　長いこと帰省しておらず、レレラには、ジークフリートと交際していた時のことしか話していないから、勘違いしてしまうのも無理はない。

　少し気まずく思いながらギルベルトを見上げると、引き攣《っ》った満面の笑みを浮かべていた。

「いえ。……俺も、その〝特別な相手に贈る〟ラポリャという物を食べてみたいです」

「ギ、ギル……」

レレラはしばらくの間ジークフリートとギルベルトとシュリの顔を見比べていたが、やがて三人の複雑な関係性を感じ取ったのだろう。

困惑したようにしばらく尻尾を横に振っていたが、やがて、なぜか二人に「頑張ってくださいね」と言って励ました。

「シュリ様はこう見えて、とても甘えん坊な可愛らしい方なんです。ネコ族はマイペースで一人が好きというイメージを持たれるかもしれませんが、真逆のタイプも多いのです。シュリ様は抱っこが大好きで、好いた方とはもう一日中べったりくっついていたいというゴロスリタイプですので、正式にご婚姻を結ばれたら、きっとそれはもう……」

「レ、レレラ、何言ってるんだよ！」

恥ずかしさに尻尾が大きく揺れてしまう。

「今の話、全部嘘だからな！」

激しく首を横に振って全力で否定したが、彼らは妙ににやけた顔を赤くして、なぜか口元を押えていた。

一通りの城内案内を終えると、シュリは二人が今夜泊まる部屋へと案内した。

明日からは辺境地帯へと視察に赴くため、ほとんどこの部屋に滞在する時間はないのだが、メイドたちは相当気合を入れてゲストルームの準備をしたらしい。一体どんな部屋になっているだろうとドキドキしながら部屋のドアを開ける。

（せ、狭い……！）

絶望的に狭い部屋に、シュリは言葉を失った。リンデンベルクで長年過ごしていたせいかひどく狭く感じる。

狭い場所を好むネコ族にとっては、とても居心地のいい部屋なのだが、二人にとっては窮屈だろう。

さらに、二人のために用意したと思われる豪奢な家具が余計に部屋を狭くしてしまっている。天井も低めのため、背の高い彼らは頭をぶつけてしまうかもしれない。

想像以上の狭さに衝撃を受けた様子で黙り込んでしまった二人に、シュリはひどく申し訳なく思いながら言った。

「わ、悪い。狭いよな。でもここが一番広い部屋で……」

しどろもどろになりながら謝罪していると、ギルベルトが何か言いかけたのを遮るようにしてジークフリートが笑いながら言った。

「いや、秘密基地みたいで逆に落ち着くよ」

「そ、そうか？　それなら良かったけど」

落ち着くという言葉に、シュリは安堵した。

「俺たちネコ族はこういう狭いベッドで二、三人ぎゅうぎゅうにくっついて寝るのが好きなんだ」

「はぁ⁉　このクソ狭いベッドで二、三人⁉」

ギルベルトが心底驚いたように言うと、ジークフリートが彼の鳩尾《みぞおち》を肘でドスッと突いたので、彼は悶絶した。

「小さい頃は……リュカと兄さまと姉さまと四人でくっついて寝てたりしたぞ。リュカとはまだ、たまに一緒に寝てるし……」

そう言った後、シュリはハッとして顔を赤らめた。

「別に、甘ったれてる訳じゃないぞ！　一人でも普通に寝られる！　でも、猫は本能的に誰かとくっついて寝るのが好きなんだ」

「……へえ」

二人がまたしてもニヤニヤとしている。それが無性に恥ずかしくて、シュリは尻尾で二人の頬をバシッと叩いた。

■

——その夜。

「全っ然寝られねえ……」

狭いベッドの窮屈さに、ギルベルトは何度目かわからない寝返りを打っていた。長旅で疲れているはずだが、全く寝付けない。もう一度寝返りを打っていると、不意にコンコンとドアを叩く音が聞こえた。

「……ジークか？」

ギルベルトはハッとして剣のツカに手をかけた。ゾネルデで王妃が起こした一件以来、身の回りが常に物騒なため、寝る時も常に帯剣している。そういう不穏さも、不眠症に拍車をかけていた。

こちらの呼びかけに答えず、ギイィとドアが開けられる。

（おいおい護衛は何してるんだよ。寝てんのか？）

身を起こすと、そこにはパジャマ姿のシュリが枕を抱えて立っていた。

「シュリ⁉」

「なあギル……今夜、一緒に寝てもいいか？」

「は⁉　……？　え……？　お、おう」

（おう、じゃねーよ。どうするんだ⁉）

この狭いベッドに入って来られたら、否応なく密着することになる。当然、我慢などできる訳がない。

こちらの葛藤と戸惑いを他所にシュリはもぞもぞとベッドの中に潜り込むと、ギルベルトの胸に顔をぴったりと付けて尻尾や足を絡ませてギュウギュウと抱きついてきた。

ピクッと手を震わせると、シュリはギルベルトの手を取り、自分の頬へと当てさせる。

「俺……ギルの手大好きだ」

「っ！」

（キスはあんなに嫌がったくせに、なんなんだ……？　悪魔か……？　何を試してるんだ……？）

一カ月前、シュリに衝動的にキスをしてしまった。そのことをひどく後悔している。

結果は——明確な拒絶。

薄々わかってはいたことだが、ショックを隠し切れない。

やはり彼の心の中には、まだジークフリートがいるのだろう。絶望的な初恋の結末だ。

あれから、シュリに手紙を出せずにいた。あの出来事に一切触れずにいるのもおかしいし、文字で綴ることではないと思った。

この旅の中、一度覚悟を決めて話し合う必要があるが、シュリの答えはわかり切っている。

父親に今後のことを決めた書状を無理やり書かせた時、どさくさに紛れて自分とシュリの婚約を決めてしまうこともできた。そうしなかったことを、今更後悔しそうになっている。

ジークフリートには深い負い目もあるし、何よりシュリ自身に、自分を選んでほしいという想いがあったからだ。それでも本当にはっきり「ジークフリートと結婚したい」と言われたら。

(そんなことになるならいっそ無理やり……)

黒い考えが頭を渦巻き我慢ができなくなる。肩をギュッと掴みながら思わず低い声で言った。

「お前……こんなとこに入ってきてどういうつもりだ？　そういうつもりでいいんだよな」

荒い息を吐きながら肩を押さえつけて脅すように言い、パジャマの襟に手をかけるが、シュリは何も答えず、ただただ心地よさそうにゴロゴロと喉を鳴らしている。

そのあまりに無防備な信頼しきった寝顔をしばらくの間睨《にら》みつけていたが、徐々に毒気を抜かれてしまった。

肩を押さえつけていた手を下ろし、彼に背を向けようとするが、そうはさせないというように
べったりとくっつかれる。

（あっつ……ゴロゴロうるせえ……可愛い）

半獣の彼は、普通の人間よりも体温が高いらしい。それなのに、べったりくっつかれたら寝苦しい。

ただでさえリューペンはリンデンベルクよりも気温が高いのだ。その上、耳元でゴロゴロと爆音で喉を鳴らされたら寝られたものではない。

その上狭いベッドがさらに窮屈になってしまい寝返りすらも打てない。

（あー……でも……幸せだ……）

雷のようなゴロゴロという音を聞いていると、ここ最近ずっと気を張っていた緊張感が徐々に溶けていき、久しぶりに深い眠りについた。

……——翌朝、ギルベルトは体中の痛みで目を覚ました。

「あれ……シュリ？」

腕に抱いて寝ていたはずのシュリがどこにもおらず、慌てて身体を起こそうとして痛みに呻《うめ》いた。

冷静になって思い返してみると、あれは現実だったのだろうか。シュリは恋愛に鈍いところはあるが、そこまで人の感情に対して鈍感ではない。キスを拒絶したというのに、ギルベルトの思いを知った上でベッドに潜り込んでくることなどあるはずがない。

つまり。

（うっそだろ……夢か……）

ずっと不自然な体勢で寝ていたらしく、体中寝違えていて激痛が走る。それでも、もし本当にシュリを腕に抱いていたならばこれも幸せな痛みに感じただろう。

一晩中幻を抱きしめていたとわかると、そのむなしさにギルベルトは思わず舌打ちをした。ベッドが狭すぎて、きっとあんな夢を見たのだ。

床に毛布を敷いて寝た方がましだったかもしれない。リューペンはリンデンベルクよりもずっと温かく、床の上で寝ても寒くはないだろう。

（シュリが寒がりなのもわかるな）

彼にとってリンデンベルクの環境はかなり過酷らしい。猫は元々、寒がりな生き物だ。だから膝に乗りたがるし、一緒に寝たがる。

もし自分が彼の夫となることができたら、ずっと膝の上にのせて後ろから抱きしめて温めてやるのにと思う。

ノノマンテまでの間、ギルベルトたちはシュリにリューペンの観光地を案内してもらうことになっていた。

観光案内というのはあくまで名目上で、本当の目的は防衛や地形の状況を把握する〝視察〟と、ラナイフとの国境にある町で起きている不審な事象についての調査だった。

朝支度を済ませてホールへと向かうと、すでにジークフリートが立っていた。

「おはようギル。……眠れた？」

「いや全然。体中バキバキだ」

「……だよね」

ジークフリートもよく寝られなかったのだろう。目の下に隈を作り、痛そうに首を摩《さす》っていた。

どうやったらあのベッドで快適に寝られるのか話し合っていると、階段を駆け下りてくる足音と共にシュリが現れた。

「おはよう。二人とも、早いな」

少し息を切らせてそう言ったシュリの姿に、ジークフリートと共に固まってしまった。

シュリはリンデンベルクではいつも制服か、簡素なチュニックなどを着ていたが、今日は故郷リューペンの民族衣装を着ていた。

リンデンベルクの服とはまるで違う。

黒が基調だが赤い糸の刺繍の装飾が多数施されていて、とても華やかだった。同じく刺繍のほどこされた耳付きの帽子もかぶっている。

放心したような自分たちの視線に、シュリは気まずげに言った。

「な、なんだよ。そんなに変か？　荷物軽くしようと思って、服はほとんど寮に置いてきちゃったんだよ。この方が俺にとっては動きやすいし……」

「いや……なんていうかすごく……」

「綺麗だ。似合ってる」

思わずストレートに言ってしまった。他に形容ができない。するとシュリはその言葉にぶわりと頬を赤く染めた。

「そ、そうか？　ならよかった。……この恰好の方が、リューペンの観光ガイドっぽいだろ」

照れくさそうに牙を見せて笑うのも凶悪なまでに可愛らしく、許されるならばこの場できつく抱きしめたいと思った。


晴天の空の下、馬車で南東へ進み、国境の街ピラポルカへと向かう。

リューペンはそもそも、国土はリンデンベルクの百分の一程しかない、本当に小さな国だ。

馬車で端から端まで移動してもさほど距離はないが、途中途中で〝観光〟という名目で主要な街を経由していくため、数日間の旅になる。

しばらくの間、馬車で揺られていたが、昼前ぐらいの時間帯になった時、シュリがふと言った。

「なあ二人とも、腹減ってないか？」

「……あー、まあな」

「でももうすぐ次の街でしょ？　大丈夫だよ」

気遣いに感謝していると、シュリが少しウズウズとした様子で、彼の大きな旅行鞄から木箱を取り出した。冷凍魔法がかかっているのか、ひんやりとした冷気を感じる。

「昨日……ジークがラポリャ美味しかったって言ってただろ？　ギルも食べてみたいって言ってくれたし……レレラにキッチン借りて、夜のうちに作ってみたんだ」

「な⁉」

「次は結構大きい街だから、そっちの方が美味しいもの食べられると思うけどまだ少し時間かかるし……その、良かったら……食」

「食べる」

「食べる」

ジークフリートと、声が完全に重なった。その圧に、シュリは少し驚いたようだったが、すぐに嬉しそうに牙を見せて笑った。

「お、おお。そうか。良かった。せっかくだからこの辺で馬車を止めてもらって、景色でも見ながら食べよう。まだ時間あるし」

シュリは緑生い茂る小高い丘に生えた大きな木の前で馬車を止めると、あらかじめ持って来たらしい大きな敷布を広げてそこに座るように言った。

彼は相当張り切って用意してくれたようだ。ラポリャの他にも、食後のデザートにとクッキーまで焼いてきてくれていた。

サンドイッチや軽食もたくさん用意してくれていたようで、シュリは護衛のマルセルたちにも飲み物と共にそれを振る舞っている。

「えっ、俺たちもいいんですか？」

「ああ。付いて来てくれてありがとう」

すると護衛たちは顔を見合わせて歓声を上げ、嬉しそうに軽食にありついた。

「お前……なんでそんな馬鹿でかい荷物持ってるのかと思ったら、そのためだったのか」

「ち、ちが……別に遊んでる訳じゃない」

どう考えても遊び以外の何物でもない光景だ。

「……別にいいじゃねーか。遊んだって」

「だから違う。ほら、こういうことした方がいかにも〝観光〟って感じで視察中だってバレにくいだろ！」

「そうだね。カモフラージュにちょうどいいよ」

ジークフリートが笑いながら言うと、シュリは「それだ。カモフラージュなんだこれは」と得意げに言った。

笑いをかみ殺していると、シュリはそんなギルベルトの様子にムスッとしながらも敷布の上に座って木箱を手にした。小さな木箱が二つずつある。どうやら、各自それぞれ一つ用意してくれたようだ。

「一人一つあるぞ。どっちも最高傑作の出来栄え……あっ」

シュリが蓋を開けるなり悲しそうな声を上げた。ラポリャというのは魚の形をしたパイらしいが、片方の箱の、尻尾の部分が少し崩れている。

馬車の振動で、崩れてしまったのだろう。シュリは見ていて可哀そうになるぐらいに耳を下げた。

「せっかく、最高の出来栄えだったのに……」

耳をぺたんこにしてしょげているシュリは可愛らしく、頭を撫で回したくなる衝動に駆られる。

「十分上手だけど。美味しそうだよ」

ジークフリートがシュリの髪を撫でた。

それは無意識の行動だったのだろう。彼はほんの一瞬、ハッとしたが、シュリが手を払いのけないのをいいことに撫で続けた。それを見て、ギルベルトもまた手をシュリの頭の上にのせて思いきりグリグリと撫で回した。

「その崩れている方をくれ」

「その崩れてる方くれる？」

またしてもジークフリートと言葉が重なってしまった。口調は違うが同じ声のため、本当に綺麗に揃う。

「な、なんで……」

「なんか特別感あるし。味はどっちも美味しそうだよ」

「俺も別に、形は気にしねえし」

なぜか崩れている方を取り合っていると、シュリはしばらく目をぱちぱちさせていたが、やがて「変なの」と笑った。

意図せず崩れている方の争奪戦となったが、ギルベルトは初ラポリャということもあり、綺麗な方を食べるように言われた。ようやく立ち直ったらしいシュリは、ラポリャと紅茶を魔法で温めて皿にのせてスプーンと共に差し出してくれた。

一口食べてみると、とても美味くて思わず食べる手が止まった。子供の頃から宮廷料理に触れていて、特にこれと言って好きな物も嫌いな物もなく生きてきた。

酒が呑める年齢になってからは、何かを食べるよりも酒を呑む方が好きになり、食べ物ももっぱら酒のつまみになる物を好んだ。

そんな自分にとって、間違いなく人生で食べた物の中で一番美味かった。隣を見ると、自分以上に食に頓着しないジークフリートが夢中になって食べている。

「ど、どうだ……？」

「…………」

「まずいのか？」

「美味すぎる」

ギルベルトがそこでようやく顔を上げ、まるで子供のように目を輝かせた。

するとシュリはしばらくの間瞳を揺らしながら自分たちの方を見ていた。心なしか、その瞳は潤んでいるようにも見える。

「シュリ？」

「い、いや……そんなに気に入ってくれたなら、また作る。味違いも色々あるんだ。辛いのとか、甘いのとか……リクエストあったら作るから」

「俺、甘いやつ」

「俺は辛いやつかな」

「二人とも……好みまで真逆なのか」

「どうだろう。あんまり味自体気にしない方だったから、好き嫌いもないけど……だから初めてだな。こういうの。シュリのおかげで、生まれて初めて〝好きな食べ物〟ができたんだ」

ジークフリートの言葉に、シュリは瞳を揺らした。

その何気ない表情の変化に、ギルベルトは〝ああやっぱり〟と思う。

不意にゴロゴロ……という音が聞こえたかと思うと、シュリが真っ赤になって俯いた。撫でられた訳でもないのにゴロゴロと喉を鳴らしてしまったのが恥ずかしいのだろう。

鳥の声と春草にそよぐ風の音しか聞こえない静かな丘の上に、しばらくの間シュリのゴロゴロと喉を鳴らす音が響いた。


昼食を終えて再び馬車へと乗り込む。腹が満たされて、少し眠気を感じてきた。

隣にいるシュリもそうなのだろう。ラポリャとあれだけの軽食や菓子を用意してくれたのだ。昨日の夜は相当遅くまで作ってくれていたに違いない。

こくりこくりと船をこぎそうになると、彼は慌ててピシッと背筋を伸ばしたがしばらくするとまたうつらうつらとしてくる。

「何頑張ってんだよ。寝てろ」

「……視察中に、寝る訳ないだろ」

彼はピンと尻尾を立てて車窓の外を眺めていたが、やはり何度か船をこぎ、十分後には完全にギルベルトの肩に寄りかかって眠ってしまった。

無防備な寝顔にドキドキとしているとジークフリートが「安心しきってるね」と笑った。その愛おしそうな笑顔を見て、ギルベルトは少し歯がゆくなりながら言った。

「ジーク、お前はどういうつもりなんだ」

「……どういうって？」

「シュリのこと、どう思ってるんだ。こいつは多分まだ、お前のことが好きだぞ。わかってんだろ？」

もしジークフリートがシュリをまだ好きだと言ったとして、妨害する気はあっても仲立ちなどする気は一切ない。それでも、この男の本心が知りたかった。

「……俺は完全に脈なしだからな」

「俺は脈なしとは思わないけど。ギルも結構鈍いね」

「はぁ？」

「……シュリと最近、何かあった？」

図星だと言わんばかりに黙り込むと、ジークフリートは少し笑ったあと、すやすやと眠るシュリに視線を向けた。

「もしシュリが本当にまだ俺を愛していたとして、俺にもう一度愛し合いたいという資格はないよ。シュリはお前がいなかったら……あの時死んでたかもしれない。今でもよく夢に見るんだ。シュリが壊れて死んでしまう夢。俺が殺してしまう夢。俺と付き合ってた頃のことを思い出すとシュリはいつも苦しそうなんだ」

口調こそ淡々としていたが、彼の顔には深い後悔が滲《にじ》み出ていた。

「今、シュリがこうやって安心して眠ったり、笑ったりできるのは、お前がずっと隣にいたからだ。お前となららシュリは間違いなく幸せになる。お前は俺の、こうありたかった姿なんだよ」

ジークフリートはそう言いながら顔を上げた。まるで鏡を見ているような、不思議な気持ちになった。

「だから俺の……今シュリに対してできる最大の愛情と償いは……ギル、お前を死なせないことだ」

本当は、リューペン視察はギルベルト一人で来るつもりだった。二人ともリンデンベルクの城を留守にするのはリスクがあると思ったからだ。だが、直前になって、ジークフリートも一緒に来ると言った。そこには様々な懸念と思惑がある。

「お前もだ、ジーク。お前がこいつにできる最大の愛情と償いは、これ以上傷を負わさないことだ。つまり、お前も絶対死ぬなよ」

するとジークフリートは少し驚いた顔をしたあと、目を細めて笑った。

■

――リンデンベルク、レイオット王立魔法学院。

補習初日の朝。

リュカは自分の不快さを最大限体で表そうと尻尾を大きく振り回していた。目の前の男はそんなリュカの不機嫌にも気づかず、機嫌よくパンにジャムを塗っている。

朝五時から起きて勉強をしていたのだが、七時頃にライナーに部屋まで押しかけられたのだ。

「いやー、この部屋綺麗に片付いてるな。リュカ君ってもしかして掃除得意？　俺の研究室も掃除してもらっちゃおっかなー。足の踏み場もなくて困ってるんだよな」

「……補習って九時からでは？」

「そうだよ？　これは朝ごはん」

「なんで僕が、先生の朝ごはんに付き合わないといけないんですか」

自分に出せる精一杯低い声で、牙さえ見せながら唸ると、ライナーは新聞に目を落としながら淡々と言った。

「それは間違い。俺が君の朝食に付き合ってあげてるんだよ。朝食を摂った方が勉強効率がいいからな。そういう論文も出てる。君は自己管理ができてないから、これも補習のうちだよ。早く食べなさい」

「はぁ……そうですか」

リュカは苛々して尻尾を振ったが、仕方なくパンに手を伸ばした。

最近、朝は抜き、昼食は学内で買えるパン、夜も同じという適当な食生活を続けていたので、目の前に広げられた朝食は少し重く感じる。

だがさっさと食べ終わらないとこの男は部屋から出て行かないだろうと思った。

「聖魔法の教師って暇なんですか？」

「忙しいよ。聖魔法士は結界を張るっていう重要任務があるから、他の魔法士より忙しい。ま、おかげで儲かるけどね。闇魔法の呪いも日に日に進化してるから、こっちの結界もアップデートしていかないといけないし」

ようやく朝食を終えると、ライナーがリュカの机の上に積み上げられた魔法書の山を見ながら言った。

「あ、そうだ。今日の補習、教科書は持ってこなくていいぞ」

「……え？」

教科書なしでどうやって授業をするというのだろう。疑問に思いながらも、無駄に口を利きたくなかった。

一刻も早くこの部屋から出ていってもらおうと、リュカは無心で目の前のパンを平らげた。

結局、その後も食後のコーヒーだの朝の散歩だの、果ては散らかって足の踏み場もない研究室の掃除まで手伝わされているうちに九時になり、補習が始まった。

「よし。じゃあ、今から早速実践だ。今日はルカビアンの魔法を実践でやってみてくれ」

リュカは耳を疑った。

「できる訳ないじゃないですか」

「どうして？」

「基礎もできてないのに。先生、僕の〝事情〟わかってるんですよね？」

ルカビアンは二年生レベルの聖魔法で、白い光と熱を放って対象を軽く吹っ飛ばすことができる攻撃魔法だ。

今、ようやく学院入学レベルまで魔法能力を戻したばかりの自分ができる魔法ではなかった。

「できるよ。でも、ルカビアンは基礎の範囲だ。特に捻りもない簡単な魔法だろ？　それに、できなくても怒らないから大丈夫。怒るってエネルギーの無駄だしな」

――ああ、苛々する。

リュカはなぜこの教師に対して苛々するのか理由がわかった。かつての自分とよく似ている。合理性だけを考え、人の感情に寄り添おうともしない。

『なんでできないの？　シュリ。こんなの簡単なんだから悩むところないでしょ。早く終わらせちゃって一緒に遊ぼうよ』

幼い頃、そう言う度にシュリは耳を下げて悲しそうな顔をしていた。今ならシュリの気持ちが理解できる。

(馬鹿にすんな。クソ教師)

尻尾を大きく振りながら、リュカはライナーに向けてルカビアンの魔法を思いきり放とうとした。

ほんの一瞬、手の平が大きく光ったが、すぐに光は消えてしまう。
(クソッ)
「はい。ストップ。本当に基礎からできてないんだな。〝人に向けて魔法を放っちゃいけません〟っていうのは子供の時に習うことだぞ？」

ライナーはわざとらしく、小さい子に言い聞かせるような言い方をした。

「そうですよ。だから僕は基礎からやらないと意味が……」

「基礎は自習でやって」

「それじゃ補習の意味がないじゃないですか」

するとライナーは僅かに身を屈《かが》め、リュカに向かって優しいともとれるような笑みを見せた。

「そうか。君は怖がってるんだな」

「は？」

「……今まで何でもできてわかっていた君にとって〝できないこと〟も〝わからないこと〟も恐怖だろう。だから基礎ばかりを繰り返し勉強したり、魔法のルーツを学んだりして、勉強をした気になってる」

「……っ」

「時間がいくらでもあればそのやり方は正しいけど、常識的なやり方では間に合わないよ。怖がって足元ばかりをいつまでも踏み固めていても成長はしない」

「…………」

「よし。次はそっちのドアがある壁に向けてやってみよう。あの壁には魔法をかけてあるから、いくらでも魔法を放っていい。できるまでやって」

「だから今の僕にはできないって言ってるじゃないですか！」

食い下がるが、ライナーは全く取り合わずに続ける。

「ポイントは……そうだな。まず姿勢と、あと、あの壁に小さい赤い点があるだろ？　頭の中で光の糸を作って、あの赤い点を針穴だと思ってそこに通す感じ。百回でも二百回でも。ルカビアンの魔法ができるようになれば、君は一年生から進級できるぐらいのレベルにはなる。一日で一気に一年分成長できるよ。じゃ、頑張って！」

「……は？」

「これから俺学会なんだよ。終わったらまた来るから、適宜休憩は取ってくれ。昼食は戸棚に入ってるから、魔法であっためて食べて」

そのままライナーは部屋を出て行ってしまった。リュカは足音が聞こえなくなったのを確認して、部屋を出ようとしたが、ドアが開かない。

「なに、これ⁉」

ガチャガチャとひねり回していると、外側からドアが開き、リュカは思いきり額をぶつけた。

「そうだゴメン。言い忘れてた。このドア……というか壁一体にはさっき言った通り特殊な魔法がかけてある。ルカビアンを放たないと、内側からはドアが開かないようになってるから、外に出たかったら早くルカビアンを放てるようにすることだな」

そう言うと、ライナーは今度こそ部屋を出て行った。残されたリュカは、呆然とドアを見た。

（……こんなの監禁だ。教師がこんなことやっていいの？）

苛々しながら、しばらくの間リュカは当たり散らすように壁に向けてルカビアンの魔法を放ったが、ドアが開くことはなく、やがて力尽きてその場にへたり込んだ。

――今まで何でもできてわかっていた君にとって〝わからないこと〟も〝できないこと〟も恐怖だろう。

本当に、その通りだった。

以前はわからないことを見つけるのが好きだった。すぐにできるようになるとわかっているから。目新しい物何でも興味を持つ、好奇心の塊だった。

だが今は、わからないことが怖い。

ルカビアンなんて簡単だった。五歳の頃から上手に使えていた。周りの大人からもコツを聞かれたけれど、コツなんてない。全部勘でやっていた。なぜみんなができないのか、まるでわからなかった。今は、どうやったらできるようになるのか、狂おしい程知りたい。

リュカは壁に付けられた赤い印に目を止めた。

――あの壁に小さい赤い点があるだろ？　頭の中で光の糸を作って、あの赤い点を針穴だと思ってそこに通す感じ。

ライナーの言葉を思い出しながらルカビアンの呪文を唱えて頭の中で光を作りだすと、それを細く長く伸ばし、一本の糸にした。

さらにそれを、点に向けて放つ。

「あっ……」

先ほどよりも、少しだけ遠くまで光を飛ばすことができた。

(なんか、掴んできたかも)

リュカは何度も何度も魔法を放つ。光の糸は少しずつ伸びていくが、赤い点までは全く届かない。

昼食も摂らずにムキになってやり続けていると、太陽の光が傾き始めた頃、リュカは疲弊しきっていた。身体中から汗を流し、肩で息をしていた。

霧《もや》がかかったような思考の中で、ライナーから言われた言葉が不愉快に反芻される。

——過去の栄光は過去のものだよ。今何もないなら君には何もないってことさ。

(うるさい!)

——〝以前の君〟なら、婚約者としてなんの遜色もなかった。国の宝だったからどんな特例も認められただろうけどね。果たして今の君は国の宝と言えるかな。

(うるさいんだよ! 黙れ!)

ずっと考えないようにしようと思っていたことをライナーにナイフで抉り出された。

シュリのためにやったことに、何の後悔もなかったはずなのに。

心の中で、どこか信じていたのかもしれない。全てを失くしても、自分ならまた一から全部取り返すことができるに違いないと。

だが、現実はそんなに甘いものではなかった。取り戻そうともがいても、指の間からすり抜けていく。

何をやってもすぐに覚えられたのは、まさに神から授かった能力で、それがなければ自分は何の価値もない空っぽな人間なのだと思い知った。

シュリにだけは哀れまれたくない。痛々しい目で見ないでほしい。もう一度、まるでなんの苦労もしていないように簡単に、全部の能力を取り戻したところを見せて、「さすがリュカだ」と笑ってほしかった。

リュカは疲れ果てても、限界が来てもドアに向かって魔法をかけ続けていた。

一体何度目の挑戦だろうか。ようやく赤い穴に、光の糸が通った。それを見るか見ないうちに、リュカの意識はぷつりと途絶えた。

■

目を覚ますと、天井が目に入った。

（ここ、どこだっけ）

どうやら自分はソファの上に寝ているようだ。身体がひどくだるいが、直前の記憶が思い出せない。どうにか記憶の糸を手繰り寄せていると、ふと視界一杯にライナーの顔がぬっと現れた。リュカは思わず「フシャァッ」と威嚇の声を上げ、全身の毛を逆立てた。

「目覚めた？」

「……はい」

思い出した。ライナーの補習の授業の最中だった。ルカビアンの魔法を成功させたのは、夢だったただろうか。

「びっくりしたぞーホント。学会終えて戻ってきたらドア全開で、君は部屋のど真ん中で倒れてるんだもん。死んじゃったかと思った」

寝起きにうるさいと思いながら不機嫌に尻尾を振る。

だが、ドアが全開だったということは、やはりルカビアンの魔法は成功したのだと、胸が高鳴る。

「コツを掴んでできるようになると嬉しいよなー、よく頑張った。偉いぞー」

ニコニコと笑われて頭を撫で回され、リュカは顔を逸らした。

「……次の魔法、教えてください」

「今日はもうおしまい。リュカ君の魔力は一年生レベルしかないんだからこれ以上は体に障る。正直、ルカビアンの魔法は明日まではかかると思ってたからすごいと思うよ」

のんびりと言われ、リュカは首を横に振った。

「僕は早く、リューペンに帰らないといけないんですよ」

「なんで？　俺なんて故郷に何年帰ってないか……もうこの年になるとあんまり帰りたくないっていうか」

「兄が心配なんです」

リュカは思わず口にした。自分が才能を失くしたことで、シュリは責められているに違いない。

「君の頭の中はお兄さんのことで一杯だなあ。でも、婚約者二人も一緒なんだろ？　大丈夫じゃない？　……君がいなくても」

いちいち癇《かん》に障る言い方をする。というより、リュカが触れられたくないことに明確に触れてくるのだ。

「とにかく。今日はもう十分頑張ったから、ゆっくり休んで明日以降の補習に備えよう。さ、まずは夕飯だ。先生が美味い物を食べに連れて行ってあげよう」

いらないと言って部屋に戻ろうとしたが、結局リュカは強引に夕食に連れていかれてしまった。

レストランに連れていかれても絶対に食べないと決めていたのだが、出てくる料理は皆、大好きな鶏料理ばかりだった。その上食べたことがないぐらいに美味しく、結局全て平らげてしまった。

一日中振り回され、無茶な魔法の特訓をさせられてクタクタに疲れて、その日は久しぶりに夜の十時にはぐっすりと眠りについてしまった。

■

町をいくつか経由しながら馬車に揺られ、ようやく国境の町ピラポルカに着いた。

ピラポルカはリューペンの中では王都スラヌイに次いで大きな町だ。国境の警備のために猫の獣人だけでなく、狼や獅子、熊などの大型獣人、それからヒト族の傭兵も多数雇われている。

彼らは老いたりケガをしたりして傭兵を辞めたあともこの町を気に入って留まり、商売をして生きていくことも多い。そのため相対的にネコ獣人の割合が少なくなっており、他の町と少し雰囲気が異なる。

晴天の下、大通りは市場や店先の呼び込みの声で活気づいていた。幼い頃は、父について何度か来たことがあるが、もう長いこと来ていなかった。随分変わった街並みを見ながら、シュリは頭に被っているストールを深く被り直した。

ノノマンテへの出席は公式行事として公開されているが、ピラポルカへの訪問は極秘で行《おこな》っている。

ラナイフ公国がルベレーと手を組んでいる可能性がある以上、リューペンの王子であるシュリや、リンデンベルクの王子二人が視察に来ていると知られるのはよくない。そのため、ジークフリートもギルベルトもごく簡素なチュニックに帽子を被っていた。シュリもまた黒髪は目立つだろうということで、刺繍の施されたストールを頭に被っている。

「賑やかな町だね」

「ああ。ここは豊かな町なんだ。ピラポルカは、武器をたくさん作るから鉱業も盛んで、イルマイトとかピアナ石が特にたくさん取れるんだぞ。あと織物や工芸も有名だから、エーリヒにリューペンのお土産買うならこの町で買うのがお勧めだ」

「……そういえばあいつ、猫の置物が欲しいとか言ってたな」

ギルベルトが少し面倒そうに言い、店先に並んだ工芸品を見回した。

「アルシュタットで買ったこのシュリの置物を見せてから、自分も欲しいって聞かないんだよ」

ジークフリートが胸元のポケットから、ちらりと木彫りの黒猫の置物を見せて笑った。

「……別にそれ、俺の置物じゃないだろ」

黒猫の置物というだけだ。

肌身離さず持ち運ばれていると思うと、なんとなく気恥ずかしくて目を背ける。すると、その視線の先にたくさんの美しい工芸品が並んでいるのが目に入って、シュリは目を輝かせた。

「リュカのお土産に、このブックカバーどうかな。赤と青、どっちがいいと思う？」

織物で作られた美しいブックカバーに心惹かれ、シュリは手に取った。本を読むのが大好きな彼にぴったりの土産になるだろう。

「リュカは赤がいいんじゃないかな。白い毛に、よく似合うと思う」

「だよな。俺も赤が良いと思ったんだ」

シュリは機嫌よく言って市場の店主に代金を支払い、赤いブックカバーを包んでもらった。

さらにエーリヒに木細工のおもちゃを買い、いつもならこれで土産選びは終了なのだが、今日は違っていた。

初めて首席を取り、シュリは怠け者ではないと認められ、家族の一員になることができたのだ。家族にも、土産を買って帰りたかった。

「このストールとひざ掛けはおばあ様とお母さまにどうかなと思って。お父様にはこのピアナ石のペーパーナイフ、兄さまにはガラス細工のペン」

ジークフリートを見上げながらそう聞くと、彼はなぜか少しだけ眉根を寄せたあと「どれも良いと思うけど……」と言った。

「リュカとエーリヒにだけでいいんじゃないかな。荷物になるし」

「あとで一旦、荷物は宿に預けに行くから大丈夫だ」

宿はこの大通りの一番奥にある店を取ってある。市場でたくさん買い物をするだろうと予測して、わざわざその場所に宿を取ったのだ。

「このストールは、アイネとミーネにあげようと思うんだけど、どっちの色が似合うと思う？」

今度はギルベルトにそう問いかけると、彼はシュリの手にしている橙色のストールと青色のストールをちらりと見て首を傾げた。

「……顔忘れたからよくわかんねえ」

「つい三日前会ったばかりだろ？」

呆れながら彼の手の中にある物を見ると、ギルベルトはそれをサッと後ろ手に隠した。

「エーリヒへのお土産か？」

「……え？　ああ、まあな」

一通り市場を見て回ると、シュリは広場に置かれた大時計を見上げた。時刻は正午の少し手前だ。買い物を楽しみすぎたが、ピラポルカの町に来た目的はもちろん観光ではない。

不審なことというのはこの町の城塞に駐屯している国境警備隊の間で起きているらしい。だから、城塞を目指す必要がある。

「城塞まではかなり本格的な登山になるから、その前に昼食を済ませていこうか。この近くに有名な店があるんだ。店内も広いし、護衛のみんなも入れると思う」

シュリたちは道の角にある大きなレストランに入った。ピラポルカの川で獲れた新鮮な魚料理のお店だ。

「う、うわぁ……リュエプのステーキに、シカプのパイもある。ああでも、リーシャパイも美味しそうだしハワムのシチューとパンも迷うな……」

シュリはメニュー表を見つめながらうんうんと唸った。

リンデンベルクの味にも慣れてきてはいたが、それでもやはり故郷の料理の味が格別だ。帰省してから数日、この旅の中で食べる物全てが美味しく、毎日食べ過ぎてしまっていた。

どれに絞ろうかと悩んでいると、ギルベルトが「リュエプのステーキとシカプのパイ、あとリーシャパイとハワムのシチューとパンで」と店員に勝手に注文をしてしまった。

「お、おい！　頼みすぎだ！　全部大皿料理だぞ！」

「シュリが食べ切れない分は、俺たちが食べるから好きなもの全部頼んでいいよ」

「お、お前らが毎日毎日そうやって、俺が迷ってるもの全部頼むから……っ」

「……なんだ？」

シュリはそこでぐっと押し黙り、自分の腹を摩《さす》った。

（……すごく太ってきた気がする）

少しだけ食べることにしよう。ジークフリートもギルベルトも、食に頓着はしないものの量はシュリより食べる。

隣のテーブルにマルセルたちもいるし、粗末にすることはない。そう思っていたが、いざ運ばれてきた食べ物を前に、固い意思は脆くも崩れてしまった。

どれもとても美味いのだ。

もう少し食べたいけど我慢しようと思っていても、それを察知したギルベルトが勝手にシュリの皿の上にのせていってしまう。

「シュリ、美味しい？」

「……美味い」

ハワムのシチューの美味しさに、ついに抑えきれなくなり、ゴロゴロと喉が鳴り始めると、ジークフリートとギルベルトが同時に噴き出した。

「メシが美味すぎて喉鳴らす猫初めて見たぞ」

「ち、違う！　これは……美味しすぎて鳴らしてる訳じゃない！」

「じゃあなんだよ」

何か良い言い訳はないかと思っていると、不意に頭に浮かんだ言葉があった。

——今がすごく楽しいからだ。

その一言は、なんとなく気恥ずかしくて言いにくく、シュリは胸の中に留めた。

（もっと気まずくなるかと思ったけど……すごく楽しい）

複雑な関係の自分たちが三人きりで大丈夫だろうかと思ったが、とても楽しかった。

ギルベルトとはまだきちんと話ができていないし、ジークフリートともやはり気まずさはあるし、受け入れられない気持ちも残っている。

どちらとも二人きりになるとギクシャクしてしまうけど、三人でいる時は平気だ。旅の中で二人が自分と話している時によく笑ってくれることが嬉しかった。

彼らには、もっともっと笑ってほしいと思う。楽しいことも美味しい食べ物もたくさん教えてあげたかった。

――自分が相手を幸せにしたいと思ったらそれは恋よ。

ミショーの言葉を思い出し、シュリはドキッとした。

(ちがう……恋はもっと痛くて、怖いものだ)

だから恋にはしたくない。ずっとこのままがいい。

相手の愛情を疑ったり、見返りを求めたり、相手の心が自分から離れることを恐れたり。そんな思いはもうたくさんだった。

今のこの、ただの友達というにはあまりに特別な、温かい家族のような関係が永遠に続けばいいと思った。

食事を終えて宿に荷物などを置き、いよいよ城塞へと向かう。

町の南部にある城塞はレイカラ山の尾根伝いにある。山の麓《ふもと》まで行くには、大きな川を渡らなければならなかった。

今まで一度も、リューペンがラナイフから侵攻されたことはないが、万が一ラナイフが砦を破った時に備え、町部に侵攻できないよう、川にはあえて橋がかけられていない。そのため、小舟しか移動手段がなかった。

四人乗りの小舟に三人で乗り込み、川を渡る。手漕ぎ式の船だがギルベルトの水魔法により、船の周りだけ水流が変わり、漕がなくても自動で向こう岸までたどり着くようになっていた。

「シュリ、泳げねえだろ」

船が少し傾く度にビクッとしていると、ギルベルトが意地悪く言った。

「……泳げる」

「嘘つけ。耳真っ平になってるぞ。怖いならもっとこっちこい」

そう言われても、転覆が怖くてとても立ち上がることなどできなかった。

「ギルの水魔法がありゃ万一船から落ちても絶対溺れることないから大丈夫だよ」

たしかに、ギルベルトの水魔法の力があれば、大丈夫だろう。本気を出せば川を割ることだってできる。彼は以前、川へと落ちたシュリの〝だからばこ〟をそうして探し出してくれた。

思い出すと安心して、シュリは緊張して膝を抱えていた体勢を崩した。

少し離れた場所に点々と護衛たちの乗っている船があるものの、他に城塞へと渡る船はない。

シュリは今だとタイミングを見計らって二人に尋ねた。

「なあ……ここで起きてる不審なことってなんなんだ？　そろそろ教えてくれ」

するとジークフリートは辺りを少しだけ見回したあと、静かに言った。

「……流行《はや》り病だよ」

「流行《はや》り病？」

そんなに珍しいことでも不審なことでもないだろう。駐屯地なら集団生活をしているだろうし、一時的に病気が流行してもおかしくない。

「城塞に駐屯してる国境警備隊の間だけで流行《はや》ってるものらしいんだけどね。どうも変なんだよ。発症した人たちの話によると、最初に倒れた時、一瞬皮膚に魔法紋が浮かび上がったって話だ」

「魔法紋ってことは……誰かが故意にかけた病気ってことか？」

するとジークフリートは頷いた。

「多分毒魔法だと思う。咳・発熱・嘔吐。風邪によく似せた症状を引き起こさせる高度な技術だ。ルベレーの強力な魔法士が関わっている可能性が高い。国境の結界を越えて届かせる強力な毒魔法がかけられるなんて、ラナイフ公国の力ではまず無理だからね」

「闇魔法の呪いだけじゃないのか……」

レイオット学院では毒魔法は希望者だけを対象に専門でしか取り扱っていないから、シュリはあまり詳しくなかった。

「ルベレーは闇魔法のイメージが強いだろうけど、毒魔法も有名なんだよ。リンデンベルクとルベレーはそれぞれ国の得意魔法が対になってるんだ。リンデンベルクは聖魔法、水魔法、治癒魔法。ルベレーは闇魔法、火魔法、毒魔法って感じでね」

「それって……」

「ああ、俺とギルが反対属性が得意なのと同じなんだ。ギルはリンデンベルクの得意属性を全部極めてる。俺は闇魔法だけは適性なかったけど、聖魔法はギルと互角で、それ以外の反対属性を極めてる。俺は火魔法が得意だけどギルは火魔法耐性ゼロだし」

「うるせーな。お前も水魔法耐性ゼロだろうが」

「ということは、……ジークは毒魔法を使えるのか？」

ギルベルトの得意とする治癒魔法の反対魔法と言うと、他に思いつかない。

「うん。使えるよ。独学だけどそれなりにね」

「何がそれなりにだ。一瞬で致死量の毒を放つぐらい凶悪なくせに。毒ヘビみたいなもんだぞ」

「ヘビって……」

その物騒な言葉にシュリはブワッと全身の毛を膨らませた。猫にとってヘビは天敵だ。

「……まあ、ギルの治癒魔法と同じぐらいには使えるよ」

「それって最高峰ってことじゃないか……」

思わずそう呟くと、ギルベルトは突如間接的な賞賛を受けたことに照れたのか、少し顔を赤らめた。

「本当は俺も治癒魔法を極めたかったんだけど……母が許してくれなくてね。母は俺に、ルベレーの魔法を学んでほしかったんだ」

「ジークが治癒魔法をもっとやりたいって言った時のババ……母親のヒステリーはひどかったな」

ギルベルトが苦々し気に言うと、ジークフリートは「ひどかったね」と笑った。その笑顔の中に、どこか息苦しさのようなものを感じる。

彼はこれまで長いこと、自分を殺して生きてきたのだろう。シュリは思わず尻尾の先でジークフリートの背中をぽんぽんと叩いた。

「シュリ……？」

「俺も今、ギルに治癒魔法教わってるんだ。ジークも今から一緒に学ぼう」

するとジークフリートは微かに目を見開いた後、笑って頷いた。

「そうだね。ありがとう。シュリ」

ようやく川岸に船がついた。

水の上の緊張感から解放されると、シュリはひょいと小舟から飛び降り、山頂に見える城塞を指差しながら言った。

「結構本格的な登山になるし足場が危険な場所も多い。二人とも、俺の後ろをしっかりついてきてくれ。疲れたら休憩するからすぐ言うんだぞ」


――二時間後。

「……シュリ大丈夫？」

「もうダメだろ。背中乗れよ」

「だい……じょうぶ……だ。もっと小さい頃、この山に来たことあるけど……そのとき上まで登れたんだからな……」

学校に通うようになってから魔法漬けの毎日で、思っていた以上に身体が鈍《なま》っていたようで情けない。

最初の内こそ二人の前を軽やかな足取りで歩いていたが、急勾配に差し掛かるとその足取りは徐々に重くなっていった。

今では耳はぺしゃんこになり、ぐったりと尻尾を引きずってうなだれながら歩いている。

対して二人は、疲れなど微塵《みじん》もみせないような涼しい顔をしている。馬車旅の中で色々な話をしたが、二人共、日常的に身体はよく鍛えているという。

強国の王子という立場に生まれ、いつ誰に命を狙われてもおかしくない。

魔法は詠唱に時間がかかることもあり、急に襲われた時に対処できない。自分の身を確実に自分で守れるようにするには、誰よりも強くなければいけないと幼い頃から言われていたらしく、常に剣技も磨き、日々鍛錬に勤しんでいるという。

特にギルベルトは純粋に身体を動かすことが好きなようで、ジークフリート以上に武術に力を入れているらしい。

護衛騎士たちも、当然のごとく軽快な足取りをしていた。

「僕、背負いましょうか？」

マルセルがそう声をかけてくれたが、ギルベルトが「ダメだ」と強い口調で言った。

「背負うなら俺が背負う。ほら、いつまでも頑張ってねえで乗れって」

「大、丈夫だ。……あと少しで山頂なんだからな……っ」

「いや、全然あと少しじゃねえぞ。まだ四割だ」

「うう……」

シュリは、真っ赤な顔で荒い息を吐きながらふらりふらりと足を進めた。自分はこの国の王子だ。ガイドとして本来先頭に立たなければいけないのに、逆に一人だけお荷物になるなんてことはあってはならない。

必死に一時間ほどかけて登り、ようやく山頂に辿り着いた。

結局フラフラになってしまったシュリは、最後の方はギルベルトの腕に半ば抱えられるようにして歩いていた。春になったばかりとはいえこの国は温かく、また、登山のせいでかなり汗をかいた。暑さに耐えかねて腕まくりをしていたためだろう。彼の服は、シュリの黒い獣毛だらけになっていた。

「ごめん、ギル……服が毛だらけだ」

慌てて払おうとするが余計に毛がついてしまった。

「ギルにとってはご褒美だから大丈夫だよ」

「お前みたいな変態と一緒にすんじゃねーよ」

ギルベルトは、服についた毛を手で摘まむと、なぜか地面に捨てずにポケットに入れていた。

「で？　流行《はや》り病の患者っていうのはどこだ」

国から正式に派遣されている騎士たちは鍛練を行《おこな》っているが、見張り台に立っている雇われの傭兵たちは昼間から酒を呑んでいる。あまり治安はよくなさそうだ。

護衛の騎士たちが警戒して前に出るが、シュリはその後ろからひょいと顔を出し、一番近くにいた休憩中の傭兵の一人に話しかけた。

彼は狼獣人のようで、大きな体躯と鋭い目をしている。

「……休憩中にすまない。少し話を聞かせてほしいんだが……」

「何者だお前」

狼獣人は、横に立つジークフリートやギルベルト、さらに後ろに控えている護衛たちを見て、不審そうに言った。

ここには基本的に城塞勤めの傭兵や兵士たち相手に物を売りにくる商人しか来ないのだから、当然だろう。

シュリは少しだけ躊躇したあと、頭にかぶっていたストールを取り、黒髪を見せながら言った。

黒猫は絶滅したと言われる世界でその黒髪は、自分がこの国の王子であることを一発でわからせることができた。不吉な王子として、この国で知らない者はいない。

「シュリ様……？」

狼獣人が驚いたように目を見張り、ザザッと二、三歩後ずさった。周りの傭兵たちからもどよめきが上がる。予想以上の反応にシュリは少し気まずげに笑って言った。

「驚かせて悪いな。ここで妙な病が流行《はや》っているという話について調べに来たんだ。詳しく教えてくれないか？」

すると、彼は少し目を逸らしながら言った。

「は、はい。本当に……風邪のような症状で……ひどくなると呼吸が苦しくなったりするんです。強力で、簡単な治癒魔法じゃ効かなくて……何人かは魔法紋が浮かぶところを見たので、絶対にただの風邪ではないのだと思います」

すると、話を黙ってきいていたギルベルトが怪訝な顔で尋ねた。

「国には報せなかったのか？　魔法紋が出たってことは……ただの流行《はや》り病じゃなくて、故意にかけられた魔法かもしれない。もしラナイフからだったら、国際問題だ」

「もちろん、報せました。報せましたが……」

狼獣人がそこで言葉を濁すと、背後に立っていたガタイの良い同じく傭兵の男が酒を片手に笑いながら言った。

「金目的の作り話だろって一蹴されたのさ。いつも賃金上げろってゴネてるからな」

「そんな……」

シュリは瞳を揺らした。

たしかに、傭兵たちの賃金交渉は頭の痛い問題だ。何かと金が要ると嘘の理由をでっちあげて金を要求されることもあるという。

だが今、リンデンベルクとルベレーは緊張関係にあり、リンデンベルクとリューペンは同盟関係だ。その情勢を把握しておきながら、一度も調査をすることもなく作り話で一蹴したのかと思うと、王子としてひどく情けない。

「みんなバタバタ倒れちまって、国の防衛なんてやってられねえって状況なのに、やっと調べに来たと思ったらこんな薄気味悪い〝呪いの王子〟をよこすなんてなァ。ふざけてんのか？　病気の次は呪いを流行《はや》らす気かよ」

傭兵の男はそう吐き捨てると、苛立ちをぶちまけるように持っていた酒をシュリに向かってかけた。

頭からもろに被り、前髪から酒がポタポタと滴り落ちる。幾分怒りが晴れたのか、彼らは大笑いをした。

シュリは滴り落ちる酒を手の甲で拭うと、「対応が遅れてすまない」と冷静に謝罪した。幼い頃から、こういうことはあった。国民たちの怒りの捌《は》け口にされることが。

他の王族にぶつけたら不敬罪になるような不平不満の感情も、シュリにならぶつけても誰も怒らない。だから今更、ショックを受けることもなかった。

今回は王子として責任があるし、この流行《はや》り病の原因を突き止めることが先決だった。

だが。

「てめえ……っ」

隣にいたギルベルトが傭兵に殴りかかろうとしたので慌てて止めようとすると、それよりも早くジークフリートがその男の前に一歩出て、その顔に手を当てた。

手から黒紫色の光が溢《あふ》れ、その男の口から体内に入っていく。一瞬のことに呆気に取られていたが、男が苦しげに咳をしてみるみる青ざめていくとシュリは悲鳴のような声を上げた。

「ジーク!!」

「うっ……ゲホッゲホッ……貴様、なに、を……っ」

「……その流行《はや》り病というのは、こういう症状？」

ジークフリートが静かに言うと、皆怯《おび》えた顔で後ずさった。

「どうした答えろ。答えられないなら……」

死ね、と耳元で囁《ささや》き、もがいている男の口にさらに毒を流し込もうとした。シュリは慌てて飛び出そうとしたが、それよりも早くジークの魔法が弾かれた。

「やりすぎです。ジークフリート様」

マルセルが弾いたのだ。

「ごめん。でも、殺すつもりはないよ」

バツの悪い顔をして笑いながら言うジークフリートを、シュリは震えながら見つめていた。子供の時もそうだった。彼は自分を襲おうとした賊の腕を、躊躇《ためら》いなく切り落とした。

「おい、お前が〝流行《はや》り病〟の犯人か⁉」

「ろくな給料も払わず働かせてるくせに、ふざけんなよ！」

傭兵たちが怒鳴り声を上げてジークフリートたちに襲いかかってきたが、次の瞬間、彼らは次々にマルセルたちの魔法で倒れ伏してしまった。

「ギル！　頼む！　早く治癒魔法をかけてくれ！」

毒魔法に侵され真っ青な顔のまま地面に倒れ伏し、荒い息を繰り返している傭兵を指差しながら懇願すると、彼は酒でずぶ濡れになったシュリの頭に布を被せて乱暴に拭いた。

「ギル！　自分で拭くから、治癒魔法を……っ」

するとギルベルトは、「気が進まねえ」と舌打ちしながらも、傭兵に治癒魔法をかけてくれた。彼にしては珍しく、額に汗がにじんでいる。相当強力な魔法を使っているのだ。

「ジークてめえ。馬鹿みたいに強力なのかけやがって」

「……ごめん」

「まあいい。こいつはぶん殴るぐらいじゃ気が済まなかったからな」

傭兵の顔色は徐々によくなっていく。とりあえず、死ななかったことにシュリはホッとした。

やがて傭兵は意識を取り戻して目を開けたが、ジークフリートを見ると「ヒッ！」と悲鳴を上げて逃げ出していってしまった。

それから罹患者たちが眠っているという大きなテントを見に行くと、そこには二、三十人の兵士たちが苦しそうにしていた。

ギルベルトは彼らにも治癒魔法をかけていったが、二、三人治療したところで手を止めた。かなり強い魔法を使ったのか、彼の息はあがっていた。

「治癒魔法でやると莫大な魔力と時間がかかる。ジーク、頼んだ」

「どういうことだ？」

一般的に、風邪や体調不良は全て治癒魔法で治す。毒によるショック症状も、治癒魔法で治すのが基本だ。

「毒魔法には、治癒魔法で解毒できるタイプと、別の毒で殺さないと解毒しにくいタイプがあるんだよ。後者の場合リスクはあるけど、その分効果は高い。いわゆる〝毒を以て毒を制す〟ってやつだ。ここ最近で流行《はや》っていたのはこのタイプの毒魔法だろう」

「別の毒って……そんなことして大丈夫なのか？」

先ほど、真っ青な顔をして呼吸困難になっていた傭兵の男の惨状を思い出すと心配になる。

「体に負担はかかるけど大丈夫」

ジークフリートは兵士たちのもとにしゃがみ込むと、手の平から先ほどと同じ黒紫の光を放ち、全員の体に毒魔法をかけた。

「……やっぱりどう考えてもただの流行《はや》り病じゃねえ。毒魔法が原因だな」

ギルベルトが忌々し気に言うのを聞きながら、シュリは耳を下げた。

「もし、ラナイフとルベレーが手を組んで仕掛けてきているなら……戦争になるのか」

「まだわからないよ。この毒魔法が〝侵攻〟のためだとするなら、魔法をかける範囲が小規模すぎる」

「た、たしかに」

「それに……」

ジークフリートがそこで少し声を落とした。

「……この毒魔法が必ずしもラナイフ公国からのものとは限らない」

「え……」

ギルベルトが、ジークフリートに同意するように頷いた。

「国境警備隊だけがやられたってなると、どうしたってラナイフ側からの攻撃ってイメージが強くなるけどな。ましてや、ラナイフとルベレーは手を組んでるっていう噂もある。……だが、毒魔法は国内からでもかけられるからな」

「それってどういう……」

全部憶測だよと、ジークフリートはシュリを安心させるように言った。

「とにかく、毒魔法だってことはハッキリさせられたからね。一度王都に戻ろう」

■

その晩、シュリは山登りのせいで泥のような疲労の中にいるのにもかかわらず、寝付けずにいた。

——毒魔法は国内からでもかけられるからな。

たしかに、ずっとラナイフ公国からの攻撃だと思い込んでいたけれど、もしそうではなかったら。

(国内って……リューペンの国民の誰かがやったってことか？　一体何のために)

悶々と考え続けたが答えは出ず寝返りを打とうとした時、全身に激痛が走った。

「ううう……」

登山のせいで全身が筋肉痛だ。その上、足の肉球も血豆だらけになっている。持っていた魔法薬を塗ってはみたものの、痛みは和らがない。

うんうんと唸っていると、コンコン、とドアをノックする音が聞こえた。こんな夜中に一体誰だろう。毒魔法のことがあったから少し物騒な気分になって開けるのを躊躇していると、ドア越しに声がした。

「……俺だ」

「ギル……か？」

ジークフリートとギルベルトの声は完全に同じなので、口調で聞き分けるしかない。どっちにしろ、警戒する相手ではないと思い、シュリはすぐにドアを開けた。立っていたのはやはりギルベルトだった。

「ギル……」

顔を合わせるなり、彼はシュリの手にグイッと何かを押し付けた。何事かと視線を落とすと、それは織物でつくられた小さな鞄だった。花の刺繍が施されていてとても可愛らしい。

「これ、エーリヒへのお土産じゃないのか？」

「エーリヒには別のを買った」

「え、じゃあこれ……」

「中身を渡すのにちょうどいい袋がなかったからその鞄に入れただけだ。めんどくせえから鞄ごとやる」

彼は照れくさそうに、幾分早口で言った。

（中身？）

首を傾げながら中を見ると、魔法薬の入った瓶が入っていた。筋肉痛用と、血豆用の薬と丁寧にメモが貼りつけられている。

「え……なんで」

筋肉痛は想像がつくかもしれないが、血豆のことは話していなかったはずだ。

「山を下りたあともずっと、変な歩き方してただろ。それ強力だから、明日まで痛みを残さねえと思う」

「あ、ありがとう……ギル」

思わず鞄ごと抱きしめながら礼を言うと、ギルベルトは「それだけ、じゃあ」とそっけなく言って自分の部屋へと戻ろうとした。

「ギル！　待ってくれ！」

「……なんか俺に用があるのか？」

ギルベルトはどこか強張《こわば》った顔でこちらを振り返った。

「〝この間〟のこと、話がしたいんだ」

部屋のドアを開け、中に入ってもらうように促すと、彼はしばらく黙り込んだあとにそっと中に入った。シュリはギルベルトをソファに座らせると、自分は真向かいのベッドに腰かけた。

ずっと、話さなければ話さなければと思っていたけれど、面と向かい合うとどうしても緊張して手が震えてしまいそうになる。尻尾が暴れないように握りしめながら、シュリは一つ大きく息を吸って話し始めた。

「その……今、お試しで交際してるだろ？」

「ああ」

「……解消させてほしいんだ。俺、ギルと恋できない」

言葉に出すと強い悲しみが襲ってきて、シュリは尻尾を握る手に力を込めた。

ギルベルトはしばらくの間シュリをじっと見つめたまま沈黙していた。だがしばらくして深い溜め息をついて言った。

「わかってる。お前がまだ、ジークを好きだってことは」

「違う。そうじゃないんだ」

「シュリ。躊躇《ためら》うな。ハッキリ言えよ」

「……相手が誰であっても、俺はもう、恋ができないんだよ」

するとギルベルトは、「どういうことだ」と驚いたように言った。

「お前あの時、〝恋がしてみたい〟って言っただろ」

「ああ。したかったんだ。もう一度人を好きになって愛して、愛されたいってずっと思ってた。ギルが俺のことを好きだって知って、俺も同じ気持ちを返したいと思ってたんだ。……でも、この間ギルにキスされた時にわかった。俺にはもう、恋は無理かもって……」

「そんなに嫌だったか……」

ズーンと沈み込むような声で言ったギルベルトにシュリは慌てて首を横に振った。

「ち、違う。嫌じゃなかった。すごくドキドキしたけど……嬉しかったんだ。でも……同時にすごく怖くなって」

「怖く……？」

シュリは膝に置いた手をギュッと握りしめた。

「いつか急に、ギルの気持ちが変わるんじゃないかって……。恋が終わる時のことを考えて、すごく怖くなった」

声を震わせながら言うと、ギルベルトは呆然と目を見開いた。

「ギルはそんな奴じゃない。ジークだってあの時どうにもできない事情があったってわかってる。でもなんでなんだろう。わかってるのに……」

「シュリ……」

「やっと……っ、やっと、大丈夫になったんだ。元恋人だって思わなければジークとだって普通に話せるようになった。もう恨んでなんかない。でも……あの時は本当に死んじゃうんじゃないかってぐらい痛くて、苦しくて。思い出すと怖くなるんだ。ごめん……ごめん、ギル……」

ギルベルトは長い沈黙のあとに、不意に立ち上がり、隣に腰かけた。そしてシュリの震える手に自分の手を重ねながら言った。

「悪かった」

「……え？」

「俺はお前のこと何もわかってなかった。お前はもう大丈夫だって思い込んでたんだ。同じ顔に同じ声で……大丈夫な訳ねえのにな。治癒魔法が得意なくせに……お前の傷の深さにも気づかなかった」

シュリは首を横に振った。ギルベルトが謝ることなど一つもない。

「……わかった。お前の傷が癒えるのを待つ。いや、癒えるように手伝う。俺に治せない傷はねえから大丈夫だ」

「ギル……」

だから安心しろと優しい声で言われ、シュリの目にみるみる涙が溜まっていき、視界がぼやけた。

「でも、これだけは言っておく」

「な、なんだ？」

ドキドキしながらギルベルトの顔を見ると、彼は真剣な顔で言った。

「悪いが俺はお前に対してただの家族とか、ましてや友達みたいに接することは絶対にできない」

リュカと四人、ずっとこのままでいられたら。そう思っていた心を見抜かれたようで、シュリは息を呑んだ。

「俺のお前に対する本心は全部、この間、酔った時に伝えた通りだ」

コンラートに耳を塞がれてほとんど聞こえなかったが、断片的に聞こえていた数々の言葉を思い出しシュリは頬が熱を持つのを感じた。

〝あんなこと〟は、恋人という関係でなければ絶対にできないことだ。

「……だから、お前がそういう気持ちになれないっていうなら、二度とこんな風に夜中二人きりの部屋に呼んだりするな。今日は幸いにも理性が働いてるが、酒呑んでたり疲れてたりしたらどうなるかわからねえからな。〝あんなこと〟されたくなかったら、よく気を付けろ」

わかったなと耳元で念を押されて、シュリは真っ赤になったまま何度も頷いた。

――翌朝。

「……二人共、何かあった？」

互いになんとなく気まずくて視線を合わせられず、どこか俯きがちに宿の朝食のパンを食べていると、ジークフリートが不思議そうに言った。

「別に、何もない」

――〝あんなこと〟されたくなかったら、よく気を付けろ。

それはつまり、酒の勢いなどではなく、彼が普段は自分に対してあんなことをしたいと本気で思っているということだ。何とも言えない恥ずかしさにギルベルトの目が見られなくなる。

落ち着かない気持ちを紛らわすように、パンにピラポルカ名産のチロのジャムを塗りつけていると、ピグルテの羽音がして、シュリは耳をピクッと揺らした。

窓辺に寄ると、やはりピグルテだ。それも、リューペンの城からのロイヤルメールだった。怪訝そうにジークフリートとギルベルトが眉を顰《ひそ》める。

「ほら、昨日俺お父様に手紙書いたから……その返事じゃないかな」

昨晩シュリは、父宛にピラポルカで起きていた毒魔法事件について手紙を送っていた。封を開けると、差し出し人は父ではなく、兄だった。

兄からの手紙など初めてだと、少しドキドキしながら中身を読み、シュリは言葉を失った。

「シュリ。どうした？」

思わず手紙を落としてしまうと、ジークフリートが少し心配そうに顔をのぞき込んできた。

「お、お父様とお母さまが……城のみんなが、〝病気〟で倒れたって……」

手を震わせながら言うと、二人は「すぐ城に戻ろう」と言って立ち上がった。

「でも、兄さまが、俺たちは戻ってくるなって……」

「伝染性の流行《はや》り病だと思ってるんだろ。……だがおそらくここで起きたのと同じ、毒魔法だ」

「なんで……だって」

「ラナイフからの攻撃じゃなかったのかもしれない。いくら結界が薄くても、ラナイフから城まで魔法が届くとは思えない。……とにかく行くぞ。俺たちがいるから大丈夫だ」

ギルベルトに背中を押され、シュリは震えながら頷いた。


馬車を飛ばして翌日の夜に城に戻ると、城内は大騒動になっていた。執事のミクリムに事情を聞くと、彼はあたふたしながらも状況を教えてくれた。

父や母、アイネやミーネだけでなく使用人たちの多くも体調を崩しているという。

「今、お父様とお母様たちは……？」

「ベッドでお眠りになっています。治癒魔法をかけてもほとんど効果がなく……多少効いてもまたすぐにぶり返してしまって」

「案内してくれ。状態を見たい」

ギルベルトが言うと、ミクリムは慌てたように首を横に振った。

「危険です！　流行《はや》り病なら伝染《うつ》る可能性があります。御身にもしものことがあったら……」

リンデンベルクの王子がリューペン滞在中に感染症で体調を崩すなどと新聞に載ったら、大変なことになると思っているのだろう。

彼の尻尾はブルブルと震えていた。その時、ミクリムの背後から、兄のリルケが顔を出した。

「兄さま！」

「なぜ戻ってきた？」

彼は怒りを剥《む》き出しにしてシュリを睨《にら》み、低い唸り声を上げた。黄色い虹彩の中の針のような細い瞳に睨《にら》まれ、シュリは反射的に耳を下げて後ずさり、尻尾を足の間に挟んだ。

「それもジークフリート様とギルベルト様まで巻き込んで……城へは絶対に戻るなと書いたはずだろう。……ミクリム。お二人を離宮へご案内しろ」

「俺たちが戻ろうと言ったんですよ。〝お義兄様《にいさま》〟」

ギルベルトが一歩前に出て笑いながら言うと、リルケは驚いた顔をした。

「城内は危険です。治癒魔法は一時しのぎにもなりません」

「ギルベルトは治癒魔法の名手だとはお聞き及びでしょう。伝染《うつ》らないように結界を張ることもできます」

そうジークフリートが取りなすと、リルケはひどく躊躇《ためら》いながらも「わかりました」と頷き、寝室へと案内するように歩き出した。

寝室に入ると父も母も青い顔で脂汗を流し、苦しんでいた。ゴホゴホとひどい咳もしている。ピラポルカで見たあの兵士たちと同じ症状だ。

自分の両親がこんなにも弱っているのを見るのは初めてだ。

ギルベルトは枕元に近づくと、強力な治癒魔法を放った。彼らの表情は和らいだが、治っている様子はない。

しばらくの間、彼は強い魔法をかけ続けた。魔法による光で、夜なのにまるで室内は真昼のように明るい。

五分程でギルベルトは手を下ろした。はぁ、はぁと荒い息をして額に汗を滲《にじ》ませている。かなり激しく魔力を消費したに違いない。

「ギル、大丈夫か？」

「……くそ、たしかにあんまり効果ねーな。ジーク。やってみてくれ」

「治癒魔法よりもリスクもあるから、弱ってる人にはやりたくないんだけど……もしピラポルカと同じ毒魔法ならこれで治せるからね」

毒を以て毒を制す。ということは、身体に毒を入れるということだ。心配でたまらずジークフリートの黒紫色に光る手を見上げていると、ギルベルトがシュリの頭を撫でた。

「ジークフリートは変態的に匙加減が上手い。安心しろ」

「変態的って……それを言うならお前の治癒魔法もだろ？」

苦笑いをするジークフリートに、シュリは思わず縋《すが》りつき、涙目で見上げた。

「頼む。お父様とお母様を助けてくれ……っ」

ジークフリートは眉根を寄せて少し切ない顔をしたあとに頷き、毒魔法を放った。

両親の体が黒紫色の閃光に一瞬包み込まれ、やがてゆっくりと光が消えていく。だが、少し呼吸が和らいだだけで目を覚ます気配はない。

毒魔法だと想定していたジークフリートは顔に戸惑いを滲《にじ》ませた。

「……あまり効果がないね。多少効いたってことは、ただの流行《はや》り病じゃなくて毒魔法の可能性が高いけど……これ以上強い魔法をかけると、リスクの方が高くなる。治癒魔法の方がまだ効果があるみたいだ」

「ああ。どっちにしろ一時しのぎだな」

「そんな……」

「放っておいたら明日には死んじまうから魔法をかけ続けるしかねえけど……相当魔力を消費するな。この国の治癒魔法士の力じゃ話にならねえし、リンデンベルクから強力な治癒魔法士を呼び寄せるにしてもそれまで持つか……。それに、さっきの執事の話じゃ、シュリの家族や親戚以外にも流行《はや》り病に罹《かか》ってる奴らは他にもいるんだろ？」

シュリはそこでハッとした。

「レレラ！」

使用人たちも多数罹患しているとミクリムは言っていた。不安になって慌てて階下に下りていきキッチンに駆け込むが、キッチンメイドはいつもの半分しかいない。いつも「シュリ様。いらっしゃい」と優しく迎えてくれるレレラの姿もなかった。

「レレラは？」

近くにいた若いキッチンメイドにそう尋ねると、彼女はひどく心配そうな顔をして首を横に振った。

「……レレラさんは昨日倒れてしまい、今はお部屋で休まれています」

「……っ」

キッチンを飛び出すと、他のメイドたちに「伝染《うつ》るかもしれないから」と呼び止められたが、シュリはレレラのもとへと走った。

部屋に入ると彼女はベッドの上でふせっていた。父と母と同じ症状だ。いや、父母よりも病状が進んで見える。ひどく苦しそうで、目も虚ろだった。

「レレラ……」

話しかけても、彼女は意識混濁と言った様子でシュリの姿にすら気づかない。

「レレラ！　レレラぁ……っ」

必死で、あまり得意とは言えない治癒魔法をかけるが、彼女の具合は少しもよくならない。

(レレラが死んでしまう)

膝から崩れ落ちしばらく呆然としていると、追いかけてきたジークフリートとギルベルトが慌てた様子で部屋に駆け込んできた。

「シュリ！　大丈夫か？　レレラは？」

涙を流しながら無言で首を横に振り、なんとか立ち上がって震える手で治癒魔法をかけようとすると、ギルベルトはシュリの肩を掴み「しっかりしろ。大丈夫だ」と言った。

彼が強力な治癒魔法をかけてくれると、レレラは少しだけ回復したようで、僅かに呼吸が落ち着いた。

（神様……レレラを連れていかないで）

幼い頃から、両親に叱られた時も自分を責める非難の声に苦しんだ時も、いつもレレラだけは抱きしめてくれた。

胸に縋《すが》りついて泣きじゃくる幼いシュリの頭をいつも優しく撫でてくれた。シュリにとって、彼女は故郷そのものだ。

「……多分何か〝根本的な原因〟があるんだ。やみくもに魔法をかけても効果はない。だが……まだそれが何なのか掴めねえ」

ギルベルトが片手で額を押さえながら言った。

「解決策がわかるまでは俺とジークと……あと護衛で連れてきてる魔法士から強い治癒魔法を使える奴を選んで魔法をかけ続けるしかないな。放っておいたら夜が明ける前に全員死ぬ」

「そんな……」

シュリは苦しそうに眠るレレラを見つめて拳を握りしめた。

「俺もやる。治癒魔法は得意じゃないけど、十人並には使えるんだ」

「いや、これは強力な魔法をかけないと意味ねえ。魔力を無駄に消耗するだけだ」

彼の言うことは尤《もっと》もで、何かしなければという気持ちは自己満足にしかならないのだと耳を下げる。

「勘違いするな。適材適所って言ってるんだ」

「こういう状況だから、魔力は温存しておいて」

力なく頷くと二人は腕まくりをし、病人たちの部屋を回って重症化が進んでいる者たちから順番に魔法をかけていった。

シュリは罹患者の部屋をあちこち回って使用人と共に汗を拭いたりシーツを替えたりと看病を手伝った。

依然としてまだ解決策は見つからないが、ギルベルトの強力な治癒魔法と、ジークフリートの毒魔法が効いたのか時折意識を取り戻す人も増えてきていた。

ミーネもその一人だ。傍を通りかかると「ん……」と声を漏らした。

「ミーネ。大丈夫か？」

そう声をかけると、彼女はゆっくりと瞬きを繰り返した後、シュリの顔を視界にとらえて「ひっ」と声を上げ、毛布に潜り込んでしまった。

「ご、ごめん」

彼女は自分を恐れている。病気で弱っているところを怯《おび》えさせてしまうのはよくないと、シュリは慌てて彼女のベッドを離れた。

だが、ミーネ以外にも、他の使用人たちの看病をしていると、彼らは目を覚ますなりシュリの顔を見て怯《おび》えた様子で縮こまってしまう。

シュリはその様子に、何か違和感を覚えた。

昔ながらの使用人は、シュリのことを薄気味悪く思っている者はいても、もう慣れたものでここまであからさまに怯《おび》えられたことはない。

(なんなんだ……？)

不安を覚えながらも部屋でじっとしていることはできず、父と母の様子を見に寝室へと向かう。

この部屋は多くの使用人たちが付きっ切りで看てくれているため、何も手伝うことはないが、容態が気になった。

相変わらず苦しげな表情をしているが、先ほどよりは大分良くなっているような気がする。その顔を見つめていると、不意に母の瞼がピクリと動いた。

「お母さま？」

慌てて小声で声をかけると、母は緩慢に瞬きを繰り返した。まだ具合はすこぶる悪そうだが、強力な治癒魔法による治療が効いたのか一時的に意識を取り戻したようだ。

シュリが思わず手を握ろうとすると母は目を見開き、その手を振り払った。

「触らないで！」

「……え？」

その声は掠《かす》れていて、力も弱弱しいものだったが、それでも尚伝わってくる激しい剣幕に驚き、呆然としていると母が青ざめた顔で怯《おび》えながら声を震わせて言った。

「あなたなんでしょう」

「なにが……？」

「私、たちに……っ、呪い、を、かけたのは」

母は時折苦しそうに咳き込みながら微かな声で言っていて、聞き取りにくかったが、たしかに聞こえた。

呪いをかけたと。

言われた言葉の意味がわからず、しばらくの間シュリは放心していた。高熱で、母は意識がまだ混濁状態にあるのかもしれない。そう思った。

「そんな訳ないだろ」

あまりのことに引き攣《つ》った笑みを浮かべながら言うと、母は「何を笑ってるの」と不気味そうに言った。

「……破門された、なんて、嘘をついて……っ、私たちに、内緒で闇魔法を続けてたのは……やっぱり、このためだったのね」

「なに、言って……」

内緒にしていた訳ではない。エルンストに破門されて新しい師となったミショーは追われる身だったから、言えなかっただけだ。

「なんで……なんで？　そんな訳ない。闇魔法はリュカだって一緒に学んでたのに」

「リュカ……そう、そう、よ……っ。かわいい、あの子、の、能力まで奪って……」

「リュカのことは説明したじゃないか！」

「自分の、闇魔法のために、リュカを、犠牲に、……、したのね……。……婚約者まで丸め込んで」

「……っ」

自然と手の平を握りしめた。鋭い爪が肉球にギリギリと食い込んだが、不思議と痛みは感じない。それよりも胸が痛くて、引きちぎれそうだった。

「俺のこと無事で良かったって言ってくれたのに！　おばあさまだって、俺のこと頑張ったって認めてくれたじゃないか！　やっと首席になったんだ！　これ以上、何をしたら認めてくれるんだよ……っ！」

シュリは混乱と悲しみのあまり、手をわなわなと震わせて叫んだ。

あの時はすごく嬉しかった。やっと自分も家族になれたのだと思い、膝が震えるほど喜んだ。それなのに、あんまりだ。

母はしばらくの間沈黙し、そして両手で顔を覆いながら言った。

「……わからない、の？　みんな……あなたが、怖い……っ、のよ……。呪いを、かけられる、かも……し、れ、ないと……恐れ、ているの」

言葉を失って立ち尽くすシュリに、母は、苦しげに咳き込みながら続けた。

「……あなたが、怖い！　ずっと、怖、かった。どう、して、普通に、産んだ、つもりなのに、一人、だけ、そんな毛色を、しているの……強い、闇魔法士、になって、この国に何をするつもりなの……」

その時シュリは「ああ……」と思わず呻《うめ》くような声を漏らした。

やっと母が自分を嫌っていた理由を理解した。母が自分を嫌う理由は、シュリが怠け者だからではなく、怖かったのだと。

〝怠け者〟というのが理由なら、努力さえすればきっと子供として認められてもらえるはずだ。今までずっと、そう思っていた。

だが、努力などしたところで、認められるはずもなかった。

母はどうしようもなく、シュリを恐れている。それはきっとコントロールできるような感情ではなく、シュリを愛することができないのだ。

それなのに、シュリはずっと愛されたがっていた。

突き放されても、突き放されても、自分がどうしたら愛してもらえるのか。どうしたら認めてもらえるのか考えて、愛される資格をほしがっていた。

母は何かと理由をつけて、恐ろしい怪物がどうにか自分に愛されることを諦めてくれないか考え、拒絶し続けていたのに。親なのだから、いつか必ず愛してくれるだろうと、頑なに信じ込んでいた。

シュリは無言で寝室を出て、長い廊下を歩いた。

――病ではなく、呪いですって……やっぱりシュリ様だったのよ。

――だって、シュリ様が帰郷されたと同時にこんなこと……

――学校では内密に闇魔法を学ばれてたって……。禁止されているような危険な魔法も学んで……、その魔法で、リュカ様は能力を奪われて……

使用人たちがヒソヒソと話し合う声を聞きながら、シュリはまっすぐ自室を目指して歩いた。

（そうか。ずっと、俺が呪ったことになってたのか……）

シュリはそう思うと自嘲気味に笑った。

（もういい）

こんな場所どうなってもいい。自分に故郷なんかない。親も親戚もいない。そういう憎しみの感情に呑まれそうになっていた。

部屋に戻ると、家族に買った土産が入った袋が目に入り、シュリは衝動的にそれを床に投げ捨てた。

「なんで……っ！　ふざけんなよ！　なんで俺が、呪いなんか……っ」

袋の中から、母に贈ろうと思っていた膝掛けが飛び出した。シュリはそれを拾い上げると、滅茶苦茶に爪で裂こうとして結局そうすることができず「ウウウ……」と唸り声を上げて震える両手で握りしめた。

これを贈ったとしても、あの時のラポリャと同じようにメイドに捨てさせたのだろう。

喜ぶ顔が見たかった。好きという気持ちを受け取ってほしかった。小さなころからずっと、それだけだった。

愛されないからといって呪ってやるなんて、考えたこともなかったのに、そんな風に思われていたんだ。

胸が痛い。痛くて、悔しくて苦しくて、血を吐きそうだ。

嗚咽《おえつ》すら出ずに静かな涙を流し、膝掛けを握りしめて身体を震わせていた。

それから、どれほど時間が経っただろうか。

窓から白い明かりが差し込み始めた頃、コンコンというノックの音が聞こえた。

「シュリ」

「ジーク……？」

思わず、疑問形になってしまった。

自分とリュカと違い、ジークフリートとギルベルトは髪の毛の色まで全て瓜二つだ。それでも性格は正反対で、雰囲気もまるで違うため見間違えたことはなかった。

一度だけ、遠目からの後ろ姿を間違えてしまったことはあったが、室内でこんなに近い距離で見間違えることはない。

だが、その時のジークフリートはいつもと雰囲気が違っていた。

いつもきちんと整えられている髪はボサボサで、目は疲れ切って荒《すさ》んでおり、ギルベルトの雰囲気に似ている気がした。

少し自信なく問いかけたシュリの心の中を見透かすように、ジークフリートは「ギルじゃないよ」と笑う。

彼はシュリの顔を見ると、眉根を寄せてハンカチを渡した。涙でびしょ濡れになっているであろう自分の顔を思い出すと、シュリは慌てて自分の手の甲で涙を拭った。

「……今休憩中じゃないのか？」

「そうだよ」

「じゃあ少しでも寝てないと。ひどい顔だ」

きっと、シュリを心配して様子を見に来てくれたのだろうと思う。だが今の彼にそんな余裕はないはずだ。

ベッドを指差すが、ジークフリートは首を横に振ったままシュリの隣に腰を下ろした。

「大丈夫。解毒魔法はリスクがあってたくさんかければ解毒できるものでもないから……そんなに魔力は消耗してないんだ」

言葉とは裏腹に彼は本当に疲れているようで珍しく椅子の背に背中をもたせかけ、しばらく黙り込んでいたが、やがて口を開いた。

「……ごめん、シュリ」

「なんだ？」

「本当はシュリを……リューペンに、帰らせたくなかったんだ」

「え？」

「ここでシュリが、どんな育ち方をしてきたのか、知っているつもりだ。初めて会った日だって、シュリは独りぼっちだった」

——なんでシュリは王子なのに護衛が付いていないんだ？

まだ十歳になったばかりの頃、ノノマンテで初めてジークフリートに会った時、彼は一人で出歩いて賊に襲われていたシュリにそう聞いた。

「ラナイフがリューペン侵攻を目論んでるんじゃないかっていう報告を受けた時も、放っておけばいいとも思った。シュリを蔑《ないがし》ろにしてきた国だ。滅びても構わないってね」

「え……」

「……でも今、リンデンベルクは本当に危険な状態にある。俺の母が起こした事件で均衡が崩れて、ルベレーとは一触即発だ。戦争だけは回避するように抑えているけど、その代わり城内の内部分裂が深刻で……俺も、ギルもどっちがいつ暗殺されるかわからない」

「あ、暗殺って……」

物騒な言葉にゾッと背筋に冷たい物が這い上がる。

ゾネルデの事件をきっかけにジークフリートを擁立する親ルベレー派の勢いが弱まり、ギルベルトを擁立する反ルベレーの過激派の勢いが増し、対立が激化しているという話は聞いていた。

たしかに暗殺もあり得ない話ではない。

「だから、ギルとも話し合って、もし俺たちに……いや、リンデンベルクに何かあった時、シュリとリュカが安心して帰れる場所を作っておきたかったんだ」

「安心して帰れる場所？」

思わず聞き返すと、彼は頷いた。

「安心して帰れる場所っていうのは、防衛の面だけの話じゃない。精神的な面を含めてだ。……だから、シュリがこの国の王族として正当な扱いを受けられるように変えたかった」

「ジーク……」

「正直俺はこの国をよく思っていなかったんだ。シュリが辛い目に遭《あ》ってるのは知っていたから。

でも、今回一緒にこの国に来て、それだけじゃないって知った。優しいレレラもいるし……シュリに適した気候も、お気に入りの場所も、大好物もたくさんある。だからシュリにとってここを心身共に安心して帰れる〝故郷〟にしたかった」

ジークフリートは、シュリの手の中にある涙に濡れたハンカチを見て、苦しげに眉根を寄せた。

「それなのに、結局また悲しませて……辛い思いをさせてごめん」

しばらくの間、シュリは黙り込んでいた。彼らがそんなことを考えてくれていたなんて、全然気づきもしなかった。

二人共、ずっと自国のことでも精一杯な状況だ。それなのに、リューペンを気にかけて忙しい中無理をして訪問してくれたのだ。

疲れ果てた横顔を見つめているうちに涙で視界がぼやけて、シュリは慌てて俯いた。

「俺さ……俺ずっと〝資格〟が欲しかったんだ」

「資格？」

「うん。親から愛してもらうには資格が必要で、その資格を得るにはリュカよりも努力しないといけないって思ってた。いつになったらその資格が貰えるのかわからなくて……首席になったら貰えるのかななんて思ってたけど……やっとわかったんだ」

まるで独り言のように淡々と話しながら、シュリは膝の上に置かれた自分の手が震えていることに気づいた。

「資格なんて、そんなものはないんだって。……頑張っても頑張らなくても、生まれた時から親に愛されてる人もいれば、どんなに頑張っても一生愛を貰えない人もいる。俺はそっち側だったってだけだ……やっと全部、諦められた」

笑うと、ますます視界がぼやけた。

堪えきれず涙が溢《あふ》れ出して頬を伝い、慌てて膝に顔を埋めて隠すと、ジークフリートがぎこちなくシュリの頭を撫でた。そして彼は長い沈黙の末に言った。

「シュリ。ギルは、昔の俺みたいにシュリを裏切らないよ。絶対」

その言葉に驚いて顔を上げると、ジークフリートは何かに葛藤しているようなひどく苦しげな表情をしていた。

「何……言って……」

「……シュリと婚約していた時、俺はシュリと恋をするつもりはなかったんだ。愛してるなんて、口が裂けても言うつもりもなかった。俺は王になることだけを考えていて、父が、俺とシュリを婚約させる気がないっていうのは薄々気づいてたから……あくまで、ただの優しい婚約者でいようと思って、そう演じてた」

「ジーク……」

彼はその先を言うことを少し躊躇《ため》らっていたが、やがて項垂《うなだ》れて膝の上で手を組むと、まるで懺悔をするように打ち明けた。

「でも、〝愛してる〟と言ってしまったんだ。その言葉があとあとシュリを深く傷つけるってわかってたのに。……俺はシュリを傷つけたかった」

「え……？」

信じられない言葉に、思わず目を見開いてジークフリートを見ると、彼の青い瞳と目があった。隈の濃いその目元はどこか仄暗《ほのぐら》く見えて、そしてとても悲しそうだった。

「……シュリがギルと一緒になるなら、俺との恋を忘れてほしくなかった。心の奥に、一生治らないような深い傷を付けて、絶対に俺のことを忘れないように……ギルと愛し合う度に、〝愛してる〟って囁《ささや》く度に、同じ声と顔をした俺との恋の痛みを思い出しますようにって、呪いをかけた。……ごめん。最低で……醜くて、ごめん」

まるで血を吐くように苦し気に、彼は言った。

思いもかけない言葉にシュリはしばらくの間言葉を失い、その横顔を眺めていた。

（なんで？　なんでだよ……）

あの時のことを思い出すだけで、溺れるような息苦しさに襲われる。それでも、彼なりにああするしかなかったのだとどうにか飲み込んだ。

それが、わざとだったなんて。

呆然と見開かれた瞳から涙が溢《あふ》れ出し、手が震えた。

彼に〝愛してる〟と言われていなければ、もっと距離の遠い『ただの婚約者』として扱われていたら、あんなにも傷つかなかったのに。

（でも……それで良かったのか？）

シュリはそう自問すると無意識に首を横に振った。

「一つだけ聞かせてくれ。……お前の〝愛してる〟は俺を傷つけるためだけの嘘だったのか？」

するとジークフリートは目を見開き、苦しげに眉根を寄せ「違う！」と首を横に振った。

「俺にその言葉を言う資格はないけど……でも、それだけは嘘じゃなかった」

彼はそう言った後に「信じてはもらえないと思うけど」と呟いた。

シュリはしばらく黙り込んでいたが、やがて口を開いた。

「……なあジーク、まだ忘れてんのか。ゾネルデの日に俺に〝愛してる〟って言ったこと」

「え……!?」

彼は珍しく取り乱したように青い目を見開いた。やはり全く覚えていないのだろう。

「あの時、俺……やっと、本当に、ジークに愛されてたんだって気づいたんだ。それまでは、弄ばれたんだと思って恨んでた。馬鹿だよな……あんなにたくさん、愛してもらってたのに」

ジークフリートはしばらく言葉を詰まらせたあと、膝上で組んだ手を震わせて首を横に振った。

「……俺はシュリを取り返しがつかないぐらい傷つけた。……シュリが今もし、ギルを愛することを躊躇《ためら》っているなら、それは俺がつけた傷のせいだ」

「ジーク……」

その時、「そうじゃない」という言葉が涙と共に零れた。彼との恋を、「愛してる」と言われて幸せだった時の気持ちを〝傷痕〟だと思いたくなかった。

（違う……違うんだ……たしかに痛かった。あの時物凄く胸が痛くて、引き裂かれそうになったけど……でも違う）

無意識に胸を手でギュッと掴みながら、シュリは考えた。

――痛みが出ている場所が、直接の原因とは限らない。

――根本を治さなければ、絶対に治らない。

いつかギルベルトに言われた言葉を思い出しながら、声を震わせた。

「……俺の傷は、元々心にあった傷だ。その痛みに気づかないままがむしゃらにやって、救いを求めて依存して、……ジークからフラれた時にやっと、派手に血が流れただけだ」

「シュリ……」

「別れた時はすごく苦しかったけど、でも、それ以上にずっと楽しくて幸せだったんだ。子供の頃からずっと。ジークに贈る手紙に添える押し花を選ぶのも楽しかった。一緒に勉強をするのも……休日に色んな場所に連れて行ってもらうのも。ジークの膝の上に乗っている時が……すごく幸せだった。愛してるって言われた時が一番幸せだった。お前は……そうじゃなかったのか？」

「……幸せだったよ。人生で一番幸せな時間だった。シュリを、心から……愛してるから」

「愛してた」ではなく、「愛してる」という言葉に、胸の奥がズキズキと痛く、甘く、切ないような気持ちになって涙が溢《あふ》れた。

「だったら……っ、勝手にあの恋を〝傷痕〟なんかにするな！　わかったな？」

そう強い口調で言うと、ジークフリートはしばらくの間放心したように目を見開いていたが、やがてその青い瞳から涙を零して微笑み、言った。

「ごめん……わかった」

ジークフリートを仮眠室へと見送ると、一人になった部屋でシュリはしばらく考え込んでいたが、やがて、窓辺に寄ってカーテンを開け、外の風景を眺めた。

幼い頃も、泣いた後はいつもこうして外を眺めていた。その日々を思い出しながら、シュリはようやく気づいた。

自分の心にいつまでも残り、ふとした拍子に激しく痛むこの傷痕の原因は、きっとこの故郷にあるのだということに。

その痛みから逃れるように、周りが見えなくなるほどジークフリートとの恋に溺れ、その愛に縋《すが》りついた。

そして今もまだ痛みを恐れ、怯《おび》え続けている。

(……この傷痕を治さないと、きっと俺はいつまで経っても怖がって、人を愛することもできないんだ)

草の匂いを孕んだ少し湿った温かい風が頬を撫で、涙の痕がゆっくりと乾いていく。黄色い朝陽が緑の丘を少しずつ照らしていくのを見つめながら、シュリは決意した。

「ここに居場所を作るぞ。……俺はこの国の王子なんだ」

もう親に愛されたいとも認められたいとも思わない。その渇望は失われていた。

だが、だからと言って今のままにしておくわけにはいかない。ジークフリートとギルベルトが、自分を守りたいと思ってくれたように、自分も彼らを守りたい。

小国とはいえ王子として生まれた。それは自分が生まれながらにしてもっている地位と力だ。

王族に生まれたということはきっと、類まれなる幸運なのだろう。

もし、リンデンベルクが傾き、彼らの身に危険が及んだ時、その時自分は、リューペンの王子として力になれる。彼らをこの地に、匿うことだってできる。

そのためには、この国の王子としての立場を周りに認めさせて、この地に確固たる居場所を作らなければならないと思った。そうでなければ自分はいつまでも〝王子〟ではなく〝呪われた黒猫〟のままだ。

（やっぱり俺は……〝役割〟としての結婚なんて嫌だ。心から愛して、守り抜きたい）

ここに居場所を作ろう。名実ともに、リューペンの〝王子〟になろう。

シュリはそう、固く決意した。

■

居場所を作る。

口で言うのは簡単だが、それを実現させることが難しいことはよくわかっている。ましてや自分は、この地に生まれた時からずっと嫌われ者で、両親からも嫌われてきたのだ。

――私はずっと、あなたのことが怖かった。

母に言われた言葉を思い出しながら、シュリは耳を下げた。リューペンは小さな国だ。観光客も少ない、閉ざされた国だ。

新しい価値観はなかなか浸透せず、リンデンベルクよりもさらに古い慣習や迷信がはびこっている。

黒猫に人を呪う力はない。不幸にする力もない。

闇魔法だって、使い方次第でたくさんの人を救うことができる。そういう〝事実〟を、少しずつでも広めていくしかないだろう。

（まずはこの流行《はや》り病をどうにかしないと……）

このままでは居場所どころか皆死んでしまう。シュリが闇魔法で呪っているなどとあらぬ噂を立てられ続けるのも嫌だ。

――病ではなく、呪いですって……やっぱりシュリ様の闇魔法だったのよ。

ヒソヒソと話し合う声を思い出し、落ち込みそうになりながらも、ふと思った。

「でも……たしかに、本当にこれは毒魔法なのか？」

ピラポルカで毒魔法に侵された兵士たちを見てからずっと、「毒魔法による攻撃」だと思い込んでいた。

こんな風邪のような症状の呪いも見たことがない。大抵は、黒く爛《ただ》れて見た目からして恐ろしい状態になる。

だが、自分はまだ闇魔法の全てを学んだ訳ではない。シュリの知らない特殊な闇魔法があってもおかしくない。

――根本を治さなければ、絶対に治らない。

ギルベルトはああ言っていたが、その根本が、呪いということはあり得ないだろうか？　ただの想像に過ぎないかもしれないが、シュリはいてもたってもいられず、急いでミショー宛に手紙を書いた。

これまでの経緯とともに、病に見せかけた闇魔法の呪いというものが存在するのか、解呪方法はあるのか。

書き終えると窓を開けて急いでピグルテを呼び、最高級の餌を渡して速達で飛ばした。

返事を待つ間に、王子として、何か自分にできることはないだろうか。

（あ……）

シュリは思いつくなり、部屋を飛び出した。


「皆に命じて、流行《はや》り病に罹《かか》っている人たちのベッドを全員分、大広間に運び込むように言ってくれ。王族も、使用人も関係なくだ。伝染性はないから大丈夫だ」

シュリがそう言うと、ミクリムはひどく驚いた顔をした。

「と、とんでもないことです……国王様と使用人を同じ場所で寝かせるなんて」

「俺が許可する。この調子で治癒魔法を使い続けてたら、ジークやギルたちの体力が持たない。だったら全員一か所にまとめた方が、魔法は効果的にかけられて力も抑えられるし、急変した時にもすぐ気づけるから」

「し、しかし王太子様がなんとおっしゃるか……」

ミクリムは怯《おび》えたように耳を下げた。

シュリの命令では力不足のようだ。この国における自分の人望のなさに思わずシュリもまた耳を下げてしまいそうになったが、へこんでいる場合ではないと前を向いて毅然とした態度で言った。

「兄さまには俺が話す。お前が罰を受けることはない。責任は全部俺が取るから急いでくれ」

「わ、わかりました」

ミクリムが走って準備をしに行くのを見送ると、シュリは「よし」と自分の頬を叩いて気合を入れて、兄の部屋へと向かった。

兄の部屋に入るのは久しぶりだ。物心ついてからは初めてのことかもしれない。

兄とは幼い頃はよく一緒に眠っていた。面倒を見てもらっていた記憶もあるが、あまりに幼かったのであまりよく覚えていない。

扉を開けると、シュリを見るなり彼は冷たい視線を向けた。無口で冷たい兄のことをシュリは恐れていた。いつも厳しい言葉をかけられているし、きっと嫌われているだろう。

だが今は怖がっている場合ではない。シュリはまるで睨《にら》み返すように強い視線を向けながら、大広間に全ての罹患者を集めることを話した。

「使用人と王族を同じ部屋に……？」

「はい。ギ……治癒魔法士たちの負担軽減と、効果的な治癒魔法を施すためです。一か所に固まっていた方が、魔力の消費は少なくなります」

「使用人の治療はジークフリート様やギルベルト様の手など煩わせずとも、民間の治癒魔法士でいいだろう」

「民間の治癒魔法士では効果がありません。それにジークもギルも、どちらも平等に助けると言ってくれています」

「同じ部屋に寄せ集めて、どさくさに紛れてお気に入りの使用人を治すことを優先させるつもりか？　お前はいつも薄汚いキッチンに入りびたり、使用人共に慰めてもらっていたからな。王族としての自覚もない、恥さらしが」

兄は昔から、シュリがキッチンに出入りして使用人の真似事をするように料理をレレラから学んでいることを、軽蔑しているようだった。

兄は子供の頃から王太子として正しくあろうとしていた。使用人たちと馴れ合ってはいけないと両親に何度も言われ、忠実にその教えを守って生きている。

そんな彼にとって、シュリがしていることは王族として許しがたいことなのだろう。その考え方も間違いではないと思う。特別な存在であるという線引きは大切だ。

だが今この緊急時に、王族のプライドなんか無意味だと思った。

「いいえ。王族と使用人関係なく、容態次第で優先するべきかと。家臣や使用人を見捨てて、王族だけが助かっても……それで兄さまが王になった時誰がついてくるでしょう。ここで彼らを平等に扱い、皆を救うことができれば、将来兄さまが王になった時、賢君として慕うと思います」

するとと兄は驚いたように目を見開いた。

「……この状況で、全員を救うことなんてできるわけがないだろう」

「できます。原因さえわかれば」

すると兄は訝《いぶか》しげに目を細め、シュリを睨《にら》んだ。

「お前が闇魔法で呪ったという話も出ているが……そういうことか？」

シュリはそんな事実はないと毅然として首を横に振った。

「俺はずっと要領が悪くて王族としての自覚もなくて……、兄さまを苛々させたかもしれないけど、闇魔法だけは自信があるんです。その大事な闇魔法をくだらないことには使いません。でも、もしこれが本当に闇魔法なら、俺は皆を必ず助けられます」

そう言い切ると、兄が驚いたように目を見開いた。

「……お前……」

彼は何か言いかけたが、激しく咳き込み、ふらりとよろめいた。

「兄さま？」

その場に崩れ落ちそうになった兄の体を、シュリは慌てて支えた。

（熱い……！）

彼は高熱を出していた。

思えば昨日からやけに顔色が悪かった。ずっと我慢していたのかもしれない。

「兄さままで……！」

シュリは慌てて身体を支えると、大広間に運ぶのを手伝ってもらうために、人を呼びに行こうとした。だが寸前で尻尾が引きちぎられるような痛みに顔を顰《しか》めて足を止めた。

兄が、シュリの尻尾を掴んで引き止めている。

彼は息も絶え絶えに言った。

「使用人共と一緒に、寝か、されるのは死んでもごめんだ……」

「ダメだ。兄さまがこの国の王になるんだから死なせられない。俺がリンデンベルク王家に入ったら、リューペンは大事な同盟国になる。田舎だけど資源も食べ物も豊富で、豊かな国なんだ」

シュリは自分よりも上背のある兄の体を懸命に引きずると、大広間へと連れていった。

「兄さまが倒れたんだ！　ずっと我慢していたみたいでかなり容態が悪そうだ。悪いが優先して見てくれ」

ベッドに寝かせると、すぐにギルベルトが来て、強い治癒魔法をかけてくれた。荒い呼吸が少しずつ落ち着いていく。

「ありがとう、ギル。ごめんな、疲れてるのに」

ギルベルトの顔色はひどく悪い。昨日から夜を徹して強力な治癒魔法をかけ続けているのだから当然だろう。

「別に……」

ギルベルトはいつも通りぶっきらぼうに言うと、シュリをじっと見つめた。

「な、なんだ？」

彼の目は完全に据わっていて少し怖い。そう思っていると、ギルベルトは不意にシュリの両手をきつく掴んで、激しく肉球を揉みしだいた。

「⁉　うっ、うわあああっ‼　なっ、なんだよ急に」

「これで大分魔力が回復する」

「そ、そうなのか……？」

疑わしそうに目を細めると、彼は朦朧《もうろう》とした表情のまま頷き、さらに「悪い」と囁《ささや》いて、シュリを思いきり抱きしめて深く息を吸った。

「あ〜〜……すげえ、回復する」

「お、おい……っ」

看病に当たっていた他の使用人たちが、驚いてこっちを見ている。

「やめろ恥ずかしい！　つーか吸うなヘンタイ！　尻尾やめ……っ、やめろって！」

真っ赤になってグイグイと必死に押し返そうとするが、彼は半分寝ぼけているのだろう。やがて肩口に顔を埋めたかと思うと、グッタリとしてビクともしなくなってしまった。

「ギル？　ね、寝ちゃったのか……？」

（恥ずかしいけど……本当に魔力が回復するならしょうがない……）

バクバクと高鳴る自分の心音を聞きながら、シュリは抱きつかれたままの姿勢でしばらくじっとしていたが、やがてぎこちなく彼の背中に手を回し、そっと抱きしめ返した。


――――数時間後。

「なあ……これほんっとに魔力回復になるのか⁉」

シュリは二人に、もう何度目かわからない確認をした。

あれから、交代で戻ってきたジークフリートにも、〝魔力回復〟を求められ、今では前からギルベルトに、後ろからジークフリートに抱きつかれている。

二人は疲労のあまり意識が朦朧《もうろう》としているため、シュリは一人落ち着かず、真っ赤になってドキドキとしていた。

「ああ。最高に回復する……」

しみじみとそう言われると身動きが取れない。だが、二人とも五分もすると名残惜し気に身体を離して、ふらふらと患者のもとへ魔法をかけに戻っていった。

（まずいな……もう二人とも、魔力が保たない……）

治癒魔法では治す方法が見つからないと、ギルベルトは言っていた。だが、魔法をかけるのをやめるとすぐに衰弱してしまう。

あとはもう、ミショーからの返事にかかっている。原因が闇魔法でもなかったらもうお手上げだ。

そう緊張を滲《にじ》ませていた時、窓の外にかすかにピグルテの羽音を聞き、シュリは慌てて窓辺に駆け寄った。

（リンデンベルクからだ！）

赤いリボンがかけられた小包だった。おそらくミショーからだろう。

開けてみると中にはチョコレートの入った小箱と、ハートマークの封蝋がされた封筒があった。

急いで封を切って中を見てみると、数枚の便箋が入っていた。恩師の字を見ると、涙が出そうなほど安堵してシュリは椅子に座って中身を読んだ。

『シュリ。せっかくの休暇なのに、大変なことになっているみたいね。詳しく状況を書いてくれてありがとう。とってもわかりやすかったわ。結論から言うと、アタシは闇魔法の呪いが関わっていると思う。人の心に干渉する恐ろしい禁忌魔法よ。呪いをかけられて、幻覚で自分が病に罹《かか》っていると思い込むの。その幻覚は、限りなく本物の苦しみに近いから、強い治癒魔法や解毒魔法をかけると進行を食い止められるの。でも決して治すことはできず、徐々に衰弱していく。そういう恐ろしい呪いよ』

「幻覚……？」

シュリは驚いて、患者たちを見回した。皆本当に苦しんでいるようにしか見えない。

強力な治癒魔法や解毒魔法をかけると症状が和らいでいる。だが、その根本にあるのは心の中に巣くう呪いなのだろうか。

心に干渉する闇魔法は、自分にも覚えがある。ゾネルデの日、シュリは王妃にその呪いをかけられて苦しんだ。あの時の感覚を生々しく思い出しゾッとした。

『この呪いを解くのはとても難しいの。禁忌魔法だから授業で練習することもできないし、実践あるのみよ。いい？　闇魔法は精神状態が深く関わるといつも言っているわね。この呪いを解くには、その人の心に干渉する必要がある。心の中に入って、〝あなたはもう治ってる〟と語り掛けるの。彼らがそれを信じれば呪いは解けるわ』

（みんなの心の中に入る……）

――みんなあなたが怖いのよ。

母に言われた言葉を思い出し、見たくない知りたくないと全身が拒絶をする。

だが、やるしかない。

「ジーク、ギル！」

シュリは無心で治癒魔法をかけている彼らに声をかけると、別室に呼び出してミショーから受け取った手紙を彼らに見せた。

ギルベルトは読み終えるとグシャリとそれを握りしめた。

「……やられた。そういうことか。道理でいくら調べても身体に異常が見つからない訳だ」

「ピラポルカでのことも、〝毒魔法だと思い込ませるため〟だったんだろうね。不自然だとは思っていたけど……」

禁忌魔法というだけあって、普通は知る機会はないのだろう。ミショーはルベレーにいた頃、リンデンベルクを滅ぼすために様々な禁忌魔法を学んだと言っていた。

（でも、心に干渉する闇魔法なんて、どうやるんだ……）

やり方がわからない。そんな魔法、ミショーから習ったことはなかった。手紙にもどこにもやり方が書いてない。途方に暮れていると、ジークフリートが何かに気づいたのか、小包の中に入っていたチョコレートの小箱に魔法をかけた。

黒い小箱に、金色の文字でメッセージが浮かび上がる。

『心に干渉するやり方を教えるわ。〝特別なお薬〟を飲んでから全力で深い闇を作るの。少しずつその人の心の景色が見えてくるの。人の心に干渉するっていう最大級の禁忌薬だから、調合する材料もリンデンベルクでは流通してない。大昔にルベレーで闇魔法士をしていたアタシが調合した最後の一本が残っていたからチョコレートの中に隠し入れたわ。薬の効果は四時間が限界。一発勝負よ』

つまりこのチョコレートを食べ、闇魔法を使えばいいということだ。やり方自体は複雑ではないとホッとしていると、ギルベルトが首を横に振った。

「ダメだ。禁忌薬なんて、危険なものシュリに使わせられねえ」

「ギルに同意だ。そもそも、こいつ……失礼。この人たちの心の中なんて、シュリに見せたくない」

「……大丈夫だ。俺にやらせてくれ。絶対に無茶はしない。今の俺の体は、リュカが全部をかけて助けてくれたんだぞ。爪一本だって失くせないからな」

笑いながら言っても、彼らは尚も心配そうにしている。シュリは懇願するように言った。

「俺を信じて、やらせてほしい。俺に、リューペンの王子としての役目を果たさせてほしいんだ」

二人は驚いた顔をしていたが、やがてギルベルトが根負けしたように言った。

「シュリ……」

「……わかった。でも、また代償魔法の時みたいに無茶をしようとしたらどんな手を使っても止める。ここの城の奴が全滅したとしても、絶対に止めるからな」

シュリは頷くと、大きなハート形のチョコレートを口にいれた。チョコレートの中に入っていた薬がドロリと溶け出し、強い苦味と酸味にシュリは思わず尻尾をビリビリッと震わせる。

「おい、大丈夫か？」

「だ、大丈夫だ……ちょっと苦かっただけ……」

制限時間は四時間。もうこの他に薬はない。一度口にしたら、後戻りはできない。

身分に関係なく、現時点で一番重症な患者から治す。そう決めていた。

そして皮肉にもそれは母だった。シュリが一番、その心の中を見たくないと思っている相手。微かに手を震わせながら母のベッドの横に立つと、ギルベルトがその手を掴んで言った。

「……シュリ、無理するな」

ギルベルトがそう言ったが、シュリは首を横に振った。

「〝この人〟が一番、容態が悪い。だから最初に治すだけだ」

シュリは目を閉じて闇魔法を使い、闇を作り出した。部屋中が深い闇に包まれていく。

これで本当に、心の中など覗けるのだろうか。そう思いながら、闇を深めていくと、ふと周りの風景が変わった。

母の部屋の、ベッドの上だった。

お産をしている母はベッドの上でひどく苦しそうにのたうち回り、悲鳴を上げている。その周りでメイドたちが右往左往していた。

『王子はまだ生まれないの？　もう二時間も経つのに』

『このままでは王妃様のお体が……！』

『苦しい！　殺して！　もう子供はいらないから！』

やがてようやく子供が生まれてくると、その真っ黒な塊のような容貌にその場にいた皆が悲鳴を上げた。

『嘘でしょ……黒猫だわ。どうして……黒猫は滅んだはずじゃなかったの？』

母は虚ろな目でメイドたちが取り上げた赤ん坊を見つめていたが、やがて怯えた顔で悲鳴を上げた。

『違う！　そんなの私が産んだ子じゃない！　どこかにやって！』

『王妃様、気をたしかに……っ、まだもう一人、お生まれになるのですから！』

母は『もう嫌』と叫んだが、二人目は彼女を苦しめることなくすぐに生まれてきた。綿菓子のように小さくてフワフワした白猫をメイドたちが抱きかかえて、声を弾ませている。

『まあ、なんて美しい。純白の毛並みの男の子ですわ』

『天使みたいね。神様の祝福を受けた王子様だわ』

母は白猫を抱きかかえて、ようやく安堵の笑顔を見せる。黒猫は一人、離れた所で籠の中に入れられて寝かされていた。

（そうか……この時から、もうダメだったんだ）

その光景を見つめながらシュリはどこか冷静に考えていた。

双子が成長していくと、母は周りの言葉に苦しんでいた。

『でも、なんで急に黒猫が生まれたんだ？　先祖代々、黒猫なんていなかっただろ』

『遥か昔にはいたのかもしれないけど……』

『もしかして、悪魔と不貞を働いたんじゃないか』

――もういや。この子のせいで、ずっと責められる。この子から逃れたい。

耳を塞いで逃げる母を、小さなシュリが追いかけ回していた。

『おかあさま、おはなのえ、じょうずにかけたよ』

『まほうのじゅもん、みっつおぼえたの』

――私に付きまとわないでよ。薄気味悪いのよ。

――こんな子供を、どうやったら愛せるの？　命がけで産んだ子なのに……愛したいのに。なんでこんな姿に……

――愛せないって、どうしたらわかってくれるの？

――やっぱり私を恨んでるんだわ。私を呪い殺そうとしてるんだ。

母の心の中は、シュリへの嫌悪感と、愛せないことへの罪悪感と後ろめたさと恐怖でぐちゃぐちゃになっていた。

心に取り憑く呪いのせいなのかもしれない。だが、シュリはそれを彼女の本心だと思った。

「……お母さま」

シュリはそっと泣いている母に近寄った。母はひどく怯《おび》えた顔をして逃げようとしたので、その背中に話しかけた。

「もういいよ。俺のこと、一生愛せなくていい。別に恨んでもいないから」

「え……？」

「完全にっていうのは、立場上難しいかもしれないけど……もう関わらないと約束する。だから最後に、これだけは言わせてほしいんだ。あなたは俺を産んだことを後悔してるかもしれ、ない、けど……」

涙でぼやける視界の中、シュリは精一杯の諦めと別れの気持ちを込め、声を震わせた。

「……産んで、くれて……っ、ありがとう……っ」

すると母はハッとして、目を見開いた。

「……大丈夫。これは呪いなんかじゃない。あなたが産んだのは、ただ珍しい毛色をしていただけの、ごく普通の子供だ。お母さまを呪うこともない。お母さまは呪われてない。大丈夫、大丈夫だから」

そう繰り返し言い聞かせていると、ゆっくりと闇が晴れていった。

目を開けると、ベッドの上で、母は憑き物が落ちたような顔で放心していた。

「……信じられねえ。熱が一気に下がったな」

ギルベルトが様子を見ながら驚いて言った。

「シュリ……」

ジークフリートが心配そうにシュリの顔を覗き込んだ。早く次の人を治さなければならない。薬の効果は四時間しか持たないのだ。

だが、心はたった一回でひどくすり減っていた。

「シュリ。やっぱりもうやめておけ。あと何人いると思ってるんだ？」

「大丈夫だ。このまま続ける。……でも悪い。その前にちょっとだけ……回復させてくれ」

そう言うと、シュリは隣に立っていたギルベルトを椅子の上に座らせてその膝の上にポスッと乗った。

「は!?　え……シュリ……？」

彼の戸惑う声が耳に響いて心地いい。

「ジーク、頭撫でてくれ」

「え!?　う、うん……もちろん」

同じく戸惑うジークフリートに頭を撫で回されると、シュリはギルベルトの胸に顔を埋めてゴロゴロと喉を鳴らす。

（……たしかに、なんか回復する）

体温と優しい手の温もりに、少しずつ母と決別した痛みも悲しみも癒えていくようなそんな気がして、シュリはギルベルトの胸に顔を埋めたまま、密かに静かな涙を零した。

それから、シュリは闇魔法の呪いのかかった全員の心に干渉して説得をしていった。

シュレレラを始めとするキッチンメイドたちはシュリに対して心を開いてくれていて、皆すぐにシュリの言葉を受け入れてくれたが、他の人々は皆、シュリの言葉になかなか耳を貸してくれない。

彼らのシュリに対して抱いている恐怖は思ったよりもずっと強かった。

それでも制限時間が迫る中、ジークフリートとギルベルトに頻繁に〝回復〟させてもらいながら、必死に闇魔法を使って彼らの心に干渉し、説得し続けた。

そして四時間後、どうにか全員の呪いを解き終わることに成功すると、シュリはそのまま、その場に倒れ込んでしまった。

■

うわああんという、小さな子供の泣き声が聞こえる。

これは一体、誰の心の中だろう。シュリは声の主へと恐る恐る近づいて驚いた。そこにいたのは自分自身だった。幼いシュリが、ベッドの上で蹲《うずくま》り、一人で泣きじゃくっている。

――お父様もお母様もみんな、俺のことが嫌いなんだ。

――みんな俺のこと嫌うんだ！　好きで黒猫に生まれたんじゃないのに！

悲鳴のような声を聞きながら、シュリはしばらく立ち尽くしていた。胸が痛くて、苦しくて、倒れてしまいそうだ。

震える足で一歩一歩近づくと、泣きじゃくる幼い自分をシュリは後ろからきつく抱きしめた。

「大丈夫。君を心から愛して、大事に思ってくれる人は、必ず現れるから」

「そんな人……っ、現れる訳ない！　黒猫なんて、誰も好きになってくれないんだ！」

「そんなことないよ。だって俺も……おんなじ黒猫だから」

すると幼いシュリが、ひっくひっくとしゃくりあげながらシュリの顔を見上げた。

そしてシュリの姿を見て、驚いたように涙でいっぱいの目を見開いた。

「ほんとだ……黒猫だ……」

「だろ？　おんなじだ。それでも、すごく大事にしてくれる人たちがそばにいるよ。だからそんなに泣かなくてもいいんだよ。大丈夫。大丈夫だから……」

言い聞かせながらもう一度抱きしめると、幼いシュリの嗚咽《おえつ》は少しずつおさまっていき、やがてしゃくりあげる声は聞こえなくなった。

――シュリ、シュリ！

誰かが自分を呼ぶ優しい声がする。その声にはよく聞き覚えがあって、シュリは目を覚ました。

「ジーク……ギル……」

「良かった。なかなか目を覚まさないから、また代償魔法でも使ったかと思ったぞ」

窓の外を見る限り、もう夜という時間帯だった。呪いを解き終わってから半日近く眠り続けていたに違いない。それに気づくと、シュリはハッとして飛び起きた。

「みんなは⁉」

急に起き上がったせいでぐらりと眩暈《めまい》がしたが、その身体をジークフリートが支えてくれた。

「大丈夫。元気になったよ。シュリのおかげだ。レレラも嘘みたいに元気になったよ」

「よかった……っ！」

安堵のあまり涙で視界がぼやける。

その後二人に自分が眠っていた間の城内の様子を詳しく聞いていたが、しばらくして、不意に部屋のドアが開いた。

現れた人物に、シュリはビクッとして顔を上げた。兄だ。

相変わらず鋭い目で、こちらを見ている。

「に、兄さま……？」

兄がこの部屋を訪れたのは、一体何年振りだろう。

ずっと兄には嫌われているのだと思っていた。

だが、兄の心の中に干渉した時、シュリに対する恐怖や嫌悪感はほとんどなく、むしろ彼はシュリの方が自分を恐れ、嫌っていると思っているようだった。

故郷では自分は皆に嫌われていると思い込んでいたが、その思い込みによって、自分から必要以上に周りを遠ざけていたのかもしれないとも思った。

兄はたしかにいつも厳しいし、使用人に対する考え方も合わない部分はあるが、王族としては間違ってはいない。

その厳しい態度を、自分への嫌悪だとずっと勘違いしていた。

まだ物心つくかつかないかの頃、そういえば、よくまだ幼い兄が自分を抱っこしてくれたことを朧げながら覚えている。

「に、兄さま……あの……」

「シュリ。この度のこと、次期王として礼を言う。……本当に助かった」

「は、はいっ、いえ……」

そんなことを言われたことは一度もなく、慌てふためいていると、兄はシュリの髪に手を伸ばして頭を撫でた。

「……？」

たった一撫でだけして、兄は足早に部屋を出てしまった。

撫でられたことが信じられずに、何度も頭に触れて確認していると、ギルベルトがシュリの頭をぐしゃぐしゃに撫でた。

「なっ、何するんだ⁉」

「いや……なんか、他の奴に撫でられてるとすげえ腹立つから」

「他の奴って……兄さまだぞ」

ジークフリートにもさっき散々撫で回されていたというのに、今さら何を言っているのだろうと呆れた目で見上げる。

「……そうだ！　呪いはなんとか解けたけど……呪いをかけた魔法士の正体はわかったのか？」

恐る恐るそう聞くと、二人は同時に首を横に振った。

「……まだわかってない。明日、リンデンベルクからも魔法士たちが多数来る予定になっている。国王とも相談して、結界を強化する予定だ」

「そうか……」

リンデンベルクの強力な結界と警備体制があれば、少しは安心だろうか。

だが、ジークフリートたちは浮かない顔だ。

「この一連の騒動がルベレー絡みの国家的な攻撃なら、強い結界で防ぐことができるけど……違うなら防ぎようがない。そして俺は……そうじゃないと思ってる」

「え？」

「やり方が回りくどすぎる。最初から闇魔法で呪いをかければそれでいいはずだ。でも、なぜか毒魔法に偽装されていた。国家によるものではなくて、極めて個人的な犯行なんじゃないかと思ってるよ。……全部憶測にすぎないけどね」

「…………」

「……大丈夫。首謀者は必ず見つけ出すから」

ジークフリートはシュリの肩に手を置き、誓うように言った。

一人になると、シュリは呪いにかかっていた他の人々がどうなったか様子を見に行こうとそっと部屋を出て、数歩歩いた所で足を止めた。

父と母が、シュリの部屋に向かって歩いてきていた。彼らはシュリに気づくとハッとして足を止めた。思わず、両手に力が籠ったが、シュリは軽く会釈だけして通り過ぎようとした。

「シュリ」

「……なんでしょうか」

バクバクと鳴る心臓の音が聞こえないように祈りながら冷静を装ってそう答える。

「この度のこと、感謝する」

「シュリ、ごめんなさい。私……錯乱して、あなたにひどいことを言ったわ」

（……きっと、ジークとギルに何か言われたんだろうな）

冷静に思う一方で、彼らの言葉を素直に信じたい気持ちがあった。

本当にそうなのかもしれない。本当に、自分に感謝してくれているのかもしれない。本当に、錯乱して心にもないことを言ってしまったのかもしれない。

闇魔法で彼らの心の中を見たと言っても、一部分にすぎない。心の奥底では、シュリを愛する気持ちもあったのかもしれない。

以前の自分なら、その僅かな〝可能性〟に縋《すが》っていただろう。だが、自分はもうあの時、彼らと決別したのだ。

心の傷痕をわざと抉って、血と膿を出し切った。あとはもう、その痕が塞がるのを待つだけだ。

自分が傷つくとわかっていることを避けるということは、自分の心を大事にするということだ。

悲鳴のような声を上げて泣きじゃくっていた幼い自分自身を思い出し、シュリは手を握りしめた。

「……いいえ。もういいんです」

それだけ言うと、シュリは今度こそ振り返らずに、その場を後にした。

第三章　ただいま

リュカがライナーのもとで補習を始めてから一週間が経った。その間に実技と座学共に追試を何度か受けたが、まだ一度も合格できていない。

（難しすぎるんだよ）

心の中でそう独りごちた。実力に見合わない難問ばかりの追試で、解けなかった問題や魔法は翌日までに必ずできるようにという無理難題を課せられる。

だが、回数を重ねるごとに確実に点数は伸びていた。

補習時間ごろになるといつもライナーが必ず迎えにくる。サボると思われているのだ。今日も来られると面倒なので、リュカは三十分前に寮を出てゆっくり散歩しながら研究棟へと向かった。

校舎前の庭の雪は大分融けてきていた。クロウタドリが春をしつこく告げるようにしきりに囀《さえず》っている。

それを遠くに聞きながら静かな庭を歩いていると、「リュカく～～～ん」と背後から呼ぶ声がした。

「げっ」

反射的に毛を逆立てて威嚇する。

「げっとはなんだげっとは。せっかく迎えに行ったのに部屋にいないし」

「早めに研究室に向かおうと思っただけです」

「おっ、それは良い心がけだ。勤勉なのはいいことだよ」

ライナーは笑いながらリュカの隣を歩き始めた。

自分は幼い頃から多くの人間に囲まれ、好かれて生きてきたが、どこか皆一定の距離を持って接していた。両親でさえそうだった。

熱狂的なファンを自称する人々も、神聖視しているところがあり、リュカの個人的な部分に触れようとはしない。特定の誰かにこんなに熱心に興味を持たれることはなかったから、なぜライナーが自分に付きまとうのか不可解だった。

あまりにしつこくされすぎて麻痺してしまったのだろうか。最近は、嫌だとは思わなくなってきている自分にも戸惑っている。

何やら話しかけてくるのを一切無視しながら歩いていると、ふと、シュリが作った巨大な雪だるまに気づいて目を細めた。するとライナーもその視線の先を追い、同じく雪だるまを見ながら残念そうに言った。

「あのクマの雪だるま、大分融けちゃってるねえ」

「あれ、クマじゃなくて僕らしいですよ」

シュリの名誉のために訂正すると、ライナーは心底驚いた声を上げた。半分融けたことによっていよいよモンスターにしか見えない。

「全然似てないね。リュカ君はもっと可憐な感じだから」

「内面的にはあれであってると思いますけど」

「まあね」

即答されて腹が立ち、リュカは足元の残雪を掴んで思いきりライナーに投げつけた。一投目は
ヒョイっとかわされたが、左手に隠し持った二投目は顔に直撃した。

「あははっ、ざまあみ、ろ……フギャーーーッ!!」

制服の襟の中に思いきり雪玉を突っ込まれ、リュカは全身の毛をブワワッと膨らませて飛び跳ねた。

ライナーは「アーッハッハッ」とリュカを指差して腹を抱えて大笑いをしている。

彼はしばらくの間笑いが止まらないようで、ずーっと一人笑い転げていたが、やがてそれがおさまると、笑いすぎて涙が滲《にじ》んだ目元を拭いながら言った。

「……でも俺に言わせると、中身も学生らしくてかわいいよ。小生意気だけど好奇心旺盛で、それで物凄く負けず嫌い。……俺の学生の頃そっくり」

「は？　最悪なんですけど」

「……本当に失礼だなぁ」

言い合いをしながら、聖魔法の研究棟へと向かう。それが、最近の日課となっていた。

リュカはその日、結界強化の魔法の練習をすることになっていた。

結界魔法は昔のリュカが一番得意とする魔法だった。今は全く使い物にならないが、ライナーのもとで学ぶようになって、ようやくあと一歩というところまでできるようになっていた。

「……はい、じゃあ今日はここまで」

夜の八時を回ると、ライナーがパンッと手を叩いて補習を終わらせた。

「もう一回やらせてください」

あと少し。あと少しでコツを掴めるのに。

（もっと学びたい。全然時間が足りない……）

だがそれは、できないことによる焦燥感ではない。ただひたすら、魔法を学ぶのが楽しくて仕方がなかった。短期間でここまで自分が成長できるとは思ってもいなかった。

「ダメ。ダラダラやってるとキリがないし終わる時はスパッとやめるよ。……いや、でもすごいよ。このペースでここまでできるようになるとはね。卒業試験で合格できる確率、三十パーセントぐらいに上がったよ」

「三十パーセント……」

「この間までほぼゼロパーセントだったんだから三百倍だよ。……という訳で、今日は三百倍に到達したお祝いに奢ってあげるから外に飯でも行こうよ」

「お祝いって言いますけど毎日じゃないですか」

昨日は追試のペーパーテストで五割を超えたお祝いだった。

「毎日がお祝いって最高じゃない？」

「いいえ、最悪です」

憎まれ口を叩きながらも、「今日はどのお店だろう」とリュカは密かに楽しみにしていた。

今日連れていかれたのは、王立図書館近くのレストランだった。店内には学者風の人々や大学に通う学生が多くいる、アカデミックな雰囲気だ。

「図書館に行った帰りによくここに来るんだ。……この間読んで面白かった本は〝マージュ人はリレーヌの儀式の生贄に使われていたのか？〟っていう内容の本」

「〝戦慄のリレーヌ史〟ですよね？　僕もその本読みました。面白おかしく書きすぎじゃないかと思いましたが、フィクションとしてなら面白いです。同じ人が発表してる〝古代マージュ人の不可思議な食生活〟も面白いです」

「ああ、あれも面白い！　一カ月間毎日同じ内容の食事をして、翌月また食事メニュー一新して、一カ月同じものを食べ続けるってやつだろ？　不可思議だよなぁ」

リュカは思わずコクコクと頷いた。こういう話ができる人が周りにいなかった。

無能になる前、リュカは優等生の友人たちに囲まれていたが、彼らは優秀な成績にもかかわらず、少しマニアックな魔法語りをすると興味がないような顔をしていた。

『やめろよリュカー。遊んでる時まで勉強の話すんの』

『さすが首席様は二十四時間勉強ばっかりだなぁ』

『いや、勉強っていうか……まあいいや』

勉強というよりは趣味だった。

リュカにとって、魔法の本を読むのも、新しい研究の成果を知るのもつらい勉強などではなく、むしろ娯楽に近いものだ。

だが、同級生たちにはどうしてもそれは理解されなかった。

シュリは闇魔法に全身全霊を注いでいるが、そのルーツだとか、マニアックな知識にはそこまで興味を持たない。リュカが語れば喜んで聞いてくれるが、付き合わせてしまっていると思うと少し申し訳なく思ってしまう。その点、ライナーは同じ熱量で語ることができた。

「あと、〝聖魔法の父〟って言われてるアドラーの逸話も面白いんですよね」

「わかるわかる。自分の張った結界から出られなくなったってやつ、笑っちゃった」

「それ！」

思わず耳と尻尾をピンと立てながら語ると、ゴロゴロ……と音がした。

「何、この音」

「さあ」

リュカは動揺した。シュリと一緒にいる時以外で喉が鳴るのは初めてのことで驚いてしまった。

自分はあまり、喉を鳴らさないタイプだと思っていたのに。

ライナーは、この謎のゴロゴロという音がリュカの喉から鳴っていることに気づいたのだろう。

深くは追及せず、だが笑いを噛み殺していた。

「猫って嬉しいと喉鳴るってほんと？」

「そんな事実はないですね」

「へーそっかー」

ニヤニヤしながら、ライナーはしばらくリュカを見つめていたが、やがてふと思いついたというように呟いた。

「リュカくんのその、好奇心と探求心、学者に向いてると思う」

「学者？」

これまで、そんなふうに言われたことはなかった。

「これは結構真面目な話なんだけど、リュカ。卒業したら俺の聖魔法研究手伝ってくれないか？」

「以前の僕ならわかるけど、今の無能の僕に？」

そんなことをするメリットがないと訝《いぶか》ると、ライナーは珍しく真剣な顔をして言った。

「正直この補習は、君が本当に無能になってしまったのか計りたかったんだ。俺そんなに熱心な教師じゃないからね。生徒の卒業後には興味ないし自己責任で頑張れって思ってる。でも……君には昔からずっと興味があった。たしかに、もう〝天才聖魔法士〟にはなれないかもしれない。でも君のその探求心や魔法に対する好奇心はホンモノだ。猛特訓すれば俺の次ぐらいに優秀な聖魔法士になれる」

（なんだ俺の次ぐらいにって……）

言い方に腹を立てつつも、リュカは嬉しかった。幼い頃から魔法の勉強が大好きだった。ただ「天才」と薄っぺらい言葉で賞賛されるよりも、魔法に対する熱意や姿勢を褒められる方がずっと嬉しい。

ゴロゴロ……

（げっ）

慌てて喉を手で押さえると、ライナーは「あっはっはっ」とデリカシーの欠片《かけら》もない笑い方をした。

「じゃ、リュカくんの進路は俺の助手ってことで。早く手伝ってほしいから絶対今年中に卒業してくれないとね」

「いやちょっと待ってください。僕、卒業したらこの国の王子に嫁ぐんですよ？」

幼い頃から決まっていたことだ。だからこれまで、自分の進路についても考えたことなどなかった。

「嫁ぐ……ねえ。でも、王子二人とも、シュリくんのことが好きなんでしょ？」

「そうですけど」

「それって嫌じゃないの？」

「別にジークのこともギルのことも嫌じゃないですし、僕はシュリを助けたから、二人とも僕には頭が上がらないんです。邪険にされることもないだろうし、構いません」

「……うーん、でもいつか、絶対後悔する日が来ると思うよ。まだ若いからピンと来ないかもしれないけど」

「いや、先生も僕と四歳ぐらいしか変わらないじゃないですか」

「四年多く生きてればその分色々学ぶこともあるんだよ。よく考えた方がいいって」

ライナーは酔っているのだろう。少し赤くなった顔で目を眇め、リュカを指差した。

「以前の君なら、伴侶から愛されていなくても確固たる地位を築けたと思う。でも、正直今の君は辺鄙《へんぴ》な田舎の小国出身の子供でしかない。そんな君を国民が認めると思う？」

「……」

「大国の王室に入るって物凄くストレスのかかることなんだよ。好き放題やれるなんて思ったら大間違いだ」

「愛のない結婚ってそんなに悪いことですか？　よくあるでしょ。愛が大事だとは思わない。馬鹿みたいだ」

「その意見には同意する。でも、愛っていうのは酒みたいなもんなんだよ」

「は？」

何言ってんだこの酔っ払いと冷たい目を向けるが、ライナーはどこか真剣な顔で続けた。

「つらいことがあった時、酒を飲むと悲しみは薄まる。正気を失えるんだ。愛も一緒。正気がなくなっちゃって、ある程度の苦痛にも耐えられるようになる。だから一緒に人生を歩む相手に愛があるかどうかってのは大きいよ」

シュリは毎日、苦しみもがきながらジークフリートのために勉強をしていた。ギルベルトは、シュリを助けるために迷わず命を捨てようとした。

たしかに、正気の沙汰じゃない。

「やばいだろ？　だから結婚なんかやめて、学者になろう」

「僕は別に正気を失えなくたっていい。……王室に嫁ぐのは、シュリとずっと一緒にいるためです」

子供の頃から、本当にそれしか考えていなかった。

自分の結婚相手のことより、シュリと一生一緒にいられるということが重要だった。

するとライナーは信じられないというように目を見開いた。

「え？　まさかそのために結婚するの？　お兄ちゃんとずっと一緒にいるために？　君、もう十八でしょ？」

「そうだけど、なんですか」

「子供っぽいね。まだお兄ちゃん離れできてないんだ」

「そんなの、僕の勝手じゃないですか」

「……お兄ちゃんのためにあれだけの才能を失ったのに、今度は自分の人生まで捨てるつもり？」

「な……っ！」

「もっと自分を大事にした方がいい。シュリは大丈夫だよ。闇魔法の才能もあるし、この国の二人の王子に愛されている。……今、何もないのは君だ。リュカ。君は自分のことを考えなきゃ」

その言葉に、激しい怒りに駆られ、思わず牙を剥《む》き、本能的に唸り声を上げた。

こんなに激しい怒りに駆られたのは人生で初めてのことだった。本当は考えることが怖いんだろうと、ライナーが囁《ささや》く。

「うるさい！　黙れクソ教師！」

大きな声を上げると、何事かと周りの客たちがこちらを振り返った。

そのまま帰ろうとすると、ライナーも慌てて立ち上がる。追いかけてくる気配を感じて、リュカは脱兎のごとく駆け出し、フィノイス川沿いの道を走って逃げた。

もう春だというのに、寒くて白い息が上がる。故郷の春とは大違いだ。

こんな異国の地で一生生きて行くのに、自分には〝何もない〟という現実を目の当たりにして、不意に恐ろしくなり、立ち止まった。

「……何もないのなんて……昔からだよ」

何もしなくても賞賛されて、何もしなくても欲しいものは手に入る。つまらない人間。だから誰からも、本当の意味で愛されることもない。

恋や愛に熱狂したり翻弄《ほんろう》されたりする人々をくだらないと思っているけれど、本当は羨《うらや》ましいと思う。誰かを愛したり、愛されたりできることが。

（僕を愛する人なんて、一生現れないだろうしなぁ。というか、僕自身もそうだし……）

橋の欄干《らんかん》に手を突いて、フィノイス川を見下ろしていると不意に後ろから誰かに羽交い絞めにされた。

（強盗!?）

そういえばこの辺りは、スリやひったくりなど犯罪が多い危険な地域だということを思い出し、真っ青になる。

だが、「早まるな！」というどこか間抜けな声に、リュカは脱力した。

「……別に、飛び込もうと思ってた訳じゃないですよ？」

呆れながら振り返ると、珍しく焦燥した様子のライナーと目が合った。

「ごめん！　リュカ、ごめん。君は気が強いからって言い過ぎた。……生徒を泣かせるとか、俺は本当に教師失格だ」

「は？　泣いてないですけど」

「泣いてるだろ」

ライナーは笑いながらリュカの顔を自分の袖でゴシゴシと拭いた。

「ふぎゃっ」

乱暴なやり方に腹が立ち、尻尾でめちゃくちゃにライナーの体を殴りつける。

「何もないっていうのは大きな間違いだった。訂正させてくれ」

「いいですよもう。事実ですし」

するとライナーは「そんなことない！」と強く否定した。

「君は向上心も好奇心も賢さも、天使みたいに可愛い顔も、それと正反対に強《したた》かな性格も、何もかも持ってるだろ」

「………今更お世辞を並べられても寒いんですけど」

「違う。違うんだごめん。とにかく……何が言いたいかっていうと……」

ライナーはそこでもどかしそうに口籠ったあと、少し照れ臭そうに言った。

「最初からこう言えばよかった。……俺はただ、君と一緒に聖魔法の勉強を続けたいだけなんだ。だから、結婚なんてしないでくれ」

その言葉にリュカは少し驚いて、ドキッとした。

「……先生変わってますね」

「そう？」

「僕にこだわる人って初めて見ました」

「そんなことはないだろ。……まあでも、ライバルがいないならそれに越したことはないけど」

それからは、無言で並んで歩いた。

ライナーはもう何も言わず、珍しく気まずそうに黙り込んでいた。

（……馬鹿だと言われようとなんだろうと、僕はシュリと一緒にいるんだ。ずっと一緒に……）

幼い頃からそのためだけに生きて来た。だが、今もそれで、本当にいいのだろうか。

長く長く続いていた一本道に、初めての分かれ道ができた気がした。

■

補習を始めて二週間。

リュカはその日、四年生の進級レベルに匹敵するファナエルという強力な結界強化魔法を放つことに成功した。

正直、信じられない。

毎日がむしゃらにやっていた訳ではないが、ライナーが教える「コツ」は全て的確だった。リュカの癖も見抜き、徹底的に矯正してくれる。

『リュカくん、小さい頃から勘だけでどうにかなってきたからってさぁ、基礎舐めすぎじゃないか？　魔法を放つ時の癖が強すぎ』

最初は腹が立っていたが、たしかに、自分では気づかない癖のようなものがある。姿勢、詠唱、集中力。そのどれか一つでも欠けていたら魔法は上手く放てない。

もちろん癖を矯正して、彼の言うコツの通りやってもすぐに上手くいく訳ではなく相当な練習量を必要とする。

だが、半年間リュカは自分なりに必死に練習していたのに、どれだけ練習しても上手くできなかったことを思うと、このスピードで学べることがいかにすごいことなのかがわかる。

「コツ」を知るということが物凄く効率的だということが、ようやくわかった。

荒く肩で息をしていると、ライナーがポンと肩を叩いた。

「リュカくん。追試合格」

「え？　でもまだ……」

ペーパーテストはまだ六割しか取れていない。その上、課題魔法はまだまだ他にもある。

「まー本当はもう少し上まで行ってほしいところだけど及第点ってことで。その代わり、休み明けも卒業試験まで毎日、引き続き俺の補習をみっちり受けてもらうことになるけど」

「は？　まだ補習続けるんですか？」

「そんな嫌そうな顔しても、尻尾ピーンって立てて嬉しそうにしてるじゃん」

「してない！」

リュカは首を横に振った。だが、たしかにもっともっと、彼のもとで学びたい気持ちがあった。

「この調子なら卒業試験なんとか間に合うんじゃないかな。……と、言う訳で、残り僅かだけどお休みゲットおめでとう」

「……」

「……どうした？　リューペンに、帰らないといけないんだろう？　俺はね、家族に依存するのはよくないって思うけど、家族は大事にした方がいいと思うよ」

「……でもシュリ、ジークとギルとイチャついて僕のこと忘れてるかも……」

「あーそれはある。でもそうだったら、帰っておいでよ。俺が慰めてあげるから」

「うざ」

「君なぁ。教師への態度考えろよ？」

呆れたようにそう言ったあと、ライナーは少し目を細めて笑い、リュカの頭をポンポンと叩いた。

「大丈夫。シュリもきっと、リュカが帰ってきたら喜ぶよ。それにしてもいいなあ。リューペンてネコ獣人の国だろ？　モフモフで溢《あふ》れてほのぼのしてるんだろうな」

「いいえ。田舎の悪い部分だけを煮凝《にこご》りにしたような陰湿で息苦しい国ですよ」

「秒で俺の夢を壊さないでくれよ……」

故郷を思い出す時、窮屈な息苦しさを感じる。

シュリは大丈夫だろうか。故郷にいた時、彼はいつも俯いていた。そのつらそうな横顔を思い出すと、いてもたってもいられず、リュカはリューペンへと帰る決意を固めた。

■

その晩、仕事を終えてライナーが帰ってくると、リュカは床の上に倒れ込んでいた。明日彼は故郷に帰るというのに、今日も限界まで結界魔法の練習をしていたようだ。

「あーあー。ぶっ倒れる時はせめてソファの上に倒れなさいって言ってるのに」

それでも、与えた課題は全てこなしたのだろう。

達成できた魔法には、太く真っ赤な線が引かれている。床に転がしたまま放置しておく訳にもいかないため、抱え上げる。この補習期間中、何度もやっており、もはやナイトルーティンと化していたが、その度にその体が思いのほか柔らかく、ぐにゃんとしていることに驚く。

（……猫は液体って本当だったんだなぁ）

関節が柔らかいのかわからないがとにかく柔らかく感じる。尤《もっと》も、この年頃の人間の学生を抱き上げたことは他にないため、比較はできないが。

ひとまずソファに寝かせ、毛布を掛けてやると、ランプ明かりに照らされて彼の白い髪が黄色く光って見えた。

（ほんっと、綺麗な顔してんなぁ）

ちらりと寝顔をみながら、しみじみとそう思った。

リュカがまだ子供で神童と呼ばれていた頃、ライナーはレイオット学院の学生だった。下級生の頃、ライナーはかなり遊んでばかりいたが、効率のいい勉強が得意で、成績は常にトップだった。世界一の聖魔法士を目指そうと思っていた。

――新聞で、リュカの存在を知るまでは。

リュカの名前は、世界一の魔法学院でもあるレイオット学院の学生たちの間にも瞬く間に広がった。

美しい白猫の神童。見た目も目を惹くだけではなく、神童と呼ばれるにふさわしい天才的な魔法技術を持っていた。

（いやいや、さすがに盛りすぎ。見た目が可愛いから余計にメディアの餌食になってんなぁ）

学生の時はそんな風に思っていた。センセーショナルな記事にするために、わざと実際以上のことを誇張して書くということはよくある。

この子供が成長したら、自分は世界一の聖魔法士にはなれないかもしれないという危機意識から、そう思うようになったのかもしれない。

だがそれから一年程して、リュカが十歳にして上級聖魔法士の資格を取得したということを新聞で知って、ライナーは驚愕した。上級聖魔法士の資格は、中立国ミレーネによって厳しく管理されているため、いくらメディアが持ち上げたがっているからといって捏造できるものではない。

本当に、十歳にしてそれだけの資格を持っているという紛れもない事実だろう。

いてもたってもいられず、このリュカという子供がどんな子供なのだろうかと見に行きたくなった。

リューペンは遠いが、ちょうど春に〝ノノマンテ〟と呼ばれる祭りがあり、世界中から人が集まると言う。リュカもそれに参加すると聞いていた。

両親に〝ノノマンテ〟がどうしても見たいと頼み込み、馬車に揺られてはるばるリューペンへ向かった。

ルルセと呼ばれる舞を舞うリュカの姿を見て、ライナーは驚いた。

まるで聖魔法の化身のようだった。神の祝福の光のような白の美しさ、屈託のない輝くような笑顔。子供の頃から愛している聖魔法そのものだ。

それからは、遊ぶ時間を減らして真面目に聖魔法に取り組んだ。彼が成長しても、追いつかれないように。

おかげで、前例のないぐらいの好成績で卒業をすることができた。侯爵家の三男坊で、責任もなければ金にも困らないという気楽な身分だったが、聖魔法士として研究機関に入った。

宮廷魔法士になってほしいという強い誘いもあったが、窮屈なのは性に合わないと断っていた。

そんなときに、来年度からレイオット学院の聖魔法教師に空きが出るという話を受け、ライナーは即座に引き受けた。リュカの魔法を、直に見るためのまたとない機会だ。

だが、その年の夏休みに、リュカは全ての魔法の才能を失った。双子の兄を助けるために、その才能を全て捨ててしまったという。その話を聞いた時、自分のことでもないのに、物凄く悔しかった。

赴任してみると、リュカはいつも部屋に閉じこもってばかりで、焦燥に駆られた顔をして本ばかりを読みふけっていた。その横顔にも、何か言いようのないもどかしさを感じた。

もう一度、あのルルセの時のような自信を取り戻してほしいと思った。

(でも結局……何も失ってなかったんだな。この子は)

必要以上に天才と褒めそやされ神格化されていただけで。この子の本質はきっと何も変わらないのだろう。負けず嫌いで、勉強熱心で、合理的で賢く、生意気で可愛らしい。

猫らしく自由気ままな彼には、王室なんて窮屈な場所は似合わないと、ライナーは心の底から思っていた。だがそれは教師である自分が決めることではない。自分にできることは、別の道もあるということを教えるだけだ。

(あとはリュカ。君が選ぶことだ)

彼自身が、一番彼らしく輝ける道を選んでほしい。そう心から願っていた。

■

リュカがリューペンに着いたのは、ノノマンテが開催される二日前のことだった。

城の前で馬車が止まるなり、リュカは猫特有の鋭い感覚で異変を感じ取った。何かが起きている。

いや、何かが起きていた。そんな気がする。馬車を降りると、リュカの帰郷に気づいた人々が早速ざわついた。

――リュカ様だわ！　変わらない美しさね！

――聖魔法の力を失ったなんて、本当なのかしら。信じられないわ。

（こういうのが嫌なんだよねー……いちいち大げさにヒソヒソヒソヒソとさぁ。ほんっと村社会）

早速不愉快な気分になって苛々と尻尾を振っていると、湿った草の匂いをはらんだ温かい春風が頬を撫でる。

（でも……この空気はやっぱり好き）

しばらく城内の庭を歩き、故郷の空気をのんびりと味わっていると誰かが勢いよくこちらに向かって駆けてくる足音がした。

「リュカ！」

（げっ）

母だ。一番会いたくない人に早速出くわしてしまった。

「リュカ！　会いたかったわ！」

母はリュカを思いきり抱きしめた。その腕から一切の温もりを感じないことを、リュカはどこか不思議に思った。

母には昔から文字通り猫かわいがりされて育ってきたが、なぜか愛されている気がしなかった。シュリのように、あからさまな態度を取られている訳でもない。誰に聞いても、王妃は白猫王子を溺愛していると答えるだろう。

だが、リュカ自身は不思議と、一度もそう思ったことがなかった。

「ねえ、聖魔法がなくなったってどういうこと？　そんなの嘘よね？　なぜ手紙の返事をくれなかったの？　あなたのことをどれだけ心配したと思ってるの！」

「心配？　僕の？」

「決まってるでしょ」

当然のように言われ、リュカは強烈な違和感に襲われて思わず首を横に振った。

「心配なのは僕じゃなくて、僕の能力でしょ」

「……え？」

「お母さまが一番気にされてるのは、自分がどう思われるかだから」

口に出して言ってみると、ようやく納得できた。

なぜ自分が、母に愛されていると感じたことがないのか。母が一番大切にしているものは何を置いても自分自身なのだ。

それは別に構わない。親だからと言って子供を自分以上に大切にしてくれと言うつもりはない。

だが、どうしても自分はアクセサリーのように扱われていると感じてしまう。

母がシュリのことを絶対に愛せないのも、きっとそのせいだろう。黒猫は〝みんなに〟嫌われているから。

「僕が天才じゃなくなったら、お母さまが周りから褒められなくなっちゃうから心配なんでしょ？」

冷静にそう言うと、彼女は何か得体の知れないものを見るような目で、リュカを見た。

「……リュカ、あなた一体どうしちゃったの？」

「どうもしてない。前からこんな性格だよ」

そんなことも知らないぐらい、母は本当に自分の上っ面しか見ていなかったのだなと思うと少し寂しく思う。

(……でもさすがに、言い過ぎたかな。本当に僕のこと、心配してくれてたのかもしれないのに)

柄にもなく反省をしたが、前々から思っていたことだった。

違うなら違うと言ってくれればいいと思う。そうしたら、素直に謝ろうと思っていた。だが、母は怒りに歪んだ顔のまま黙り込み、こちらに背を向けて走り去ってしまった。

(ああ……やっぱり図星だな)

自分もライナーに内心言われたくない本当のことを指摘されると何も言えなくなり、あんな風に怒って逃げ出してしまう。嫌な所が似てしまったと、思わず溜め息をつきながら城の中へと入った。

その時だった。

「リュカ……？」

ホールの両階段の上から、シュリがこちらを見下ろして驚いていることに気づいた。

「シュリ！」

会いたかった片割れの姿に、上機嫌に階段を駆けあがる。

シュリはしばらくの間信じられないというように立ち尽くして呆然とこちらを見ていたが、やがて瞼を震わせて駆け下り、思いきりリュカに抱きついてきた。

「わっ、シュリ⁉」

普段物静かなシュリが珍しい。やはり、何かあったのだろうか。

「リュカ！　な、なんでここに……」

「なんでって、追試に合格できたから補習を早めに切り上げて帰ってきたんだ」

そう言うと、シュリは「すごい……」と感嘆の声を上げてくれたので嬉しくなった。

「それよりシュリ、何があったの？」

どこか不穏な城内の雰囲気に小声で問いかけると、シュリが耳を下げて同じく小声で言った。

「……城に強力な闇魔法の呪いがかけられたんだ。でも、なんとか呪いは解いたから、死者も怪我人も出てない」

「えっ⁉」

リュカはサッと青ざめ、シュリの爪先から頭のてっぺんまでよく確認した。するとシュリは少し苦笑いを浮かべて首を横に振った。

「大丈夫だ。俺は無事だ。代償魔法も使ってないぞ。倒れてた人たちも、もうみんな元気になって城は今はもう、元通りだ」

その言葉にリュカは心から安堵した。シュリが何かを失った時に助けてやりたくてももう自分には、彼のために懸けられる代償が命ぐらいしか残っていない。

「呪いってルベレーの呪い？」

「……まだわからない。でもすごく強力な呪いだった」

「どうして知らせてくれなかったの？　そりゃ、今の僕はなんの役にも立たないけど……」

「まだ首謀者も見つかってないんだぞ。危険だから、リュカには来てほしくなかった」

シュリの不安と焦燥した様子からこの数日間、彼はよほど大変な思いをしていたのだろうということがわかる。張り詰めた緊張状態を和らげるようにリュカは屈託なく笑って言った。

「……まったく。呪いを貫通させちゃう我が国の城の防御力のなさが情けないね。平和ボケしすぎなんだよ」

するとシュリは少し呆気に取られた顔をした後にふっと気の抜けたような笑みを零した。

「やっぱり、リュカが来ると安心感が違うな」

「そう？　それは良かった」

――大丈夫。シュリもきっと、リュカが帰ってきたら喜ぶよ。

ライナーに言われた言葉を思い出し、リュカは少しくすぐったい気持ちになって笑いながら、機嫌よく尻尾の先を揺らした。

「あ、そうだリュカ。今日の晩餐のメインディッシュは、リュカが大好きなチキンステーキみたいだぞ」

「やったー！　いいタイミングで来られたな」

機嫌よく尻尾を立てると、シュリは「そういう風にツイてるところも、リュカって感じがする」と笑った。

「そういえば、ジークとギルは？」

てっきりシュリの護衛騎士のようにべったりとくっついて回っているかと思いきや見当たらないので不思議に思ってそう聞くと、シュリは少し顔を曇らせた。

「それが……昨日ぐらいから変なんだよな。二人ともあんま顔見せないんだ。……あ、でも晩餐会には来ると思うぞ」

「……そっか」

呪い事件のことと、何か関係があるのだろうか。無性に嫌な予感がした。


晩餐の場に行くと、親族一同、それにシュリが言ったとおり来賓としてジークフリートとギルベルトがいた。

久しぶりに帰ってきたことで、皆あからさまにジロジロと見てくるが、リュカは気づかないふりをして目の前のチキンに集中していた。

「……シュリ、なんか僕のチキンでっかくない？」

隣に並んで座るシュリに、小声で耳打ちすると、彼は笑いながら言った。

「さっきレレラに頼んで、リュカの分は大盛りにしてもらったんだ。追試合格のお祝いだ」

「……ありがとう」

シュリが急に、少し年の離れた兄のように見えた。晩餐の場はひたすら父である国王が、呪い事件の時のジークフリートとギルベルトの対応を賞賛していた。

てっきり、能力を失った自分が帰ってきたことで、もっと大騒ぎになっているかと思ったので、リュカは拍子抜けした。

「俺たちは食い止めただけです。実際、呪いを解いたのはシュリだ」

ジークフリートの言葉に、国王は少し言葉を詰まらせたあと、シュリの方を向いた。

「我が息子ながら、誇らしい働きぶりだった」

「本当に、ありがとう。シュリ」

両親がシュリに対して感謝の言葉を述べている。そのことにリュカは驚愕した。ジークフリートとギルベルトがいる手前だからかもしれないが、それだけなのだろうか。

それ以上に驚いたのは、シュリの反応だ。前までは、両親が少しでも自分を気に掛けるようなことを言うと、見ていて苦しくなるぐらい大喜びをしていた。感謝の言葉などかけられたら、彼は椅子から転げ落ちる程驚くだろうと思った。

だが彼は「いえ……」と一言返しただけだったのだ。

(何かあった……?)

チキンを牙で裂き、訝《いぶか》しげに両親を見ていると、不意に母親と目が合ったのであからさまに逸らしてしまった。

その態度が癇《かん》に障ったのか、母は苛立ちながら言った。

「リュカ。あなたは本当に能力を失くしてしまったの？　王族が最下位の成績なんて、恥ずかしいわ」

するとジークフリートが肉を切り分けていたナイフを持つ手を止めて、にこやかに言った。

「失礼。シュリが経緯についてはお話ししたと思いますが。もうお忘れでしたら、もう一度一から説明致しましょうか？」

「い、いえ……」

まるでバカにしたような物言いに母はサッと頬を赤くしたあと、今度はこちらを見ずに言った。

「リュカは生まれつき恵まれていたから、なんの努力もなしにここまで来て……急に何もかもなくなってしまって、これからが大変ね」

（ああ……今度は僕が〝掃き溜め〟になったのか）

シュリが罵倒されないなら、どうでもいいか。そう思いながら黙ってチキンステーキを切り分けていた。今度はギルベルトが不愉快そうに何か言おうとした。その時だった。

「いい加減にしろよ！」

シュリが不意に大声を出したので、一同驚いた。だが一番驚いたのはリュカだった。驚き過ぎてナイフを膝の上に落としてしまった。

「リュカが〝なんの努力もなしに〟って本気で言ってるのか？　家族のくせに、ずっと見てきたくせに！」

「シュリ……？」

「リュカは才能だけじゃない。勉強が大好きで努力を惜しまなかった。その努力の結晶を全部捨てて、俺を助けてくれたんだ！　あんたたちが散々、不吉だって言って忌み嫌ってた俺の命を！　俺に感謝するなら、その前に、俺を助けたリュカに感謝してくれ！　ひどいこと言ってごめんって謝れよ！　俺の弟傷つけたこと謝れよ！」

はぁ、はぁ、と肩で息をして、シュリは椅子に座り込んだ。膝に置かれた彼の手は震えていて、だがそれでも、その横顔はどこかすっきりして見えた。

こちらをちらりと見ると、彼は目に涙を浮かべて小さく笑った。

〝やっと言ってやったぞ〟と言うように。

リュカは瞼が熱を持つのを感じた。

シュリは強いんだ。

自分がずっと一緒にいて守らなければとずっと思って生きてきたけれど、本当はシュリの方が強いんだ。彼は今、長年怯《おび》えて恐れていた家族を相手に激昂して、自分を守ってくれた。

その姿を見て、ようやくリュカは決意が固まった。

静まり返った部屋で、チキンステーキの最後の一口を口に放り込むと、リュカはナイフを置いて立ち上がった。

「僕からも一つ、言いたいことがある。……おっしゃる通り、僕はもう、なんの才能もないただの白猫だ。リンデンベルクなんて大国の王室は、僕には荷が重いんです」

「リュカ……？」

「リンデンベルクの王子との、婚約を破棄したいと思っています」

「なっ……」

その瞬間、晩餐ホール全体がざわついた。全員が驚いている。祖母は今にもひっくり返って倒れそうな顔をしている。

パニックに陥った有様を見て、なんとなく愉快な気持ちになった。

「リュカ！　なんで……っ」

（長いこと追いかけ回してごめんね。シュリ。僕から解放してあげる）

リュカは、同じく驚いた顔をしているジークフリートとギルベルトに向かってウィンクをすると、颯爽と歩いて騒然とするホールをあとにした。


「リュカ！」

案の定、シュリが追いかけてきた。

「どういうことだ!?　婚約破棄なんて！」

「ごめんね。事前に相談なしに。でも、つい最近決意したことだったから」

「つい最近!?」

「いやーすっきりした。やっぱり僕、結婚とか向いてないなって。他人と家族になるってこと、軽く考えてた。僕はまだシュリみたいに大人じゃない。いつまで経っても自分のことしか考えられないお子様で、誰かを愛したりなんてできないんだ」

「リュカ……」

シュリが瞳いっぱいに涙を溜めたあとにリュカに抱きついた。

「嫌だ。俺はリュカとずっと、一緒にいたい」

先ほどまで兄の顔をしていたシュリが、子供のようにそう言ったので、リュカは思わず笑ってしまった。

だが、自分が一緒にリンデンベルクに嫁ぐことを嫌がられているのだとずっと思っていたから、意外で嬉しくて、瞼が熱を持つ。

「大丈夫。僕たちは血が繋がってるんだから……書類も法律もなんにもなくても、ずっと家族でいられるんだよ。それに、僕もずっとリンデンベルクで暮らす予定だし」

「え？」

「レイオット学院の研究室で働こうと思ってるんだ。あいつの助手として」

「あいつって……ライナー先生？」

「うん。……僕、聖魔法を極めて宮廷魔法士を目指すよ。リンデンベルクで一番の聖魔法士になって、シュリを一番近いところで守るんだ。だから、あいつムカつくけど……一番早く上達するのは間違いないから、頑張る」

シュリは目いっぱいに涙を溜めたあと、リュカの体を再びきつく抱きしめて言った。

「一つだけ言わせてくれ。リュカが誰も愛せないなんてことは、絶対ない」

そんなことない。自分は誰も愛せない。そう思う一方で、シュリがそう言ってくれるなら、本当にいつか誰かを愛せるような気がして、リュカは嬉しさに瞼が熱くなるのを感じた。

■

ノノマンテ前日。

準備は着々と進んでいるものの、いまだに呪い事件の首謀者が捕まっておらず、当日までに見つからなかったら祭りの中止が検討されている。

リンデンベルクからも追加で兵士が招集され、超厳戒態勢で警備がされていた。

「……こんな状態でもやることを諦めないんだ。今やノノマンテは我が国の重要な財源になってるから、そう簡単に中止できないんだね」

いつになく物々しい様子の広場を眺めながら、リュカが露店で買った肉を食べながら、呆れたように言う。そのいつも通りの横顔を見ながら、シュリは思わず感心してしまった。

〝リュカがリンデンベルクの王子に対して婚約破棄を宣言した〟。

その衝撃的な出来事は、瞬く間に広がり、城内はその話で持ち切りになっていた。渦中の人物である彼は、あることないこと面白おかしく噂にされており、シュリはひどく心配していたが、まるでどこ吹く風だった。

(それにしても本当に……どうなるんだろう)

聞こえないように、聞かないようにしようと思っていても、外に出れば結婚に関する様々な噂話が耳に入ってきてしまう。

――リュカ様が婚約破棄って、一体どうなるんだ。この国からもう一人、嫁を出すのか？

――ルベレーとの和平のために親ルベレー派のジークフリート様はルベレーの王族の姫を迎えるという話を聞いたが……

――ギルベルト様には王弟殿下が、アイネかミーネをと考えているようだぞ。

二人のどちらかは自分以外と結婚する。

当たり前のことだが、ずっとリュカと四人で家族のようになる気持ちでいたから、急にその事実を生々しく感じ、シュリは不意に焦燥感に駆られた。

（いやだ。すごくいやだ）

今の自分にそんなことを思う資格などないのに、尻尾が激しく揺れて落ち着かなかった。

ずっと〝恋をするのが怖い〟と思っていたけれど、恋をしないということは、相手が自分以外を愛することを受け入れなければならないということだと今更ながらに強く思い知った。

二人と話がしたいと彼らの姿を捜していると、ギルベルトがアイネと話している姿が目に入った。

何を話しているのかまでは街の喧噪でよく聞こえないが、いつも誰と話していても不機嫌そうな彼が珍しく柔らかい表情で話しているのを見て、シュリは胸がギュッと痛くなるのを感じた。

慌ててその場を離れようと、広場から脇目も振らず歩き去る。

「え!?　ちょっとシュリ！　どこ行くの！」

「散歩。すぐ戻る」

噂話が聞こえないところへと逃げるように必死に歩いていると、ふと誰かに肩を掴まれた。

「ひっ……」

思わず息を呑んだ。八年前、この場所で賊に誘拐されそうになった時の恐怖を思い出しゾッとした。

(そうだ。なんで俺こんなとこ一人で……)

心臓が破裂しそうな程高鳴り、一瞬のうちに激しい後悔が襲う。

「シュリ様！　こんなところを一人で歩かないでください。また大変なことになりますよ」

「ま、マルセル……」

人の良い笑顔に、安堵して胸を撫でおろす。

「あれ？　でもジークは？」

そう尋ねると、彼は心底困ったというように肩を竦めた。

「それが、今捜しているところなんです。あちらの方に歩いていかれるのを見かけたのですが……」

マルセルは広場から離れた小川沿いの道を指差した。

「護衛を置いて一人行動なんて、本当に困ったものです」

いかにも優等生然としたジークフリートに護衛が手を焼いているというのがおかしくて、シュリは思わず笑ってしまった。

「じゃあ俺も、捜すの手伝う」

「ええっ、いいんですか？」

「ああ。城は今ちょっと……落ち着かなくてさ。それに、この辺は俺の庭みたいなものだからな」

少し得意げに耳と尻尾をピンと立てながら言うと、マルセルは「これは頼もしい」と笑った。

シュリは、先ほどマルセルが指差した方へと歩き出した。広場から小川沿いに進んだ先は、延々続く野原と、その先には山と森しかない。

（……でも、俺のお気に入りの場所なんだよな）

野原は城から近く、綺麗で静かで誰もいない。独りになりたい時にはピッタリの場所だ。子供の頃、ジークフリートへ宛てた手紙によく書いていた。それを覚えてくれていたのだろうか。

マルセルから小さい頃の二人の話などを聞いて歩いていると、いつのまにか小道がなくなっていた。この先はもう、野原だけだ。ピンクや黄色の春の花々が咲き誇る、静かな美しい場所を見回しながらシュリは言った。

「ジークはいないぞ。本当にこっちに来てたのか？」

「ええ。そのはずだったのですが……」

その時だった。

「シュリ！」

一瞬、ジークフリートの声かと思った。振り返ってみると、そこに立っていたのはギルベルトだった。よほど必死に走ってきたのだろう。汗だくになり、珍しく息が上がっている。

「な、なんだよ」

先ほどのアイネと話していた時の横顔を思い出し、思わず不機嫌を滲《にじ》ませた声を出してしまった。

「お前なんでこんなところにいるんだよ！　さっさと城へ戻れ！」

「いいだろ別に。マルセルも一緒だし。ジークを捜してるんだ」

「……ジークなら、城にいたぞ」

「え？　だって、こっちの方に来たって……」

その時だった。

――いまだ、やれ。

不穏な声にハッとした次の瞬間、ボンッという何かが爆発するような音がした。

「危ない！」

彼に背中を押されて思いきり突き飛ばされると、それと同時に激しい炎がギルベルトの体を襲った。

「ギル‼」

シュリは悲鳴を上げ、慌てて水魔法で炎を消そうとしたが、壁のように立ちはだかるそれを消すことはできない。

ギルベルトにとって火魔法は苦手属性だ。炎耐性もないと言っていた。その上彼は、連日強い治癒魔法を使い続けたせいでまだ魔力が戻っていない。魔法攻撃から身を守る結界も薄くなっていたはずだ。

「マルセル！　ギルが死んじゃう！　助けてくれ！」

泣きながらそう懇願するが、彼は何も言わず、ゾッとするほど冷たい目をしてシュリを見下ろしている。

（え……なんで……？）

頭の中が混乱する。

だれがいったい、こんなひどいことを。

まさか、そんな。

だが、今はそれどころではない。ギルベルトの命を救う方が先だ。半狂乱になって叫びながら上着を脱ぎ、炎を叩いてどうにか消そうとしたその時だった。炎が白く発光し、激しく膨らんだ。

「そん、な……」

シュリは乾いた唇から、吐息のような声を出した。爆発後、激しい炎はすぐに消えた。その場には、原型をとどめない程黒く焼け焦げた死体と、少し離れた場所にギルベルトが身に着けていた剣だけが燃え残っていた。

「……ギ、ル……？」

足から力が抜け、シュリはその場に崩れ落ちる
「う、うそだ……そんなの……っ、ギル……っいやだ……!!」

シュリはガクガクと震えて動かない足を引きずるように這って、焼け跡に近づき、剣に手を伸ばした。

燃え残った剣は鞘越しでもひどく熱く、シュリの肉球を焼いたが、それでも構わず抱きしめる。

火傷の痛みなど、感じなかった。

剣を握る、固くて、ゴツゴツしてて優しい手。この大きな手が、いつも少し躊躇《ため》いがちに不器用に撫でてくれるのが好きだった。

たった一度だけキスをした時、頬に添えられた手の温度を思い出すと涙がボロボロと溢《あふ》れて頬を伝っていく。どうしてあの時、拒絶してしまったのだろう。一度きりのキスだったのに。

「ギル……ッ」

シュリは剣を抱きしめたまま、喉から絞り出すように言った。

「愛してる……っ、愛してるから……!!」

もう何をしても取り返しがつかない。自分の全てを代償にしても、命そのものは取り返せない。

だから今、自分がどれだけ愛していると叫んでも、決してギルベルトの耳に届くことは無いのだ。

届かない〝愛してる〟を繰り返し、涙を流す。結局自分はまた、何の愛情も返すこともできなかった。

今になってこんなに愛していることに気づいてももう遅い。何もかも遅いのに。

「……大丈夫です。嘆く必要はありません。すぐに、貴方様もそちらに送ってさしあげますから」

頭上から響く声は、冷たいとも優しいとも取れた。

シュリは激しい怒りに全身の毛をこれ以上ないぐらい膨らませ、唸りながらマルセルを見上げた。

彼の後ろにはいつの間にか、ジークフリートの他の護衛たちも並んでいる。皆、一緒に旅をしてきた人々だ。

こんなことをするなんて信じられない。

「なん、で……だよっ！　お前ら、小さい頃からずっとギルのことも見てたんだろ!?　なんで、こんなこと……！」

「私たちはジークフリート様の側近です。王妃様から、ジークフリート様にお仕えするようにと言われてきました。ジークフリート様を必ず王にし、ルベレーとの懸け橋になるようにと……そうなるはずでした。ゾネルデの事件が起きるまでは。今や王妃は罪人扱い。ギルベルト様を王にして、ルベレーと戦争をという声が強まっています」

——城内の内部分裂が深刻で……俺も、ギルもどっちがいつ暗殺されるかわからない。

以前ジークフリートが言っていた言葉を思い出した。

「だからって……っ、こんな……こんなことしたら、ジークフリートも苦しむと思わないのか⁉」

マルセルとジークフリートのやり取りを聞く度に、シュリは胸が温かくなっていた。

子供の頃から大人びて自分を後回しにしてしまう彼が、大人を困らせたりして、唯一少し我儘な子供でいられたのだと嬉しく思っていた。

それなのに。

「ジークフリート様は個人的な感情より公を優先する方です。必ずわかってくださいます」

「ジークはこんなことを許す奴じゃない。大体、ギルを殺したなんて国民に知られたら、懸け橋どころかルベレーへの反発が高まるだけだ！」

「〝ギルベルト様は国王になる重圧に耐えきれず、国を捨てシュリ様を連れて駆け落ちされた〟」

「……っ！」

「死者は喋ることができません。どうとでも筋書きは作れます。……ですからシュリ様。申し訳ございませんが、あなたにもここで死んでもらいます」

マルセルは手に魔法の火を灯すと、他の護衛たちにも「やれ」と指示を出した。激しい赤い炎が一斉に彼らの手から上がり、自分に襲い掛かってくる。シュリは必死に苦手な聖魔法の結界を張った。

だが、強力な火魔法を前にそれはあまりにも無力だった。薄い結界越しに、皮膚が焼けるような激しい熱を感じる。

(ダメ、だ……っ！　このままじゃ……)

シュリはとっさに闇魔法を使い、辺りを真っ暗にしようとした。だが、苦手な聖魔法を使いながらの闇魔法は中途半端にしか使えず、辺りは少し薄暗くなっただけだ。

すると、マルセルは一層炎を激しくさせながら笑った。

「……目くらましのつもりですか？」

激しい火魔法の光で照らされているので、例え真の闇を作り出せたとしても、暗闇に乗じて逃げるようなことはできないだろう。

だが、シュリにとって狙いはそれではなかった。雲一つない快晴で、この辺りだけ空が暗くなれば誰かが気づいてくれるかもしれない。そう思っていた。

(頼む。誰か助けてくれ……っ)

まだ死ねない。

ギルベルトに国を捨てて逃げたなどという汚名を着せてはいけない。

彼の名誉を守ること。それが、今の自分が彼のためにできる唯一のことだと、シュリは泣きながら必死に闇を作った。

だが、ほんの数十秒程で薄暗闇さえも解け、もとの真昼の明るさに戻ってしまった。

今は祭りの準備で皆忙しくしている。呪いをかけたと想定されるラナイフ公国からの攻撃に備えて神経をとがらせている。

人が来るはずもない野原の空なんて、誰も気にかけないだろう。炎はいよいよ勢いを増し、絶望しながらもうダメだと思ったその時だった。

「シュリ！」

誰かがそう叫び、白い光を放った。その瞬間、シュリの脆弱な結界が白い網をめぐらすように光り、強化され、迫りくる炎を押し返した。

「リュカ!?」

「もーっ捜したよシュリ！　いきなり一人で歩いてっちゃってさ！　……ていうか、これどういう状況？」

リュカは咎《とが》めるようにそう言ったあと、シュリの頬に伝う幾筋もの涙を見てハッとした。

「リュカ……っ」

ギルが殺された。その言葉がどうしても口に出せず、ただただ涙を流す。すると彼はしばらくの間何か考え込んでいたが、やがて聖魔法の白い光を纏わせながら、まるで元気づけるように屈託なく笑って言った。

「……僕の聖魔法、まだまだだけど、大分調子が戻ってきたと思わない？」

（リュカ……）

久しぶりに見た、何の影もない無邪気な笑顔に、シュリは胸が熱くなるのを感じた。絶望的な状況に一筋の光が見えたような気がした。

だが、相手は三人だ。聖魔法を使いながらでは、闇魔法を使えない。とはいえ、結界を少しでも緩めたらやられてしまう。膠着状態が続き、いよいよ結界が破られそうになったその時。

「やめろマルセル」

よく知った声と共に炎が止んだ。涙でぼやけた視界の向こうには、ジークフリートが立っていた。

「何もシュリとリュカまで殺す必要はないだろう」

彼は、シュリとリュカの前を遮るように立ちはだかり、そこに燃え残ったギルベルトの剣を見ながら言った。

「ギルを殺してくれたことには感謝してるよ。……事前に相談してほしかったけどね」

「……っ！」

シュリは驚愕に目を見開いた。ジークフリートがこんなことを言うはずがない。

「シュリ様がいると、あなた様は感情的になりすぎます」

その言葉に、ジークフリートは苦笑しながら頷いた。

「それは認めざるを得ないけど……それならせめて、俺にやらせてほしいな」

（ジーク……？）

ジークフリートの手に、大きな聖魔法の光が灯される。眩しくて、目が焼けそうになるほどの光に思わず目をつぶり、リュカと抱き合った。

あんな威力の聖魔法は、自分たちの結界では到底太刀打ちできない。次の瞬間、激しい光が放たれた。しばらくの間、シュリはリュカと抱き合いながら目をつぶっていたが、特に自分たちの身には何も起こっていない。恐る恐る目を開けると、そこには草花が焼けた跡が、マルセルの方に向けて広がっている。だが、マルセルは直前でそれをかわしたのか、無傷だった。

「……チッ、外したか」

「やはりあなた……ジークフリート様ではありませんね」

「え!?」

シュリはそこでようやく、違和感に気づいた。見た目はジークフリートそのものだが、微かに匂いが違う。これはギルベルトの匂いだ。強い煙の匂いでずっと鼻が利かなくなっていて気づかなかった。

(入れ替わっていたってことか……？　じゃあ、じゃあギルは)

——生きてる……

そう思うと、膝から力が抜け崩れ落ちそうになった。

「良かった……っ、ギル……っ、生きて、た……っ」

震えながら、両手で顔を覆うと、ギルベルトがひどくバツの悪そうな顔でシュリの頭を撫で「悪かった」と謝った。

だが、一方、黒焦げになった死体を思い出し、ハッとして、彼を見上げる。

「ジークは……っ」

　震えながら聞くと、ギルベルトが言った。

「多分死んでねえから大丈夫だ。あいつは俺とは逆に火魔法が馬鹿みたいに強い。あんな炎じゃ死なねえよ。多分、そこで死んでるのは、あいつの護衛の火魔法士の一人だ。俺だと思って舐めてかかって返り討ち食らったんだろ」

「……じゃあ、ジークは今どこに……」

「応援を呼びに行ったはずだ」

　ギルベルトはマルセルを見ながら言った。

「結構ショックだったぜ。お前にはガキの頃から何度も剣の稽古に付き合ってもらってたからな。……だが、お前はもうおしまいだ。いずれ大勢の兵士がここを取り囲む」

「おしまいなら、それまでの間に全員殺すまでです」

　護衛のうち二人が闇魔法の詠唱を唱え始めた。たちまち、辺りが恐ろしいほどの闇に包まれる。おそらく、ただの闇魔法ではない。

（代償魔法だ……）

　彼らが何を懸けたかはわからないが、おそらく、命かそれに準ずるものだろう。シュリは慌てて全力で闇魔法を使って呪いを食おうとした。

　だが、シュリも呪い事件で城中の人々に闇魔法を使ったこともあり、魔力が元に戻っていない。その上、二人分の大きな代償を払った強い呪いだ。

（ダメだ……無理だ……）

代償をかけなければ受け止めきれない。目、腕、足。どれなら足りるだろう。

「シュリ、ダメだよ」

リュカが首を横に振った。わかっている。この身体は今、リュカのおかげで動いている。一つたりとも無駄にしたくない。だがそれでも、この場を乗り切るのに力が足りない。

（代償を払うなら……最小限に……）

そう誓い、シュリは呪いを食うための闇魔法の詠唱を始めた。

「草木を眠らす夜よ。命を眠らすや、み……っ⁉」

突然後頭部を掴まれ、何かに口を塞がれた。ギルベルトの唇によって塞がれたのだとわかると、シュリは真っ赤になった。

「なっ、何するんだ‼」

「代償魔法は禁止だ。俺が一瞬で終わらせる」

ギルベルトはそう言うと、地面に落ちていた自分の焼けただれた剣を拾い、詠唱を続ける護衛たちに斬りかかった。だがその剣は、すんでのところでマルセルの剣によって止められた。

「さすがの筋ですが……」

そう呟くと同時に、マルセルはギルベルトの左胸に思いきり剣を突き立てた。

「ギル‼」

慌てて走り寄ろうとしたが、リュカに止められた。ギルベルトがその場に膝をつき、血を吐く。

「まだ伸びしろがありますね。できるなら、今後ももっとお相手をしたかった」

そうして、トドメをさそうとした時だった。ギルベルトが項垂《うなだ》れていた顔を上げ、剣を掲げ、マルセルの腹を貫いた。

「……っ」

マルセルは一瞬目を見開いたあと、その場に倒れ伏した。ギルベルトはそのまま後ろで今にも詠唱を終えようとしている魔法士たちに切りかかろうとした。

(ダメだ。間に合わない)

闇魔法が放たれてしまう。そう思った瞬間、爆発音と共に、激しい炎が辺りを覆った。

「ひっ……！」

恐る恐る目を開けると、そこには、ひどい火傷を負った魔法士たちと、魔法の炎を腕に纏わせたギルベルト、いや、ジークフリートが立っていた。

その後ろには、リンデンベルクの兵士だけではなく、リューペンの兵士までもがずらりと並び、マルセルたちを取り囲んでいる。

「ジーク！」

「遅くなってごめん」

焦燥を滲《にじ》ませてそう言った彼は、体中にひどい火傷を負っていた。いくら火属性の耐性が高いと言っても、あれだけの炎を身に受けて、無事でいられるはずはない。

ジークフリートは、苦しげに荒い息を吐きながら暗い瞳を向けて言った。

「お前だったのかマルセル……。残念だ」

■

マルセルは口から血を流し、激しく失血していた。すぐに治癒魔法をかけなければ助からないだろう。

ジークフリートはその姿を見つめながら、激しい怒りと絶望で心の中を真っ黒に塗りつぶされたような気持ちになっていた。

母の起こしたゾネルデの事件以降、反ルベレー感情は一気に高まり、ギルベルトを次期王にという声が大きくなった。城内の形勢が逆転し、親ルベレー派の保守層は追い込まれる形となった。彼らはなんとかしてギルベルトを王位継承から排除しようと躍起になっていたが、それは、ギルベルトを擁立している反ルベレー層も同じだった。

このままどうにかしてギルベルトを王にしたいと考えた彼らの中には、ジークフリートを亡き者にしようと考える者も多くいるようだ。

もっと早く気づくべきだった。マルセルだけは大丈夫だと、信じすぎていた。

ルベレーとの関係が悪くなっている以上、同盟国にも何かしらの影響が及ぶであろうことは想定しており、日頃から偵察隊を派遣し、リューペンや周辺国の動向を探らせていた。

ラナイフ公国とルベレーが水面下で手を組んでいるという噂も、一部ではあるがおそらく事実だ。

リューペンを攻撃しようとしているかどうかまでは掴めていなかったが、あり得ない話ではなかった。

〝リューペンとラナイフの国境で、妙な事件が起きている〟

思えば、最初に自分とギルベルトにその話を伝えてきたのは、他でもないマルセルだった。

護衛には自分もギルベルトも、子供の頃から仕えている穏健派、かつ中立に近い立場の者ばかりを連れてきていた。

この者たちだけは政治的思想もなにも関係なく、〝自分たち〟に仕えてくれているだろうと信じていた。

マルセルは母から自分の護衛を託されていた立場ではあったが、特別ルベレー寄りの思想という訳ではなかった。

幼い頃からジークフリートが、過激な親ルベレー派に苦しんでいることも理解してくれて、励ましてくれていた。

何より、八年前のノノマンテの日からずっと、自分がシュリを想い続けていることをよく知っている。

シュリに出す手紙の返事を、一緒に夜遅くまで考えてくれたこともあった。それなのに、シュリのことまで殺そうとするなど到底受け入れられなかった。

「ギルを殺してまで……俺を王にしたかったのか？　これだけ長く仕えてきて、俺がそんなことを望んでないとわからなかったのか？　ましてやシュリを……なぜ殺そうとした」

暗く沈んだ目で静かに問いかける。彼と話すのは、きっとこれが最後になるだろう。するとマルセルは、空を見上げながら言った。

「……あなたのお気持ちはわかっていても……私はあなたを、王にした、かった。エリーズ様の……悲願のために」

「なぜだ。なぜ、そこまで……」

するとマルセルは、どこか遠い場所を眺めるように、悲しげに目を細めた。

「私の……実母は……ルベレー人、でした。常に迫害され……私が幼い頃、目の前で強姦されて殺された。あの日の母の悲鳴が、今でも……耳にこびりついて離れない。どうして……同じ人間なのに、あんなにもひどい目に遭《あ》わされたのか……リンデンベルクを、憎悪しました……ですが、王妃さまにあなたを託され……お側でお仕えするうちに……私はようやく、受けいれられた。私にはリンデンベルクの血も、ルベレーの血も、流れている……憎みたい、訳ではないのだと……。それなのに……王妃はあのように、惨《むご》たらしく死に、罪人として葬られ……、私は……っ、ルベレーと、リンデン、ベルクの和平を、諦められません。……その希望である、あなたを……どうか、どうか王にと……っ！　あなたに、どれほど憎まれても構わなかった……」

マルセルはそこで言葉を止め、ジークフリートを見上げて涙を溢《あふ》れさせた。彼は苦悶に顔を歪めると自らの剣を掴み、左胸にそれを押し当てた。死ぬつもりだ。

「マルセル。待て‼」

彼は国に帰ったら処刑される。そうわかっていても、止めずにはいられなかった。幼い頃から共に過ごした記憶と、自分を見守るただ優しい笑顔ばかりが頭を巡り、胸を締め付ける。

だがマルセルは躊躇《ためら》いなく自分の胸に深くそれを突き立て、絶命した。

兵士たちが、彼らがたしかに死んでいることを確認し、騒然とする中で、ジークフリートはただ一人、世界から取り残されたように呆然としていた。

憎しみと怒りに身を任せることも、悲しみに身を委《ゆだ》ねることもできない。

(……もう、誰も信じられないんだ)

子供のころから常に側で支えてくれた人でさえも、信じることはできない。今更ながらそんな絶望がこみ上げた。

自分も大義や使命のためと、大切な人の気持ちを踏みにじった。これも因果応報なのだとわかっている。わかっているのに、叫び出したい気持ちだった。

その時だった。何か温かくて柔らかいものがジークフリートの身体を優しく抱きしめた。

「シュ、リ……？」

彼は何も言わなかった。

ただ、まるで自分の代わりに泣いてくれているかのように肩を震わせて静かな涙を流し、尻尾の先で優しくジークフリートの背中を叩いてくれた。

彼のすすり泣く声が、まるで春の雨音のように優しくて、ジークフリートは思わずその体に縋《すが》りつくように抱きしめ返した。

この腕の中の温かさだけは、この世界でたった一つの、不変のものであるかのように思えた。

しばらくの間、時間も忘れて抱き合っていたが、ふと、シュリが慌てたように身体を離した。

「ジーク！　すごい熱だ！」

半身に酷い火傷を負っていた。激しい痛みを今更ながらに思い出すと、急速に意識が遠のいていく。シュリの悲鳴を聞きながら、ジークフリートはその場に倒れた。

■

目を覚ますと、体中が痛かった。ヒリヒリとした半身の痛みと、全身が強張《こわば》った感じがする。

そこはリューペン城のひどく狭いベッドの上だった。ギルベルトと、シュリとリュカが心配そうに覗き込んでいる。

「大丈夫か？」

シュリが心配そうにジークフリートの額に手を当てた。肉球のひんやりした感触が心地いい。

「傷痕は治癒魔法で消した。まだ俺も本調子じゃねえから、痛みは数日残ると思うが……」

たしかに、まだかなり痛むものの起き上がれない程ではない。少し顔を顰《しか》めながら身体を起こすと、シュリが背中にクッションを当ててくれた。

「ありがとう。もう大丈夫だよ。……それから、ギル」

マルセルのことを謝罪しようとすると、ギルベルトが首を横に振った。

「俺の周りでもお前の命を狙ってる奴は大勢いるから、お互い様だ」

もし逆の立場だったとしても、自分はそう言っただろう。だがそれでも、胸が苦しかった。すると、そんな重苦しい静寂を吹き飛ばすように、リュカが無邪気な声で言った。

「ねえ二人とも、いつから入れ替わってたの？　僕全然気づかなかった」

「呪い騒動が解決したあとからだよ」

「ええっ」

シュリが驚いたように目を見開く。

「呪い事件が解決した日の夜、確信したんだ。一連の騒動はリューペンを狙ったものじゃなく、狙いは俺たちのどっちかだろうってことに。〝毒魔法にみせかけた闇魔法〟なんて、回りくどいやり方したのは、俺たちの魔力を無駄に消費させて限界まで弱らせるためだろうってね」

「俺たちは自分自身に強力な結界をかけている。この結界がある限り、暗殺は難しいからな」

マルセルは、ジークフリートとギルベルトのシュリに対する想いをよくわかっていた。シュリのために、必ず城中の人間を助けようとすると、想定していたのだろう。

「でも、なんで教えてくれなかったんだよ。入れ替わったことだって全然知らなくて……俺……俺、ギルが本当に死んじゃったかと思ったんだからな」

彼はその時のことを思い出したのか、耳をペタリと下げ、ギュッと膝の上で手を握りしめた。

「……まだ自分たちのどっちが狙われているのかわからなかったから……互いの側近にも相談できなくてね。どこに人の目があるかわからないから、シュリにも話せなかったんだ。入れ替わりの話は、犯人に聞かれちゃったらおしまいだし、何より巻き込みたくなかったから。でもシュリまで狙われてたのは想定外だった。……全部、俺たちのせいでこの国を巻き込んだんだ。あとで正式に謝罪させてもらうが……本当にすまない」

するとリュカが苦笑しながら言った。

「シュリを狙ったのは許せないけど、この国はちょっと平和ボケしすぎだからね」

呪い事件の首謀者は捕まった。狙いはリューペンではなかった。それがわかると、一気に城内の緊張感は解けてしまったようだ。

「でも、ギルはよくケガしなかったよね。思いっきり心臓刺されてたのに」

リュカの言葉に、ギルベルトは「ああ」と言った。

「時間ねえからまともに斬り合うつもりはなかったし、最初から〝斬らせて斬る〟つもりだったけど、あんなに的確に一発で致命傷を負わされるとは思わなかった。さすがマルセルだ」

懐かしそうに、だが、少し寂しそうにギルベルトが言う。

「だよね？　心臓ひと突きなんて即死してもおかしくないよ」

「ああ……でも」

ギルベルトはごそごそと、ポケットから真っ二つに割れた黒猫の置物を取り出した。

「ジークに借りたコートの内側の胸ポケットに、これが入ってたんだ」

幸運を呼ぶ黒猫。

いつも肌身離さず持ち歩いていたそれに、ジークフリートは目を見開いた。

「そうか……シュリが、守ってくれたんだね」

シュリは頬を赤らめて首を横に振った。

「別に、それは俺じゃないだろ。……でも、良かった。ギルが無事で」

「……ああ」

ギルベルトも、シュリもリュカも無事だった。

そのことが、暗闇の底に沈み込みそうな心を救ってくれていた。ギルベルトはしばらく黙り込んでいたが、やがて何か決意を固めたようにジークフリートを見て言った。

「ジーク。大事な話があるんだ。シュリ、リュカ。少し席を外してくれるか？」

二人は同時に頷き、「また後で」と言って部屋を出ていった。二人の足音が聞こえなくなると、彼は真剣な顔をして言った。

「今後のことについて、話をしよう」

■

——翌日。

窓から吹く春風が気持ちいい、よく晴れた朝だった。

今日は、ノノマンテの祭りが開催される。

賑わう広場の声を窓越しに聞きながら、シュリは一人ベッドに横になり、胃の辺りを摩《さす》っていた。

今年は久しぶりに王族として花馬車のパレードに参加しなくてはならない。

(うう、やっぱり……何年経っても嫌だなぁ)

また今日も、手を振って嫌がられるのだろうと思うと、気が重かった。しばらく毛布を被って縮こまっていたが、やがてシュリはガバッと身を起こした。

(ダメだ! ここに、リューペンの王子として居場所を作るって決めたんだ)

気合を入れようと頬を叩いていると、ドアがノックされた。リュカだろうかと思ってドアを開けると、ジークフリートとギルベルトが並んで立っていたので、シュリは驚いて飛び上がった。

「ジーク、もう歩けるのか?」

「ああ。問題ないよ」

顔色が悪い所をみると随分無理をしているようなので、部屋で寝ているように言おうかと思ったが、それを遮るように彼は言った。

「シュリ。大事な話があるんだ。今いい?」

「え、あ、ああ」

その言葉にドキッとした。昨日、二人は長い間話し合いをしていたようだ。大事な話というのは、今後に関わる重大な何かについてだろう。

おそらく婚約のことだ。リュカが婚約破棄した今、一体どうなるのかとシュリもずっと気になっていた。そう思うと、途端に緊張して肉球がジワリと汗ばんだ。

「今、お茶でも淹《い》れるから……あっつ」

肉球に湯を零し全身の毛をブワワッと膨らませると、ギルベルトが呆れたようにシュリの手からポットを取り上げ、少し雑な手つきで紅茶を淹《い》れてくれた。

「そんなに緊張するなよ。こっちまで緊張するだろ」

「き、緊張なんてしてない……」

「婚約の話だ」

その言葉にまたしても動揺してティーカップが揺れて熱い紅茶が肉球にかかった。

「フギャッ」

「落ち着けって」

ギルベルトが慌てて火傷した肉球に治癒魔法をかけてくれた。

「婚約の話の前に……王位について話してもいいかな？　シュリの意見も聞きたいから」

「あ、ああ」

二人のどちらが王になっても、良い国になると信じている。そうは言っても二人の決断が気になり、緊張をしながら背筋を伸ばして椅子に座り、神妙な面持ちでジークフリートの言葉を待った。

「……今から話すことはまだ、俺たちだけの意思なんだ。これから国に持ち帰ったらどうなるかわからないけど……どんなことがあっても通そうとは思ってる」

「ああ。わかった」

「……今回の事件を受けて……ギルと話し合って決めたんだ。今リンデンベルクはどっちが王位についても均衡が大きく崩れる。下手したら内乱で国が真っ二つなんてことにもなりかねない。だから……俺たちは二人で、王になろうと思ってる。それはそれで、色々問題が生じるとは思うけどね」

「え……？」

予想だにしない言葉に、シュリはひどく驚き、目を見開いた。思わず言葉を失っていると、ギルベルトが続けた。

「第一子が双子だった場合の明確な王位継承の決まりは定められていない。……前例のないことだから絶対に混乱は起きるだろうが、俺たちは……これが最善の方法だと信じてる」

「……そうか。うん、俺もそれが、一番いい方法だと思う」

シュリはやっとのことでそう言った。内心は驚いていた。考えもしなかったことだけれど、今はそれ以外考えられないような気がする。

「でも、そうしたら……王妃も二人ってことか？」

リュカと二人ならと思ったが、彼が婚約破棄してしまった以上、見知らぬ姫と二人で担うことになるのか。あるいは、自分との婚約すらも無しになるのか。

その先の言葉を聞くのが怖くなり、シュリは緊張して思わず両手で自分の尻尾を握りしめた。すると、彼らは首を横に振った。

「リュカに婚約破棄されたからって、他に新しい縁談を結ぶつもりはない。……お前には、俺たち二人にとっての王妃になってほしいんだ」

「……え」

驚きのあまり、握りしめていた尻尾がするりと両手から抜け落ち、床に垂れた。

「おっ、お前が恋をするのは無理だっていうのはわかってる。ジークはお前を裏切ったし、俺も昔お前に散々嫌味なことを言ったし、ぶっちゃけただの勉強教えてくれる友人だろうし……恋愛対象に見られないのはよくわかってる」

ギルベルトの表情が話しながらズーンと、徐々に暗くなっていった。

「……それでも、あらゆる意味で王妃はシュリ以外に考えられない。シュリがどうしても両方とも愛せない……あるいは片方しか愛せないなら、せめて役割としての王妃でもいいからこの先ずっと一緒に……」

「役割だけなんて嫌だ！」

気づいたらそう叫んでいた。

「俺は二人が俺以外の奴の匂い付けてたら、嫌だって怒りたい……って……あ、れ……？」

そこまで言ってシュリはハッとした。

「……二人は、嫌じゃないのか？」

「嫌だよ」

「嫌に決まってるだろ」

同時にその答えが返ってきてシュリは困惑した。

「嫌だし殺意が湧く。他の奴だったら殺してるところだけど……ジークだからな」

「俺も多分、毒魔法で殺してると思う。ギル以外だったら」

物騒な答えに、シュリはさらに困惑した。

「でも……」

「〝でも〟なんだよ」

ギルベルトが不安げに言った。

「だって、そんなのいいのか……？」

二人と愛し合う。そんな恋があっていいのだろうか。聞いたこともないし、認められると思えない。

「いいか悪いかじゃなくて……お前はどうしたい？」

そう聞き返され、シュリはジークフリートとギルベルトの顔を見つめながら、手を握りしめた。

「俺は……二人を幸せにしたい。ずっと一緒にいたい。二人が……もう何もかも嫌だって思うぐらい傷ついた時は、その傷痕が癒えるまで抱きしめたい。そう思ってる。だから、〝役割〟だけの王妃にはなれない」

「シュリ……」

「でも、いいのか？　前にも言った通り俺は、いや、俺たちはお前に……そういう気持ちを抱いてる。お前はそれを受け入れられるのか？　怖く……ねえのか」

本当はまだ怖かった。傷痕は、どれだけ克服したいと願っても、そう簡単に癒えるものではない。

恋は優しく抱きしめ合うだけのものではなく、時に激情を伴う苦しいものだということを知っていた。失う時、あるいは失うことを恐れる時の痛みは、思い出すだけで胸が潰れそうなほど苦しくなる。

その痛みを怖いと思う気持ちはまだ残っている。

だが、それでも、確実に前へ進めた気がする。自分の心の一番深い部分に残る傷にやっと真正面から向き合うことができたからだ。

「怖くても、痛くても……それ以上に俺は、二人と愛し合いたいと思ってる。だからその……少しずつでも前に進ませてほしいんだ。……その、まずはキスとか、から」

頬が熱くなるのを感じ、俯きながらそう言うと、二人が同時に目を見開いた。

「シュリ、その……っ」

その時だった。

突然、部屋のドアを思いきり開け放たれ、同時に春の陽光のように明るく無邪気な声が響いた。

「シュリー！　そろそろパレードの時間だよ！　って……あれ？　ごめん、僕邪魔しちゃった？」

ただならぬ雰囲気に、リュカは珍しく気まずげに頬を掻いた。

「わ、わかった！　今行く」

照れくささを隠すように至って普通を装って返事をした。二人はしばらくの間、神妙な顔をして押し黙っていたが、やがてジークフリートが懐かしそうに目を細めて言った。

「パレードか……懐かしいね」

それから、二人が同時に口を開いて呟いた。

「あの時、俺はシュリに恋をしたんだ」

その声は、本当に綺麗に重なって、まるで一人の声のように聞こえた。

■

パレードの花馬車は町の中をゆっくり一回りし、最後は広場へと戻ってくる。今年のノノマンテは例年以上に人が多いなと思いながら、シュリは賑やかな沿道に手を振っていた。

「見て！　今年はリュカ様がいるわ！」

「聖魔法の能力がなくなったなんて信じられないわ。相変わらず、なんて美しいんでしょう」

(リュカは相変わらず人気だな)

たしかに、太陽の下で笑顔で手を振るリュカは天使のように輝いて見える。以前はそれに引け目を感じていたが、今は誇らしく感じた。

「……やだ、シュリ様に振り返されたわ。せっかくのノノマンテなのに縁起が悪いわ」

八年前と同じように心無い声が聞こえてくる。傷つくことは傷つくが、シュリは下を向くことはなかった。

(……別にいいか)

八年前の今日、今と同じようにみんなに不吉がられ、嫌がられている自分を、好きになってくれた人たちがいるのだから。

(まさかこのパレードでなんて……なんか、信じられないな)

先ほど二人が言っていたことを思い出しながら、少し気恥ずかしくなって俯いた。その時だった。

「シュリ様〜〜〜〜っ!!」

大きな声がして、驚いて沿道を見た。レレラたちを始めとした城の使用人が立ち並んでいた。

昔から仲良くしているキッチンメイドたちもいるが、それだけではなかった。

みんな、あの呪い事件の時に、シュリが呪いを解いた人たちだった。

「……！」

「シュリ様、ありがとうございました！」

(び、びっくりした……)

彼らの多くは、頑なにシュリを恐れていたから、こんな声援を受けるとは思わなかった。

(まったく……どこもみんな手の平返して現金だ)

そう呆れる気持ちもあるけれど、やはり下を向いて何もしないでいても、どうにもならないのだと思えた。

「ほら、あれがシュリ様だよ。闇魔法をお使いになる」

「闇魔法って強いの？」

「ああ、強いよ。その力で、城中の人をお救いなさったそうだ」

「すごーい」

そんな風に話している親子の声も聞こえてきて、シュリはドキドキとしながら手を振った。すると子供は嬉しそうに「やった！　振り返してもらえたよ！」と父親に報告していた。

ふと、周りをよく見渡してみると、他にも沿道から笑顔でシュリに手を振ってくれている人もちらほらいることに気づいた。

自分が心無い人の声ばかりを拾っていただけで、全員が自分を嫌っている訳ではなかったのかもしれない。

(自分の気持ち次第でも……居場所は見つかるんだ)

八年前のノノマンテでは白い帽子を被って、ひたすら息を殺して自分の存在を消していたことを思い出す。

この祭りがずっと大嫌いだった。

だが今、平和を祈って祭りを楽しむ人々の顔を見ていると、少しだけ幸せな気持ちになった。

(そうだ。俺はこれからリンデンベルクの王妃になるんだ。堂々としないと……)

背筋を伸ばすと、シュリは精一杯の笑顔で、沿道に向けて手を振り返した。

■

パレードが終わると、ルルセが始まるまでしばらく時間が空く。

八年前の日を思い出し、広場から丘の上の来賓席を見上げると、そこには、あの日と同じようにジークフリートが一人立ってこちらを見下ろしていた。

彼の後ろには、もうマルセルはいない。違う護衛が立ち並んでいた。その立ち姿がひどく寂しそうに見えて、シュリは思わず坂を上って彼のもとへ走った。

「ジーク。一人か。ギルは？」

「ミーネのところに行ったよ」

「え？」

思わず不機嫌に尻尾をブンッと一振りすると、ジークフリートは慌てたように笑みを浮かべた。

「ごめん違うよ。診察に行ってるんだ。ミーネ、具合悪いんだって」

「えっ、大丈夫なのか？」

「うん。一昨日から具合悪かったみたい。アイネに診てくれないかって頼まれてたんだ」

（そういえば……）

昨日、ノノマンテの準備中、ギルベルトとアイネが何やら広場で話し込んでいたのを思い出した。

あの時、自分は彼がいつになく穏やかな顔でアイネと話していることに嫉妬していたが、今思うと、あの時きっと、彼らは入れ替わっていたのだ。

このあとミーネの様子を見に行ってみようと思いながら、シュリはルルセの広場を見下ろした。

「ここからだと、こんなによく見えるんだな」

「だろ？　シュリが一人でフラフラどっか歩いてくのもよく見えたよ」

「あ、あの時は……ありがとう。助けてくれて」

今とは違い、あの時は本当に独りぼっちだった。まさか、自分を助けてくれて、気にかけてくれる人がいるなんて思いもせず、すごく嬉しかったことを覚えている。

（あれからもう八年か……）

「なあ、ジーク。一つだけ教えてくれ」

「何？」

「二年前、お前は、王位が決まったら俺を選べないと言ったけど……今の俺はお前にとって、王妃にふさわしいのか？　ここは小さな国で、俺はまだここに確固たる居場所も築けてないんだ。もちろん、これから少しずつ頑張ってくつもりだけど」

「シュリ……」

「卑屈になってる訳じゃない。ただ、確認しておきたい。俺はお前には、自分の気持ちを一番大事にしてほしいと思ってるけど……でも、国王になるなら、国を一番に思う気持ちも大事だと思う。だから……お前には、一番リンデンベルクにとって正しいと思う判断をしてほしいんだ」

「シュリ……」

「俺はもう、二年前よりもずっと大人になったと思う。癇癪《かんしゃく》起こして暴れたりしないからさ」

そう言って笑うと、ジークフリートはしばらくの間黙り込んでいたが、やがて真剣な顔で広場を行きかう人々を見つめながら言った。

「国王として正しい判断って何かずっと考えていた。子供の頃からずーっと。……自分を殺して、国のことを考えるのが一番正しいことだって信じてた。でも、母が死んでからは……自分を殺した先に何があるんだろうって、思うようになった。父と母は国のためだけに結婚したけど……誰も幸せにならなかった。マルセルも、この国のためにと信じて行動して、破滅した。自分の心を殺すことが国のためになる訳じゃない。そんな簡単なことに、やっと気づいたんだ」

「ジーク……」

「国のことを考えるなら自分が心から尊敬できて、生涯の愛を誓える人と共に歩むべきだ。大きな権力を手にした者は必ず、道を誤りそうになる。道に誤りそうになった時、その人が隣にいれば必ず踏みとどまれる。愛してる人のためにどういう国にしたら安心して豊かに暮らせるか考えられる。……だから、俺がこれから王になるなら、王妃はシュリしかいない。……そう思ってる」

「……そうか」

王妃はシュリしかいない。その言葉に、胸が熱くなった。ジークフリートは、シュリの横顔をしばらく見つめたあと、微かに下を向いて言った。

「……シュリこそ、本当にいいの？　俺はシュリを取り返しがつかないぐらい傷つけた。……俺たちの王妃になるっていうことは、俺とも結婚するってことだよ？」

「何言ってるんだ。そんなこと全部わかってる。……この結婚はお前への罰だ。俺はお前が俺にしたことを、絶対許さないぞ。……だから結婚して、お前の人生、滅茶苦茶にしてやるんだ」

睨《にら》みつけると、ジークフリートは珍しく狼狽《ろうばい》した。

「しゅ、シュリ……？」

「お前は一生、俺の下僕だ。疲れたって、膝の上からどいてやらない。俺が頭を撫でろと言ったら撫でなきゃいけない。この先一生、そんな人生だぞ」

「……それが罰？」

「そうだ。俺はもう、お前の言葉なんか信用しないんだからな。俺を愛してるってことを行動で示し続けてもらう。今度こそ、一生をかけて俺にお前を信じさせろ。……それで、もう二度と……」

シュリはそこで言葉を詰まらせた。二年前の別れを思い出し、声が震えた。

「もう二度と……、俺を離すな」

ジークフリートは目を見開いたあと、シュリの体を思いきり抱きしめた。

「……ああ。絶対にもう離さない。何があっても、どんなことがあっても……一生をかけて償わせてくれ……シュリ」

シュリはジークフリートの身体を抱きしめ返し、背中に爪を立ててしがみつき、胸に顔を埋めた。

八年前の今日、初めて恋に落ちた人。この人のために絶対に王妃になりたいとがむしゃらに頑張り、破滅しかけた。それでもどうしても、愛を捨てられなかった。

国のために生き、自分の心を殺してしまう彼を、どうか一生、幸せにしたかった。

(幸せにできるんだ……俺は。これからずっと側にいられるんだから)

「ジーク、俺、ずっと、ずっと……っ」

「シュリ……愛してる」

二年前に彼から受けた〝呪い〟の言葉。

その言葉を聞くと、やはり胸が裂けるように痛くなる。

激しい胸の痛みも苦しみも憎しみも愛情も、全て込め、呪いを返すようにシュリはジークフリートに噛みつくようなキスをした。

ジークフリートは驚いたようにほんの一瞬手を震わせたが、やがてシュリの後頭部に手を添えると、激しく貪《むさぼ》るようなキスをした。息苦しくて幸せな、甘い毒のようなキスだった。

ミーネの様子を見に、城内へと戻るとルルセがもうすぐ始まるというのに、大変な騒ぎになっていた。

「ミーネ、どうだ？　そんなに悪いのか？」

ミクリムに聞くと、彼は心底困ったように耳を下げて言った。

「それが……どうしてもベッドから出られないそうで」

「呪いの後遺症か……？」

「ご本人はそうおっしゃっていますが、ギルベルト様は違うと」

「あんなことがあったし疲れてるのかな。少し寝かせてやってくれ」

するとミクリムは心底困ったというように、耳を下げた。

「ミーネ様は今年のルルセを舞う予定なんですよ」

「え!?」

慌ててミーネの部屋に様子を見に行くと、ギルベルトがミーネをあちこち診察していた。

「だからどこも悪くねえって言ってるんだよ」

「そんなの嘘！　もっとよく診てよ！」

ミーネがそう言いながらギルベルトの腕を掴んでいる。

それを見ると、なんとなく面白くない気分になり、シュリは尻尾を激しく振った。

「ミーネ、大丈夫か？」

シュリがベッドに近づくと、彼女は「ヒッ」と怯《おび》えた声を上げて毛布に潜り込む。ギルベルトがこちらを振り返り「ただの仮病だ」と言った。

「仮病じゃない！　本当に具合が悪いの！」

毛布の中からくぐもった声が聞こえる。するとギルベルトが呆れたように言った。

「じゃあ、その具合の悪さは精神的なものだ。ベッドから出たくない理由があるんだろう。早く言え」

黙り込むミーネに、ギルベルトは面倒そうに言った。

「理由を言えば適当な診断を下して、口裏を合わせてやってもいいぞ」

するとミーネは毛布の中から顔を少しだけ出した。

「……だって、私の舞なんて誰も望まないもん。アイネの方が綺麗だから〝今年ももう一度アイネの舞を期待〟なんて、そんな記事も見たし」

その今にも泣き出しそうな顔を見て、シュリは小さい頃のことを思い出した。あの時、誰もがリュカのルルセを観たいと望んでいることがわかっていたから、とても苦しかった。

「ミーネ。俺はお前の舞を楽しみにしてるぞ」

思わずそう言うと、彼女は恨めしそうにこちらを見て口を開いた。

「嘘つき」

「嘘じゃない。俺も子供の頃からルルセを見るのが好きだったけど……毎年全然雰囲気が違うのを楽しみにしてたんだ。今年はミーネの番なんだろ？　ミーネのルルセを見せてくれ」

「そんなの綺麗ごとよ！　みんな、どうせなら綺麗なものを見たいんだから」

「綺麗なものっていうのも案外人それぞれだぞ。世間の好みも結構場所とか、ちょっとした出来事で変わるんだ。……周りの目ばっかり気にするのはもったいないぞ」

「変わらないもん」

「変わるよ。ミーネが怖がってる俺のこの黒い毛だって……綺麗だって言ってくれた人もいるんだ」

信じられないという目でミーネがシュリを見たが、ギルベルトが少し照れ臭そうに言った。

「俺はこいつの髪の色を、世界で一番綺麗だと思ってる」

「ギル！」

こんなところで何言ってるんだと真っ赤になると、ミーネは驚いた顔をして、目をパチパチとさせていた。

「ミーネはミーネが綺麗だと思う舞を踊ればいい。それを好きだって思う人は必ずいるはずだ。何せ今日は、リューペンに一番たくさんの人が集まる日なんだ」

そう諭すと、彼女はしばらく黙り込んでいたがやがてコクッと頷いたのでシュリはホッとした。

ぎこちなくそのミルクティー色の髪を撫でるが、彼女はその手を振り払わなかった。

彼女はじっとシュリを見たあと、少し意外そうな顔で言った。

「黒って……たしかによく見ると綺麗な色ね」

「え⁉　そ、そうか⁉」
五、六歳近く年下の子供に言われると照れくさく、シュリは頬を染める。
「ほら、じゃあ早く衣装に着替えないと。もう時間がないぞ」

「むり」

「え？」

彼女は少しバツの悪い顔で言った。

「仮病を使う気満々でいたから、全然練習してなくて振りつけを覚えてないの。私が舞わないなら、アイネが舞うと思ってたから。でもさっき聞いたら……アイネもう、一年経ったから忘れちゃったって……」

「なっ……！　ど、どこからわからないんだ？　俺、全部覚えてるから教えてやる！　最初のポーズはこうで……」

「全部。……最初っから全部覚えてないの」

「えええええ」

幼い頃からのリュカの功績により、ノノマンテは随分大きな祭りとなった。世界中からルルセの舞を見に、人々が集まってくる。

ルルセが中止なんて、皆悲しむに違いない。今から頑張って覚えようとミーネを宥《なだ》めすかしているると、不意にギルベルトが言った。

「……シュリ、お前が出たらどうだ」

「な、何言ってんだ！　ルルセって……王族の〝子供〟の舞なんだぞ」

「全然アリだろ」

「ナシだろ！」

何言ってるんだとブンブン首を横に振っていると「シュリ」と真剣な声でギルベルトが言った。

「八年経ってもまだ、身体に染み付いてる。それぐらい頑張って練習したんだろ？」

「……！」

その言葉に、シュリはハッとした。八年前、必死に練習した時の足の痛みを鮮明に思い出して、瞼が熱を持った。

「披露する場がないんじゃもったいねーよ。……俺も……まあ、結構……興味あるっつーか……。お前自身はどうなんだ。やりたくないのか？」

シュリは思わず首を横に振っていた。

幼い頃、ずっと憧れていた舞台だ。国王の子供の中でルルセを舞っていないのは自分だけだ。

「……やりたい」

呟くように言うと、ギルベルトは満足気に笑った。

「よし。じゃあそれで決まりだ。ミーネ、いいな？」

「う、うん」

「でも……みんな反対するだろ」

「反対なんかさせるか。お前が立つべき舞台だ。お前は、一番綺麗なルルセを舞うことだけを考えろ」

ギルベルトはシュリの頭をいつものように不器用に撫でながら言った。彼はいつも、シュリが諦めようとした舞台に立たせてくれようとしてくれる。優しくて不器用なヒーローのような存在だった。


（……本当に、俺が舞うのか……）

今年のノノマンテを取り仕切る兄のリルケに相談したところ、彼は意外にもシュリが舞うことをあっさり承知した。衣装も、兄が舞った時の物が綺麗な状態で保管されているらしく、それを貸してくれるという。兄は子供の頃から大柄で背が高かったため、なんとか着ることができた。

衣装を着て、姿見に映してみる。

（やっぱり無理があるだろ……）

ルルセの衣装は、リューペンに春を告げる花の刺繍がたくさん施されている。さすが祭りの衣装というだけあって壮麗でとても綺麗なのだが、やはり十八歳の男が着る服ではないと思った。

「……おい、着られたのか？」

こんな格好を間近で見られたくないので先に広場に戻っていてくれと言ったのに、なぜかギルベルトは部屋の外で待っている。

「……首の後ろの紐だけまだ結べないんだ」

背中の部分が一部編み上げになっており、首の後ろでリボン結びにする必要があった。

「じゃあ俺が結んでやる」

「い、いい！　入るな！」

そう拒否した時にはもう遅く、ほぼ同時にドアが開かれてしまった。とっさに鏡の後ろに隠れようとしたが間に合わず、思いきり見られてしまい、シュリは固まった。

ギルベルトも言葉を失っている。

(反応に困ってる……)

そう思いながら耳を下げると、彼は片手で口を押さえて吐息のような声で言った。

「……かわいい」

そう言った彼の顔があまりに赤く、シュリは釣られて頬が熱くなるのを感じた。

「う、後ろ……結んでくれ。頼む」

沈黙に耐えられずに後ろを向くが、いつまで経ってもリボンが結ばれない。

「ギル？　……うわっ」

振り返った所を突然抱きしめられ、シュリは後ろに二、三歩よろめいた。

「……お前、いいのか？　俺との結婚。俺に対して本当に恋愛感情あるのかよ？」

ジークフリートとギルベルトが入れ替わっていると知らず、彼が死んだと思った時、シュリは心の底から後悔した。

どうして「愛してる」と伝えられなかったのかと。あの時の気持ちを思うと、今こうして彼に伝えられることに、胸が高揚した。どんな風に話せば、彼に全ての気持ちが伝わるだろうと思いながら、シュリは口を開いた。

「ずっと、ギルに対する気持ちが、恋なのかなんなのかわからなかったんだ。俺にとって、ギルはヒーローみたいな奴だったから……」

一番苦しくて傷ついていた時、彼はいつも横にいて必ず助けてくれた。

「ヒーローなんかじゃねえよ。前にも言っただろ。酒の席で言ったことが本音だって」

「……その本音が……嬉しかったんだ」

「……は？」

信じられないというように見つめられ、シュリはカッとして顔を背けた。

「な、なんだよ！　嬉しいと思っちゃいけないのか？　びっくりはしたけど……」

「嬉しいっていうことは……していいっていうことか？」

緊張気味に質問をされると、シュリは返事をする代わりに、ギルベルトの腕をゴシゴシと肉球で擦った。

「な、なんだよいきなり？」

「ミーネの匂いがするから……ギルから他の奴の匂いするの、すごく嫌なんだ。ずっとこうしたいって思ってた」

「え……」

ギルベルトが信じられないというように目を見開いた。

「俺は、ギルと……もっとくっついたり、触れ合ったりしたい。一緒のベッドで眠りたい。でも、それは恋愛関係じゃないとできないことなんだろ？」

——そういうつもりがないなら、二度とこんな風に夜中二人きりの部屋に呼んだりするな。

以前彼から言われた言葉を思い出す。

「だからお前に対する気持ちは、ただの憧れとか感謝とかそんな綺麗なものじゃなくてもっとめんどくさい気持ちなんだ。……他の奴の匂いを付けてほしくない。たくさん触りたいし、触ってほしい……って、別に変な意味じゃなく……て……その……」

段々恥ずかしくなってきて真っ赤になると、ギルベルトが不意にシュリの肩をきつく掴んだ。

彼はひどく、切羽詰まった表情をしていた。

「ダメだ。無理だもう我慢できねえ。……今この場で押し倒したい」

「なっ、何言ってんだ！　今はダメに決まってるだろ！」

「〝今は〟？」

「結婚するまでダメだ！」

「じゃあ今すぐ結婚しよう」

ガシッと手を取られ、肉球にキスを落とされる。

シュリは頬に急速に熱が集まるのを感じ、ブワワッと全身の毛を膨らませた。

「今すぐって……そんなの無理に決まってるだろ」

「それならせめて、キスだけ」

ギルベルトはそう言ったあと、シュリが以前拒絶した時のことを思い出したのだろう。ハッとして口を噤《つぐ》んだ。

「いや……悪かった。焦りすぎた。もう、焦る必要ねえのに……」

逸らされそうになったギルベルトの顔を、シュリは両手で包み込むと、背伸びをして、触れるだけのキスをした。

「……ギル、愛してる」

やっと伝えたその声はひどく掠《かす》れていた。

恥ずかしくなってそのまますぐに顔を離そうとすると、今度はギルベルトの大きな手がシュリの頬を包み、もう一度キスをされた。

シュリが拒絶をしないことに気づくと、彼は瞳を揺らし、何度も何度も繰り返しキスをした。やがてそれは徐々に深くなり、手首を壁に押さえつけられる。

(な、長い……っ)

さすがに少し苦しくなってきて思わず彼の背中を尻尾で叩いて抗議するが、彼は夢中で、全く気づかない。

全てを貪《むさぼ》られるような、荒々しくて情熱的でどこか不器用なキス。全力で愛情を注ぎこまれているような気がして、苦しさも忘れていつの間にかシュリは目をつぶり、多幸感に酔いしれた。

するとその時。

——ゴロゴロゴロゴロ……

「!?」

喉が鳴ってしまうと、さすがにギルベルトも驚いたようにキスをやめて身体を離した。そして数秒の沈黙の後、彼が押し殺した笑いを上げたので、シュリは真っ赤になって尻尾で彼の顔をバシバシと叩いた。

「違う！　これはお前のキスが長すぎるから、抗議のゴロゴロだ！」

そう言い張ると、ギルベルトは「可愛すぎんだろ……」と呟いたあとに、不貞腐《ふてくさ》れたように言った。

「いいだろ。……俺だけのものにできねえんだから。せめてあいつの二倍の時間はキスするって決めてるんだ」

「なっ……！」

「嫌なのか？」

嫌じゃない。そう答えようとしたが、まるで返事をするように喉のゴロゴロ音が一層大きくなってしまった。

ギルベルトは今度こそ耐え切れずに噴き出した後、「嫌じゃなくて良かった」とシュリの体をきつく抱きしめた。

広場には八年前のノノマンテの時よりももっと多くの観客がいて、街道の方ではそれぞれの家の二階の窓から皆が身を乗り出している。

舞台の横に設置された控えのテントの中からそっと熱気に溢《あふ》れる町を見て、シュリはぶるぶると身体を震わせていた。

（どうしよう……俺が出た途端すごいブーイングがあがったら……）

ギルベルトは反対なんかさせないと言ってくれたが、これだけの人数だ。抑えられるようなものでは無いだろう。今はミーネの気持ちがよくわかる。ルルセから逃げ出したいと思ってしまう気持ちが。

落ち着かずに尻尾をバタバタさせていると、シュリの髪の毛を梳《と》かしていたリュカが笑いながら言った。

「大丈夫だよ。今日のシュリ、すごく綺麗だよ」

鏡を見せられるが、何度見ても違和感がある。ルルセはやはり子供の舞なのだ。耳をペタリと下げていると、リュカがシュリの髪の毛の先に、香油を付けながらふと呟いた。

「……シュリごめんね」

「何が？」

「子供の頃、僕がワガママ言って出番取っちゃって」

リュカがそんなことを言うなんてと驚いて目を丸くしてしまった。

「いつの話だよ」

思わず笑いながらも、たしかにあの時の自分の癇癪《かんしゃく》はすごいものだったなと思い返す。

「いいんだ。きっと今の方が……気持ちよく舞える気がするから」

リュカに勝ちたいという気持ちでがむしゃらだった頃より、少しではあるがもっと色々な物が見えるようになってきた。

（……まあ年齢的にはきついけど）

リュカはシュリの言葉に少し驚いた顔をしたあと、嬉しそうに笑って頷いた。

「シュリのルルセ見たかったから、すごく嬉しいよ。僕が出番取ったせいで、シュリのルルセを見られなくなっちゃったことも、ずっと後悔してたから……。あの二人もラッキーだったね。こんな綺麗なシュリの舞が見られて」

「……リュカ。あのさ」

シュリはまだリュカに、婚約のことについて話せていなかった。朝からバタバタしていて、時間が無かったせいだ。二人と婚約するということを打ち明けると、常識に囚われない彼は特段驚くことはなかったが、代わりに少し不機嫌に尻尾を振り回した。

「それが一番いいんじゃないかなって思ってたけど、ちょっと腹立つ。シュリが取られちゃうみたいで」

急に子供っぽく頬を膨らませて怒ったリュカに思わず笑ってしまうと、その時テントの入口にかけられている垂れ幕が急に捲《まく》りあげられた。もう出番かと尻尾を膨らませて竦みあがったが、入ってきたのはジークフリートとギルベルトだった。

「ここ、関係者以外立ち入り禁止だよ」

リュカがわざと意地の悪い口調でそう言うと、彼らは声を揃えて「婚約者だ」と妙に強調した。

「な、なんだ？」

あまり間近では見られたくない姿なのだが、二人の青い目の視線が肌に刺さり、落ち着かない気持ちになった。

するとジークフリートが頬を赤くしながら真剣な顔で言った。

「いや、ごめん……何度見ても見足りなくて……見に来ただけなんだけど……この衣装ってお義兄《にい》様から買い取りできるかな？」

「ダメ。歴代の衣装はルルセが終わったらすぐ脱いで綺麗にして城で大切に保管されるんだから」

リュカがばっさり切り捨てると、ジークフリートは大げさなぐらいショックを受けた顔をして、ギルベルトが舌打ちをした。

「……我が国の国宝と取引できねえか？」

「ダメなものはダメ。今日で見納めだから目に焼き付けて」

そのおかしなやり取りに、思わず頬を緩めて笑っていると、不意にギルベルトが真剣な声で言った。

「……シュリ。お前のやりたいようにやれよ」

「やりたいように？」

「顔色悪いよ。緊張してるだろ」

「あ、ああ……少し」

少しどころではない。冷や汗で湿った肉球を擦り合わせていると、ジークフリートが言った。

「シュリのことを世界で一番愛してる人は二人もいるんだ。何かあったらすぐ駆けつけるから、安心して、シュリらしいルルセを見せてよ」

するとリュカが少しムスッとした顔をして言った。

「僕をいれて三人だよ。二人とはちょっと違った形かもしれないけど……」

「……ありがとう」

優しい言葉を聞いて微笑むと、ジークフリートとギルベルトが「うっ」と呻《うめ》き、シュリの頭を撫でようとした。だが、リュカが立ちはだかって「ストップ」と言った。

「せっかく綺麗に梳《と》かしたんだからダメ！」

「じゃあ抱きしめるのは？」

「服が皺になるからダメ！　ルルセの後にして！　はい、もう席に戻って戻って」

シッシッと追い払われ、二人は後ろ髪を引かれるように何度か振り返りながらも来賓席へと戻った。

「さて。そろそろ時間だね。僕も席に戻ろうかな」

仕上げとばかりにもう一度シュリの髪に櫛を入れると、リュカはテントの外へと向かい、垂れ幕に手をかけた時にふと、こちらを振り返って言った。

「またあとでね。シュリ。……目いっぱい、楽しんできてね」

〝頑張ってきてね〟ではなく〝楽しんできてね〟という言葉がひどくリュカらしくて、シュリは微笑んだ。

「ああ、楽しんでくる」

そう口にした瞬間、とてもワクワクしてきて、先ほどまでの緊張が嘘のように解けて心が軽くなった。

■

いよいよ、ルルセが始まった。

八年前よりももっと多くの観客が広場に集まっていた。シュリが舞台に立つと、ザワッと声が上がる。

――黒猫の……シュリ様だ。

――子供でもないのに、なんでまた。

――せっかくの祭りの場に、不吉にも程がある。

否応なく批判の声が飛び交ってしまった。その声は想定していた以上で、このままでは音楽が聞こえなくなってしまう。

リューペンの民族楽器を手にした音楽隊が困った顔をしていた。

国賓席でジークフリートとギルベルトが不穏な表情で立ち上がろうとするのが見えて、シュリは慌ててやめるように手でサインを送った。

(どうしよう)

このまま無理矢理始めてしまうか迷っていたが、ふと二人の言葉が脳裏をよぎった。

〝……シュリ。お前のやりたいようにやれよ〟

〝シュリらしいルルセを見せてよ〟

(俺らしく……俺のやりたいように……)

シュリはそこでハッとあることを思いついた。

「五分だけ待ってくれ」

音楽隊にそう告げると、シュリは手に力を込めて闇魔法を使った。急速に暗くなっていく広場に、

「呪いだ!」とますます怯《おび》えるような、ざわめきが大きくなった。

だが、やがて完全な闇になると、徐々にざわめきがおさまり、代わりに子供たちの「空綺麗!」という声があちこちに上がり始める。そこには、真っ暗な空に満天の星が広がっていた。

(リンデンベルクよりももっと……星がたくさん見える……)

観客席は皆、一面の星空に見入っている。

シュリは少しずつ闇を解いていった。だが、完全には魔法を解かず、まだ夜の闇のままにしている。たくさんの篝火《かがりび》に照らされた舞台の上で、シュリは音楽隊に合図を送った。彼らは戸惑いながらも楽器を構えた。ルルセは普通、昼の明るい太陽の下で行《おこな》われる。だがシュリはこの闇の中で舞う方が自分らしいような気がした。

『あなたは素敵よ。主役にだってなれる』

頭の中で恩師の声が響く。黒も闇も、怖いものではないのだと皆にわかってほしかった。やがて、音楽が始まると、シュリはルルセを舞い始めた。八年ぶりに舞ったのに、身体は細部の動きまでよ

く覚えていた。

ずっとこの舞台に立ちたくて仕方がなかった。リュカに出番を取られたのが悔しくて、何度も練習した。

（まさか今になって立てるなんて思わなかった……）

途中、篝火《かがりび》に照らされた観客席の中に、ジークフリートやギルベルト、リュカの姿が見えた。

いつもシュリを怖がっていたアイネもミーネも、目を輝かせていた。兄は珍しく、口元に笑みを浮かべている。父や母たちの席の方は、あえて見なかった。楽しんでくれていたら嬉しいとは思うけれど、もう気にならない。

（そうだこれは……春の喜びを表す、楽しい舞なんだ）

降るような星空の下、篝火《かがりび》に照らされ、シュリは春の温かいリューペンの景色を思い浮かべながらルルセを舞った。やがて音楽が終わり、舞が終わる。広場は水を打ったように静まり返っていた。

その反応は予想ができていた。勝手に闇魔法を使うだなんて、伝統を無視してしまった。後々まで語り継がれる史上最悪のルルセと言われるかもしれない。

（でも……楽しかったな）

心からそう思いながら舞台から降りようとした時、パチパチパチ……と大きな拍手が上がった。

リュカとジークフリートとギルベルトだった。

兄やミーネやアイネの拍手も加わると、それはさざ波のように広がっていき、最後には割れんばかりの拍手と歓声が湧きあがった。

「え……」

この国のどこにも居場所はないと思っていたのに、今、目に映る人々の誰もが皆笑顔で、拍手と歓声を送ってくれる。

夢のような光景なのに、夢じゃないとたしかにわかり、シュリは涙で視界がぼやけていくのを感じた。悲しいからではない。嬉しくて、抑えきれない感情が溢《あふ》れただけだ。

生まれて初めて、ここが「故郷」だと思えた。自分にはもう、両親はいないものだと思っている。この国の多くの者は、未だにシュリを不吉だと恐れている。

だがそれでも、今この瞬間この舞台の上で舞ったルルセのことだけは、彼らは認めてくれたのだ。

やっと、この国に小さな、本当に小さな居場所ができた気がした。

涙を目に滲《にじ》ませながら、シュリは観客席に向かってとびきりの笑顔を向けて手を振ると、故郷の空気を胸いっぱいに吸い込み、そして小さく呟いた。

——ただいま。

◆卒業編

第一章　時間魔法

タイムカプセルを埋めよう。

シュリが突然そう言い出したのは、卒業を二カ月後に控えた初夏のある日のことだった。

互いに手紙をしたためて、ミショーから貰った綺麗なガラス瓶の中にしまい、二人で森の中にある一番大きな木の根元に今日埋める予定だった。

基本的に寒い季節が多いリンデンベルクの中で初夏から夏にかけては、最も過ごしやすい季節だろう。

特に暖かい気候を好むシュリにとっては一番適している気候らしく、並んで森を歩いていても足取りが軽いことがわかる。本当に良い季節だ。

だが、この心地いい気候にはどこか寂しさを覚える。夏が近いということは卒業が近いということだ。

シュリは卒業後、正式に二人の王子の婚約者となり、リンデンベルクの城で暮らすことになるし、コンラート自身も領地のアルシュタットに帰ることになる。

「いやそれにしても……本当にびっくりした。リュカちゃんが婚約破棄っていうのもびっくりしたし、二人で王になるっていうのもびっくりしたけど……でも一番ショックなのは……」

コンラートはそこでちらりとシュリの黒い毛に覆われた左手の薬指に光る二つの指輪を見た。何度見ても心に深いダメージを負う輝きだ。

「シュリたんが二人のお妃さまになっちゃうってことだよ！」

「……まだ揉めてるらしいけどな」

シュリが不安げにそう言った。他国でも前例のないことだ。そう簡単に通るとは思えない。

（いっそ……どっちとも破談になってくれたら）

そんな黒い願望がちらりと頭を掠《かす》め、コンラートは手を握りしめたが冗談でも言えず、気づいたら「大丈夫」と励ましていた。

「腹黒王子とセンパイはシュリたんと一緒に暮らすためならどんな手だって使うんだから。卒業後はもう嫌ってぐらいに鬱陶しい毎日が待ってるよ」

するとシュリは少し笑って「ありがとう」と嬉しそうに言った。

「つーか一番ショックなのは、今年のルルセを見られなかったことです！」

領主の息子として、長期休みにはやらなければならないことがたくさんある。春もどうしてもアルシュタットに帰らなければならなかった。

だが、シュリがルルセを舞うと知っていたら、勘当されてでも見に行っていたというのに。

「来年の春、良かったらコンラートもリューペンに一緒に行かないか？　何もない国だけどご飯は美味しいと思う。案内するぞ」

「行きたい!!　……あ、でも来年のルルセはシュリたんじゃないんでしょ？」

「あ、当たり前だろ。あれは本当に前例のないことだったんだ。もう二度とないと思う」

それを聞いて、コンラートは絶望した。

「うわあああ千年に一度の奇跡を見逃したぁあああ!!」

「千年に一度の奇跡ってなんだよ……俺よりも、もっと舞うのが上手い奴いるから」

「俺はルルセが見たいんじゃなくて、〝シュリの〟ルルセが見たかったの」

「え……？」

（……やっべ）

思いのほか真剣な声音で言ってしまった。今のは〝ミス〟だったのではないかと慌ててシュリの顔を見る。彼は少し驚いた顔をしていたが、少し嬉しそうにはにかんで言った。

「な、なんだ。俺のルルセにそんなに興味あるのか？　じゃあ……今度やってやるよ」

「うっそマジ!?　いつやるいつやる？　あ、そうだ。みんなも見たいだろうからいっそ談話室でやる？」

「いやだそんなの。結構恥ずかしいんだからな！」

とんでもないというように、シュリが首を横に振った。

「コンラートの前以外ではやらない」

そう言い切られ、コンラートはドキッとした。

シュリは学年首位になってますます交友の幅を広げているが、未だに人見知りだ。

自分以外にはあまり心を開かない。他の友人と二人きりで歩いているところを見かけたこともなかった。

（……こういうところ、ほんと猫なんだよなぁ）

勘違いしてはいけないと思いつつも、ドキドキする。もうすぐ卒業だ。せめて一言、想いだけでも伝えられないだろうか。

（結局……タイムカプセルにも書けなかったな）

この三日間、徹夜で内容を考えていたが、「好きだ」という一言を書くことができなかった。

タイムカプセルを掘り返すのは十年後と決めている。

十年もしたら時効じゃないだろうか。その頃には、自分の気持ちを伝えても、笑い話で済まされないだろうか。何も変わらずにいられないだろうか。そう思うのに、どうしても書けなかったのだ。

文字にしただけで、何か自分たちの関係が、取り返しがつかないほど大きく変わってしまうようなそんな気がしたからだ。


森の最奥に着き、目当ての大木の前へ向かった。一体何年前から生えているのだろうと思うような古木で、幹は苔に覆われている。大人が五人並んでも余りあるぐらい太い。

「すごいよなぁ。この木」

何度見ても神秘的なその木を、しばらく時間を忘れて二人で見上げていたが、やがてシュリがスコップを手に「タイムカプセル、どの辺に埋める？」と聞いた。

「うーん……」

コンラートが悩みながら地面に視線を落とすと、〝枯れない花〟の異名を持つシスネルの花が咲いていることに気づいた。春から秋の終わりにかけて花を咲かせ、冬には散るが翌春にはまたピンクの花を咲かせる。それを何百年と繰り返すのだ。

「この花の前は？　目印になるし」

「いいな。ここにしよう」

いい場所が見つかったと上機嫌に腕まくりをしたシュリはスコップを構えた。

「待ってシュリたん。掘るなら指輪外した方がよくない？」

そう言うと、シュリは困ったように耳を下げた。

「この指輪、魔法がかかってるみたいで、たまに外れないことがあるんだ」

「外れないって……呪いの指輪じゃん……え～～我が国の王子たちこわっ！　ていうか外れない〝ことがある〟ってどういうこと？」

気になって追及するとシュリは恥ずかしそうに頬を赤くした。

「俺もよくわからないんだ。……なんか俺に対して下心がある奴が近くにいると、外れなくなって身を守ってくれるとか言ってた。でも絶対この魔法間違ってるんだ。どう考えても仲の良い友達の奴と一緒にいる時もたまに外れない時があるし……今だってそうだし」

「……あー……なるほど」

(間違ってないな)

おそらく、以前のミヒャエルのような悪意に満ちた下心から守るための魔法がかかっているのだと思う。

コンラートに悪意はない。

だが、下心を持っている以上、何かのきっかけで理性を抑えられずに一線を越えてしまうこともあるかもしれない。そうなったら、その気持ちはもう悪意になってしまうのだ。

バレるのではないかというヒヤヒヤした気持ちとばらしたい気持ちがせめぎ合いながら、コンラートは「俺が掘るよ」とシュリからスコップを受け取った。あまり深すぎても掘り返す時見つからなくなる危険性があるが、かといって浅すぎると、大雨で表面が露出したり、動物が掘り返すかもしれない。

しばらく掘り進めていると、不意にガツンと何かがスコップの先に当たった。

「あれ、なんだろ？」

掘り起こしてみると、そこには両腕でやっとかかえられるぐらいの大きなブリキの箱があった。

開けてみると、箱は二つに仕切られていて、水色の透明な石と薄緑の透明な石が入っており、左側には「未来へ」右側には「過去へ」と書かれていた。

箱の蓋には手紙が貼りつけられている。

——タイムボックスを見つけた幸運な君たちへ。

この二つの石には僕が卒業記念に開発した時間魔法がかかっている。

左の箱に手を翳《かざ》すと未来へ、右の箱に手を翳《かざ》すと過去へ。

試してみるといい。

第三回　卒業生　アドルフ・ヒュフナー

「時間魔法って……伝説上の魔法だよな？」

「うん」

時間魔法の開発は、多くの人間の悲願だった。誰もが思うだろう。時間を自在に操り、何度でもやり直すことができたらと。

それゆえにこれまで多くの魔法学者がなんとか編み出そうとぶつかってきたが、結局誰も成し遂げることができなかった。誰も成しえなかったことから伝説上の魔法と呼ばれている。

「学校に埋まってるなんてことある訳ないよね～」

冗談半分に過去へという箱に入った石に手を翳《かざ》してみると、不意に薄緑色の光が身体を包んだ。

「えっ⁉　うわっ」

「コンラート！」

次に目を開けた時、コンラートはシュリと並んで大木の前に立って見上げていた。

（なんだったんだ今の……白昼夢ってやつ？）

そう思いながら目線を今の不思議な箱に落とそうとして驚愕した。箱がない。いや、それどころか今掘ったはずの穴が綺麗に埋まっている。掘り返した跡すらなく、一面苔むしていた。

「ええっ⁉」

「コンラート？　どうしたんだ？」

シュリが不思議そうにこちらを見上げる。

（……やっぱ白昼夢？）

瞬きをしていると、シュリがスコップを片手に聞き覚えのある言葉を言った。

「タイムカプセル、どの辺に埋める？」

思わず目を見開いた。

（え、どういうこと？　もしかして本当に戻った？　ほんの数分前だけど……）

あり得ない状況に、冷や汗が流れる。

初夏の風にそよぐシスネルの花の前を指差して、コンラートは先ほどと同じように言った。

「この花の前は？　目印になるし」

「いいな。ここにしよう」

シュリがしゃがみ込んで掘り始めようとしたが、コンラートは今度は「指輪外した方がよくない？」とは言わなかった。きっと先ほどと同じ答えが返ってくるだろうと思ったからだ。

「俺が掘るよ」

スコップを受け取り、掘り始める。先ほどよりも一心不乱に掘り、そしてスコップの先がカツンと何かに当たると、鳥肌が立った。

初夏の生温い森の空気の中、コンラートは冷たい汗をびっしょりとかきながらそれを掘り起こした。

「なんだこれ」

シュリが不思議そうに首を傾げたので、「宝箱かな？」と笑ってみせた。中を開けると、やはり先ほどの手紙とタイムボックスが入っている。

「ねえシュリたん。これ本物かも」

「え？」

今自分の身に起きたことを話すと、シュリは驚いた顔をした。

「お、俺も試してみる」

そう言って手を翳《かざ》そうとしたので、コンラートは慌てて自分も手を翳《かざ》した。途端、薄緑の光が自分たちの体を包み込む。次の瞬間、二人でこの木を見上げて立っていた。

「……え？」

シュリが自分の足元を見て、息を呑んだ。

その場所は、綺麗に元通りになっていた。彼はハッとすると、スコップを握りしめてそのまま一心不乱に地面を掘り始めた。

そしてスコップの先が何かにカツンと当たると先ほどの自分と同じように手をとめ、恐々とこちらをみあげた。中からは、やはり先ほどのタイムボックスが出てきた。

「コンラート……これ……ほ、ほ……」

「「本物だーーーっ」」

と二人で思わず叫んでしまった。数分とは言え、過去に戻れてしまう。誰も成しえなかった奇跡の魔法を、発見してしまった。

「やば……っ、せ、先生たちに知らせないと！」

基本的に俺はあまり焦ることのない性格だが、さすがに世紀の大発見を前にして手が震えた。

研究棟に駆け込むように入ると、珍しく箒を持って床を掃いていたミショーと、なぜか塵取りを持っていたエルンストが自分たちの剣幕に少し驚いたように顔を上げた。

「あら、どうしたの？　そんなに息を切らして……今日はタイムカプセルを埋める日じゃなかったの？」

「いえ……その、そうなんですけど」

どう説明したら良いのかまごついていると、ミショーが頬に手を当てて懐かしむように話し始めた。

「タイムカプセルなんて素敵ねえ。青春だわぁ。……それにしても十年後ってアタシ、いくつになってんのかしら」

少し遠い目をしたミショーに、シュリが話題を変えようと慌てて先ほど発掘したタイムボックスと手紙を見せた。

「タイムカプセルを埋めようと森の奥の地面を掘っていたら……卒業生が埋めたらしきものが発掘されて……、この箱、〝時間魔法〟と思われるものがかかっているんです」

「時間魔法？」

ミショーはきょとんとしたあとに「まさか」と笑った。

「本当なんです。この〝過去へ〟と書かれている石に手を翳《かざ》すと、数分前に戻るんです。さっき、俺たち本当に戻ったんです！」

いつも物静かなシュリが物凄く興奮した様子で話しているので、ミショーは少し驚いたように目を見開く。エルンストも塵取りを置くと足早にこちらに近づき、タイムボックスを覗き込んだ。

「試してみていただくのが一番早いと思います。先生たちも一緒に」

シュリと共に〝過去へ〟と書かれた石の方へ手を翳《かざ》す。

ミショーは悪戯《いたずら》か何かだと思ったのだろう。「ふふふ」と微笑ましそうに笑いながらその上に一緒に手を翳《かざ》した。意外にも、「くだらない」と言いそうなエルンストも無言でボックスの上に手を翳《かざ》した。

途端、あの時と同じ、薄緑色の閃光に包まれる。目を開けると、シュリとコンラートは研究棟へと続く森の道の途中にいた。やはり、また数分前に戻ったのだ。

先生はどうなっただろうと、シュリと共に走って研究棟に駆け込むと、ミショーはひどく興奮した様子で立っていた。先ほどと違い、二人は箒と塵取りを持っていない。

「ね、ねえ見て……このカップ……さっき床に落として割っちゃったんだけど、割る前に戻ってたの！」

信じられないとばかりにミショーは興奮している。

「やっぱり。先生たちも戻ったんですね」

「ああ。信じがたいが……」

エルンストが呆然としながら言った。

「良かったわぁ。これ、エルンストから買ってもらったもので、気に入ってたのよ。本当に良かったわ」

ミショーはひどく嬉しそうに、興奮した様子でカラフルなネイルの指先でティーカップを撫でた。

コンラートもまた、興奮していた。

普通、割れて粉々になったティーカップはもう二度と元には戻せない。欠片《かけら》を拾い集めてどうにか同じ形に戻したとしても、ヒビは消えず、最初の状態とは異なるものになる。

だが、時間を戻せば完全に元に戻るのだ。

(これでいつでも過去に戻れる。たった数分だけど……十分だ。シュリに告白して……時間を戻せばいいんだ。それで何もかも、なかったことにできる)

そう思うと、高揚感に包まれた。

「すごいっすね。これさえあれば何度でも元に戻れますし、卒業試験の時使わせてもらっちゃおうかなぁ～」

「コンラート！」

悪用禁止だと、真面目なシュリが怒った。

「冗談。失言しちゃったし、もっかいやり直そうかな……って、あれ？」

手を翳《かざ》してみても、薄緑色の光が出ない。どういうことだと思っていると、シュリが過去へ戻る石に何か文字が刻まれていることに気づいた。

「〝ただし戻るのは一人三回まで、戻れる時間は最大で十分……〟コンラート。もう三回戻っちゃったんじゃないか？」

そうだ。最初の一回。そのあとシュリと共に一回。そして先ほどの一回。

「うっそだろ……嘘だ。まじか……」

思わずその場にへなへなとしゃがみ込んで蹲《うずくま》ると、その落胆具合に、シュリは驚いたようだ。

「卒業試験は実力勝負だ。コンラート、一緒に勉強しよう」

おそらく、試験でカンニングできなくなったことを嘆いていると思われているようだ。

その時、箱を確認していたエルンストが珍しく興奮したように言った。

「これは間違いなく時間魔法だ。制限がつけられているが、完成させたら何度でも戻ることができるようになるはずだ。……もっと遠い過去にも」

その瞬間、ミショーが目を見開いた。

「……エルンスト、まさかあなたこれを完成させるつもり？」

「ああ。……もう、これしか方法がないからね」

彼は何かに取り憑かれたようにタイムボックスを勢いよく抱え上げ、研究室に向かおうとしたので、コンラートはその背中に声をかけた。

「あのー、先生。時間魔法、完成させるなら俺も手伝わせてくれませんか？」

「フレーベルが？」

「はい。あ、大丈夫ッス。卒業試験は実力で挑んで。ただちょっと、興味あるんスよね。時間魔法なんてロマンがあるじゃないですか」

するど、エルンストは首を横に振った。

「ダメだ。時間操作は他のどんな魔法より危険だ。一つ間違えたら、本来そこにいるはずだった人間がいなくなったり、〝今〟が大きく変わることもある。生徒に手伝わせる訳にはいかないよ」

「わかってますよ。そんな、大きく過去を変えようなんて大それたことは考えてないんで大丈夫です」

「ダメだ」

その後、かなりしつこく食い下がったが、エルンストは決して手伝うことを認めてはくれなかった。

第二章　変えたい過去

シュリとコンラートが時間魔法のかかったタイムボックスを発見したと研究棟に持ち込んでから、二週間が経った。

あの日から、エルンストは研究室に籠りっぱなしだ。

十五時の休憩の時も、以前はミショーと席を共にしていたのにもかかわらず、最近はその時間すらも顔を出さない。

「まだやってるの？　もう寝なさいよ。肌に良くないわ。大体アンタの本業は闇魔法でしょー？」

ノックをしながらそう声をかけても返事がない。無視をしている訳ではなく、おそらく没頭しているのだ。

そっと扉を開けて中に入ってみると、床にはたくさんの計算式や仮説が書かれた紙が散らばっていた。

どの計算式にも「十三」という数字が書かれているのを見て、ミショーは眉根を寄せた。

「ねえ。あなたが戻りたいのって……もしかしなくても十三年前？」

「………」

エルンストは今度も返事をしなかったが、代わりに手を止めてこちらを見た。

「アタシ、別に気にしてないわよ。そりゃ元の体に戻れたらって思う日もあるけど……でも、別に今の生活で満足。義手も義足も慣れたし、仮面だって、アタシの美しい顔の一部だもの。だからもうやめなさい。時間魔法なんて無理よ」

「無理じゃないよ。大分掴めてきた。あと少しで解ける」

「……たとえ戻れたとしても、過去を変えることなんてできないわ。せいぜい、数分前に割ったカップが元に戻るぐらいよ。人生を変えてしまうほどの修正なんて、許されるはずがない」

「それでも……成し遂げてみせる」

頑固なんだから、とミショーは溜め息をつきながら部屋を出た。自室に戻ると、鏡の前で仮面を外す。

「何度見てもすごいわね……オバケみたいだわ」

ボコボコと肉が赤く抉れた痕が残るその顔は何年時が流れても無惨でグロテスクだ。

代償魔法の恐ろしさを知ってもらうために、一度だけシュリにも見せたことがある。心優しい彼は悲鳴こそ上げなかったが、耐え切れずに泣き出してしまった。

誰が見ても後ずさって逃げるような、恐ろしく醜い顔。

……本音を言えば、もちろん元の姿に戻りたいと思う。

だがそれが不可能なのだとわかっている以上、諦めて前を向いて生きて行くしかない。ただ、エルンストがミショーの元の姿を求めていることが辛かった。

〝綺麗だったから〟。

昔、なぜ自分を助けたのか理由を聞いた時、子供だった彼はそう答えた。今、彼が愛してくれた綺麗な顔は、もう見る影もない。

――十八年前。

ミショーはルベレーの兵士たちから激しい暴行を受けながら死を覚悟していた。

ヘッセンに闇魔法の呪いをかけて壊滅させるという計画に失敗した。どうしても、リンデンベルクの人々を呪うことができなかったのだ。

なぜ呪いを放たなかったのか。リンデンベルクと通じていたのではないか。

激しい拷問を受けたが、ミショーは何も喋らなかった。ただ人を殺すことに怖気づいたため。そう答えても、彼らは納得しないだろうと思ったからだ。

「……死ね。骨一つ残さずな」

火魔法士が恐ろしいほど大きな火球を作り、手をこちらへ向けた。これを受けたら、間違いなく死ぬ。いや、跡形もなく消される。逃げる時に散々闇魔法を使ったため、もはや魔力は残っていない。

背後は崖となっており、その下は急流域のフィノイス川だ。落ちたらとても助からない。

だが、どうせ死ぬにしても、骨一つ残らないのは嫌だとミショーはふと思った。

自分が生きていたこと自体を、消されたくない。ミショーは魔法を受けるよりも早く、自ら足を滑らせて崖から転落した。

川へ落ちるまでのほんの一瞬、目を閉じると故郷が瞼の裏に映った。大好きな家族も友達も楽しそうに暮らしている世界。きっとこのまま死ねば、みんなと同じ場所に行けるはずだ。自分は結局、誰も殺すことができなかったのだから。

（良かった……あの時、誰も殺さなくて本当に良かった……どうか、みんなの所へ行けますように）

最後にそう願いながら、ミショーは濁流へ身を委《ゆだ》ねた。目覚めた時、ミショーは天国にはいなかった。

一体どこなのかはわからないが、家畜の臭いと、藁の臭い。それから薬草の臭いが鼻先を掠《かす》める。全身が燃えるように熱くて痛くて低く呻《うめ》きながら薄く目を開けると、宝石のように綺麗な紫色の目が自分を覗き込んでいた。

「……目を覚ましたか」

金色の髪の綺麗な子供だったが、頬が随分土で汚れていた。貧しいのだろう。ひどく痩せている。彼は小さな手を伸ばすと、ミショーの額の熱を測った。

「まだ熱がある」

朦朧《もうろう》とした意識とぼやけた視界の中、必死に周りの状況を確認する。そこはたくさんの馬が繋がれている小さな厩舎《きゅうしゃ》で、自分は藁の上で寝かされているようだ。身体を起こしたかったが、とても起こせる状況ではない。全身がひどく痛かった。

「……どこ、ここ」

ひどく掠《かす》れた声で問いかけると、少年は当然のような顔で言った。

「見ればわかるだろう。厩舎《きゅうしゃ》だ」

「……キミの家？」

「違う。親方の家だ」

「親方？」

「ああ。……その熱とケガじゃ、当分動けないはずだよ。ルベレーの兵士に相当やられたんだろう。……治るまでここにいるといい。飯はどうにかする。ただし、絶対にこの厩舎《きゅうしゃ》からは出ないでくれ。親方にバレたら殺される」

子供は淡々と言いながら、飼葉を馬に食べさせる。まだ十歳そこそことといった年頃だ。それなのに、ひどく冷静でまるで子供ではないみたいだった。

「キミ、名前は？」

「エルンスト」

「そう。良い名前だね」

「……君は？」

「ボク？　ボクは……ジェラール。ジェラール・ミショー」

「……そうか」

聞いてきた割に大した興味もなさそうに子供は頷くと、馬の飲み水が入ったバケツを細い手に持ち、小屋から出ていこうとした。その小さな背中を、ミショーは思わず呼び止めた。

「ねえ」

「……なに？」

「どうして、ボクを助けてくれたの？」

どう考えても、自分を助ける余裕などあるように見えない。すると子供は、少し黙り込んだあと、表情を変えずに言った。

「綺麗だったから」

思わずキョトンとしてしまった。

（子供のくせに……）

たしかに、故郷の村で暮らしていた頃、自分は村一番の美少年として有名だった。

――ジェラールは本当に綺麗ね。

――この世のものとは思えないほど綺麗だ。

そう言われて、村中のみんなに囲まれて可愛がられて屈託なく育った。

その後、故郷を焼かれてからは、もう誰からもそんなことを言われなくなっていた。

ただリンデンベルクを滅ぼすことだけを考え、憎しみに駆られていたから、自分の顔はひどく醜悪で、陰湿な目つきに変わってしまっただろうと思っていたけれど、まだ〝綺麗〟な顔をしていたのだ。

ひどく懐かしい気持ちになって、ミショーは久しぶりに笑った。

「ふふ……あはは……っ」

声を出すと全身に痛みが走り、涙が溢《あふ》れた。故郷を焼かれて以来、笑ったのはあの時が初めてだったかもしれない。


エルンストは、朝から晩までよく働いていた。

この厩舎《きゅうしゃ》の掃除や馬の世話から全て任されているようだし、他にも色々とこき使われているようで、いつも小屋の外では怒鳴り声がする上、よく頬を腫らしてケガをしている。

その合間を縫って、ミショーのケガの手当や看病をしてくれていた。

ミショーは長いこと朦朧《もうろう》としながら寝込んでいたが、一週間程経つとようやく熱が下がり、意識がはっきりしてきた。それからさらに三日後には厩舎《きゅうしゃ》内を立って歩けるようになった。

せめて世話になっている礼として、ミショーはその朝、厩舎《きゅうしゃ》の掃除をエルンストに代わってすることにした。

朝食を持ってきたエルンストは、寝藁上《ねわらあ》げをしているミショーを見て驚いたように目を見開いた。

「……まだケガも治ってないんだろう」

「いや、もう治ったよ」

本当はすこぶる体調が悪い。

拾われたのが金持ちの屋敷だったとしたら、あと二週間ぐらいはベッドに寝ていたかったが、骨と皮のように痩せた子供が一日中働いているのに、いつまでも寝ているのはさすがに心苦しい。

ミショーはエルンストの体に残る無数の痣《あざ》の痕を見て、顔を顰《しか》めた。

「キミの労働環境、ちょっと酷すぎるんじゃない？」

「親方も戦後で生活が苦しい中だから大変なんだよ」

まるでどっちが大人かわからないようなことを言う。

「だからってこんなおチビさんを殴ることないと思う」

おチビさんという言葉が癪《しゃく》にさわったのか、エルンストは少し眉間に皺を寄せながら、トレーにのせた朝食を、テーブル代わりに使っている椅子の上に置いた。

「……全部、ルベレー人が悪いんだ」

エルンストはポツリとそう呟いた。

（戦争孤児か……）

相変わらず感情の読めない人形のような顔だが、その瞳にだけは、ハッキリと怒りと憎しみが宿っている。ミショーは自分が彼と同じ年頃だった頃の気持ちを思い出した。

ずっと、リンデンベルク人に対する憎しみだけで生きていた。

（戦争で大事な人を亡くしたのは……自分だけじゃなかったんだな）

自分がリンデンベルクに家族を殺されたのと同じように、ルベレーに家族を殺された子供もいる。当たり前のことなのに、ずっと気づけずにいた。リンデンベルクを一方的に恨んでいた。

ミショーはエルンストの頭を、そっと撫でた。

「じゃあ、ボクはそろそろ失礼するよ。本当に世話になった。ありがとう」

「……は？　まだ歩くのは無理だろう」

「もう全然問題なーい」

ミショーはエルンストが持ってきた朝食に目を落とすと、ウィンクしながら言った。一部が欠けたパンと、少しのスープ。この十日間、きっと、エルンストの分を半分、いやそれ以上くれていたのだ。彼の身体はこれ以上痩せられないぐらいガリガリだった。

彼が憎むべきルベレー人の自分が世話になる資格はない。一刻も早く、ここを出ていく必要があると思った。

「これは君が全部食べな」

出ていこうとするが、エルンストが出口を塞ぐように立ちはだかる。ミショーはわざと笑いながら言った。

「言い忘れてたけど、ボク、ルベレー人なんだ。だからリンデンベルク人の子供の世話なんかになりたくないの」

「え……？」

その瞬間、それまでどこか人形のように無機質だったエルンストの目の色が変わった。憎しみの炎が灯る。まさにそんな表現がぴったりな変化だった。

「ルベレー人だと……？」

「そう。別に騙してた訳じゃないよ？　聞かれなかったから言わなかっただけ。そんな余裕もなかったし」

「じゃあなぜ、ルベレー人に暴行されてた」

「ボクがルベレーのスパイだから。ヘッセン中のリンデンベルク人を皆殺しにするはずだったのに任務に失敗しちゃったの」

エルンストの目が見開かれ、彼の細い枯れ枝のような手がわなわなと震え始める。

「……これに懲りたら、今度から美人だからって騙されちゃダメだよ」

もう一度頭を撫で、厩舎《きゅうしゃ》の扉に手をかけた時だった。

「待て。今は開けるな！」

エルンストが焦ったように叫んだが、時すでに遅しだった。

「おいエルンスト。いつまで厩舎《きゅうしゃ》の掃除してやがんだ。さっさと戻って……って、誰だてめえ」

おそらく彼の親方と思われる男がミショーの姿を見て、驚愕に目を見開いた。それから、わなわなと筋肉質な太い腕を震わせてエルンストを睨《にら》みつける。

「……最近妙にコソコソしてると思ったら、勝手に住まわせてたのか？　おい、誰だこいつは。妙に綺麗なツラをしてやがんな」

親方に頭を小突かれても、エルンストはなぜか口元を引き結んでいた。相変わらず憎しみに満ちた目でこちらを睨《にら》んでいるのに、ミショーのことをルベレー人だとは言わない。

次の瞬間、親方が怒りに任せてエルンストを思いきり殴った。

「おいてめえ！　黙ってるんじゃねえ！　どういうつもりだ！　こいつはなんなんだ！　言え！」

再びエルンストを殴ろうとしたので、ミショーはその前に飛び出した。

もろに右頬にパンチを食らって強烈な眩暈《めまい》がしたが、どうにか足を踏ん張って、男の頬を思いきり殴り返す。

「ぐぁ……っ、て、め……っ」

「ボクはルベレー人だよ。……アンタこんな子供殴って恥ずかしくないの？　リンデンベルク人ってほんっと最悪」

「ルベレー人だと……？」

すると、怒り狂った男が薪割りの斧を手に思いきり振り上げた。

「ぶっ殺してやる！」

「……っ」

やられる。そう思ったが、飛びのいて避ける体力ももうなかった。どうせあの時死んだはずの命だと覚悟を決め、目をつぶったその時だった。

「ジェラール！」

エルンストがミショーを庇うように前に出ようとしたので、ミショーは目を見開き、とっさに闇魔法を使った。禁忌魔法である呪いの魔法だ。

親方の顔や体に黒い不気味な痣《あざ》が浮かび上がる。エルンストの目が大きく見開かれた。

「うあああああっ」

ミショーは苦しさに身悶える親方を見つめながら、少し迷った末に時間が経つと呪いが消えるよう魔法をかけた。

いつかは天国へ行きたいから、命までは奪いたくなかった。そうしてミショーはエルンストの手首を掴むと、その場から逃げ出した。どこをどう走ったのかはわからない。気づいたら、森の中にいた。

「はぁ……はぁ……もう、限界。ここまで来れば大丈夫かな」

バタッとその場に仰向けになって倒れ込む。

とっさにエルンストまで連れて来てしまった。これでは誘拐と変わらないが、あの親方のもとに返す気にはなれない。自分のせいだが、戻したらどんな目に遭《あ》わされるかわからない。

連れ出したからには親方以外に身寄りがないであろうこの少年を、自分が面倒を見なければならないが、自分はルベレー人だ。エルンストが二人で暮らすことを受け入れるとは思えなかった。

「ねえ。君はルベレーが嫌いなんだよね？」

「……ああ」

「滅ぼしたいぐらい？」

するとエルンストは小さく頷いた。

「奇遇だね。実はボクもリンデンベルク人が大嫌いなの。家族皆殺しにされたから」

エルンストの目が驚きに見開かれた。

「だからさ、似た者同士一緒に暮らさない？　稼がせてあげる」

てっきり、〝嫌だ〟と言われるだろうと想定していたが、しばらくの沈黙のあと、エルンストは意外な言葉を口走った。

「君は闇魔法が使えるのか？」

その言葉に、ミショーは笑って頷いた。

「うん。ボクは多分、ルベレーで一番の闇魔法士だよ」

「それなら僕に……闇魔法を教えてくれないか?」

彼の瞳には、憎しみの炎が宿っていた。闇魔法を習ってどうするつもりか。聞かなくてもわかる。

憎しみは生きる支えになることを、ミショーは知っていた。子供の頃、絶望の淵にいた自分がどうにか正気を保てたのは、闇魔法を極めてリンデンベルクを滅ぼすという生きる支えがあったからだ。

あの頃の自分と、エルンストが重なって見えた。

「……いいよ。教えてあげる。呪いとか危険な魔法は教えないけどね」

あとになって、ミショーはひどく後悔した。自分と彼を立場は違えど〝似た者同士〟だと思い込んでいたことを。

彼がいずれ今の自分と同じ年になる頃には、憎しみの気持ちは癒えるだろうと信じていた。闇魔法は精神に依存する魔法。

エルンストは、幼い頃からずっと淡々としていて、とても大人びていた。だから気づかなかったのだ。彼の心の中にある不安定さを。

憎しみの炎は時間が経っても消えることなく、彼の心を焼き尽くすのだということに。

それから、ミショーは森の中に結界を張り、エルンストと隠れて暮らすようになった。

薬草知識が豊富にあるミショーは、森に生えている薬草を調合して質の良い薬を作り出すことができる。それを、エルンストに街へ売りに行ってもらうことで金を稼いだ。

空いている時間、ミショーはエルンストに闇魔法を教えた。彼はとても筋が良く教えがいがあった。

自分はもう、高名な闇魔法士になる道は閉ざされてしまったけれど、彼なら成し遂げられるのではないかと思う程の適性の高さだ。

毎日薬を作って売って、勉強を教えてと大変な毎日だったが、不思議と辛かった記憶はない。

最初の頃、生活はかなり苦しく困窮していたが、三年程経ってようやく軌道に乗り始めてからはかなり稼げるようになった。

「ね？　ボクと一緒に暮らすと儲かるでしょ～？」

薄ピンクのネイルを塗った指先で銀貨を摘まみながら上機嫌に言うと、収支を書いた紙を羽ペンの先でつつき、釘を刺すようにエルンストが言った。

「たしかに収入はそれなりだけど、支出が多すぎだよ。一カ月に千リルも使っている」

「もーっ、いいじゃんそれぐらい。その分稼いでるんだから」

「君は貯金ができないタイプだな。大体、隠れて暮らしているのに、服と美容に使い過ぎだ。誰に見せる訳でもないのに」

（キミに見せてんの！）

そんな本音を伝えたところで、この頭の固い少年は理解できないだろう。

〝綺麗だ〟と言ってくれたエルンストのために、ミショーは彼の前ではいつもとびきり綺麗な姿でいたいと思っていた。

（まあでも……たしかにちょっと買いすぎかな）

生活に必要なものは全て、森の外に出られないミショーの代わりにエルンストが買い出しに出かけてくれているが、自分が頼んだ分の買い物袋の大きさを見て反省しながらも中身を引っ張り出し、そこに入っていた洋服に早速袖を通した。

「ここの店の服、ほんと可愛いんだよね。……どう？　似合う？」

「……うん、まあね」

気のない反応ではあったが、その頬が赤くなっているのを見て、ミショーは満足げに笑った。

「誰に見せるのでなくても、キレイなものって見ただけで気分が上がるでしょ。だからボクは、自分がキレイだと思う物に囲まれて、キレイだと思う生き方をしたいって思ってるの」

するとエルンストはミショーの顔を見ながらしげしげと言った。

「君は本当に……闇魔法士なのに、太陽みたいに明るい人だな」

「え!?」

真面目な顔でそんな風に言われると恥ずかしくなり、ミショーは珍しく俯いてしまった。

「ま、まあね。とにかく、これは必要なお金なんだよ」

「……君はルベレーから追われている身なんだ。いざという時の資金は、多い方がいい」

その言葉に、ミショーは微かに頬を緩めた。

エルンストはいつも自分の身を、本当に心配してくれている。

強い結界を張り、森からは一歩も出ていないせいか今のところ、生活が脅かされるようなことはなかった。あの時、自分は死んだと思われているからだろう。だが、死体が見つからない以上は行方を捜され続けるとは思う。リンデンベルクにはルベレーからのスパイは多く存在するだろうから、森の外へ出るのは危険だった。

「……もしそうなったら、キミ一人で逃げなね。闇魔法の基本は完璧だし、薬も作れるようになってきたから、どこででも生きていける。それにキミかっこいいのに、こんなところで僕に付き合ってずっと隠れて暮らすのはもったいないよ」

「僕は君を置いていくつもりはない」

「……ふふ、そんなに気に入った？　ボクの顔」

冗談めかしてそう言うと、彼は否定せず、ただ少し照れくさそうに目を逸らした。

共に暮らして三年。

エルンストは子供の頃に見せていたようなルベレーへの激しい憎しみの炎は見せなくなった。

ミショーもまた、リンデンベルクに抱いていた憎しみは不思議なほどなくなっていた。憎むべきはリンデンベルクではなく、戦争そのものだと思うようになった。

きっとエルンストも、この平和で幸せな生活を通して、そう思ってくれているに違いないと思い込んでいた。

それからさらに二年後。

エルンストはその頃にはすっかり一人前の闇魔法士になっていた。

自分が彼と同じ年ごろだった時、本来なら上級闇魔法士試験を受けるべきだったのに、受けさせてもらえなかった。

それが心残りだったこともあり、ミショーはエルンストにミレーネ共和国での試験を受けさせ、今日はようやく試験を終えた彼が帰ってくる日だった。

船は定刻通りについたのだろう。そろそろ帰ってくるだろうと思ったタイミングで、ちょうどドアが開き、エルンストが戻ってきた。

「お帰りー。今日はお祝いにケーキ焼いちゃった」

二週間、エルンストは手紙一つよこさなかったため合否はわからない。勝手に合格と決めつけて、お祝いのパーティー料理を用意していた。

「見て見て、綺麗でしょ？　美しい花に飾られた部屋、美しい食器、そしてとびっきりのオシャレをした美しいボク！」

歌うように言いながらたくさんのフルーツで美しく飾り付けしたホールケーキを見せるが、エルンストは暗く闇に沈んだような目をしていた。

「……どうしたの？　え？　うそ……まさか不合格？」

やってしまったと祝賀ムード一色の部屋の中を見回して青ざめて口を押さえるが、エルンストは無言で合格証明書を出した。

「なんだーもう！　なんでそんな辛気臭い顔してんの？　紛らわしいじゃん。合格した時ぐらい笑いなよ！」

バシッと背中を叩くが、やはり彼の表情は変わらない。

やがて彼は長い沈黙の後、口を開いた。苦しみに喘ぐような声だった。

「……ジェラール。頼みがある。僕に……呪いの闇魔法を教えてくれ」

「……え？　な、何言ってるの。ダメに決まってるでしょ。禁忌魔法だよ」

「昔、君も使っていただろう」

エルンストを連れて親方から逃げる時に、たしかに一度だけ使った。

人を対象とした呪い魔法は禁忌とされている。だがあの時は、ああするより他なかった。それに、時間経過で呪いが解除される魔法も同時にかけていた。

もう二度と、使う気はない。

「ねえエルンスト。ミレーネで何があったの？」

ただならぬ様子に、ミショーはエルンストの肩を両手で掴んで聞いた。

彼はなかなか口を開かなかったが、やがて耐えられないというように話してくれた。

「……ミレーネに向かう船の中に……僕の故郷を襲ったルベレーの元兵士たちがいたんだ」

ミショーはハッとして目を見開いた。

ミレーネ共和国は世界唯一の中立国だ。それゆえに多くの国の者が訪れる。

特に、闇魔法の試験がある時は、ルベレー人が多く訪れるのだ。

「僕の村を襲った時のことを……武勇伝みたいに語ってた。どんなむごいことをして、どんな悲鳴を上げさせたか……楽しそうに話してたんだ」

「……っ」

ミショーは息を呑んでエルンストを抱きしめた。どんな声もかけられなかった。

「ジェラール……僕はもう子供じゃない。ルベレー人全員を憎んでる訳じゃない。君はルベレー人だが……明るくて楽しくて、僕がこの世界で知る誰よりも心優しい人だ。だけど、やっぱり僕はどうしても許せないんだ。あいつらを、呪わずにはいられない。あいつら、しばらくミレーネに滞在するらしいんだ。滞在先の場所も突き止めた。できるだけ苦しめて……苦しめて、殺したい」

「気持ちはわかるよ。痛いぐらいにわかる。でもダメ」

「君だって……リンデンベルクを呪うために闇魔法を学んだんだろう？」

「そうだよ。でも……間違ってるって気づいた。だから命懸けで逃げたの。……それに、死に至らしめるほどの強い呪いは、大きな代償が必要になるから、なおさら教えられない」

「代償？」

「キミの大切な何かを、懸けるっていうこと。視覚や聴覚、魔力、楽しい思い出、記憶……価値があると判断されたあらゆるものが代償として認められる」

かつて自分も、命を代償にしてこの国を呪おうとしたことがあった。

エルンストには何一つとして失ってほしくない。だが彼は、ミショーの目を見てはっきりと言った。

「それでも構わない」

ミショーはその言葉が辛かった。

今の自分との穏やかな生活は、その破滅的な行動への抑止力にはならないのだろうか。

「……ダメだ。絶対に教えるつもりはないよ。憎しみに駆られて人を呪ったら、自分自身が不幸になる。ボクはキミには幸せになってほしい。だからどうしても教えられない」

その言葉に、エルンストの瞳は微かに揺れた。

「それから闇魔法の勉強自体、当分お休み。何度も言ってるけど、闇魔法は精神状態が大きく影響するの。そんなグラグラな状態で闇魔法なんて使ったら、どんなことになるかわかんないよ。しばらくゆっくり過ごして……心を休めないと。まずは上級闇魔法士の合格おめでとーってことで、お祝いしよ。これでキミのエリート人生は約束されたんだから。未来は明るいよ。ね？」

エルンストはその時、長い沈黙の末に黙って頷いた。諦めてくれたのだとホッとした一方で、暗く沈んだままの瞳に、胸騒ぎを覚えた。

それでも、心の傷を癒すのには時間がかかるものだ。時間をかけて励ませばきっと立ち直れると思っていた。だが、もうあの時、彼の心は闇の底に囚われていた。

あの日のあの瞬間に、殴ってでもひっぱりあげるべきだったのだと、今でも時折、ひどく後悔する。

その夜。ミショーは夜中にふと目を覚ました。

だが、真っ暗で何も見えない。今日は満月のはずなのに、まるで新月の夜のように真っ暗だった。

「エルンスト……？」

隣で眠っているはずの彼がいない。そのことに気づくと、ミショーはハッとして飛び起きた。

何か嫌な予感がした。とてつもなく嫌な予感が。

じっとりと冷たい汗をかいた手で魔石のランタンに火を灯し、部屋を出ようとしたが、その時、いつも鍵魔法をかけて厳重に封じている禁書の引き出しが開けられていることに気づいた。

「うそ、どうやって……？」

だが、今はどうやって開けたかなど気にしている場合ではなかった。

彼が禁書を持ち出したのだとしたら、ひどく危険だ。

（エルンスト……！）

禁忌魔法はそれだけ難易度が高い。本に書かれている通りに一人で練習などしたら、とんでもないことになる。ましてや今のあの精神状態だ。

ミショーは必死にエルンストを捜し、森を彷徨《さまよ》い闇の気配が濃い方へと走り、大樹の前でようやく、エルンストを見つけた。

彼は禁書を手に、呪詛の言葉を唱えていた。大樹は呪いを受けてみるみる黒く枯れていく。それを見ながら、エルンストは顔を歪めて笑った。

「はは、できた……これで……あいつらを……」

「今すぐやめて！　ダメだ！　闇に呑まれる！」

大樹にかけられた黒い呪いがぶわりと辺りに広がり、意志を持った巨大な生き物のようにエルンストに襲い掛かった。

「……え？」

彼はそのまま、闇の中に取り込まれそうになった。ミショーは慌てて手を伸ばしたが、呪いの闇は暴走したまま彼の身体をあっという間に取り込んでしまった。

よほど強い憎しみだったのだろう。まるで制御できていない。闇に食われる。まさにそんな状態だった。

ミショーはそのおぞましい光景に放心したようにへたりこみ、肩を震わせた。

「いやだ……エルンスト、いやだ……っ」

エルンストは、孤独と憎しみの果てに辿り着いたミショーにとっての唯一の安らぎだった。彼を失ったら、自分はまた絶望の底に堕ちてしまう。

「ボクが……命に代えても助けるから……」

（……代償を、代償を使わないと無理だ……）

だが、一度は捨てた命に、一体どれだけの価値があるだろうか。

もっと価値のあるもの。

そう、自分はルベレー一の闇魔法士だ。だが、無名だ。それだけで足りるだろうか。

もっと、もっと、大切に思っているもの。

――綺麗だったから。

そうだ。

自分は彼の前で、世界の誰よりも美しくありたかった。

(……これしかないか)

ミショーは綺麗にネイルの塗られた艶《つや》やかな白い手に目を落とした。その甲に、ポトリと涙が落ちる。

「……ボクの〝闇魔法〟と〝姿〟を代償に捧げます」

そう叫ぶと、渾身の力で闇魔法を使い、自ら作り出した闇に暴走した呪いを食わせた。途端、全身に激痛が走り、ゴポリと血を吐く。

微かに薄くなった呪いの闇の中、エルンストの手を見つけると、ミショーは力を振り絞ってその手を取り、どうにか彼を闇から引っ張り出す。

「よかった！　エルンスト！　助け、られ……」

喜びに叫んだのと同時に、ミショーのすらりと伸びた白い手足が引きちぎれた。視界が真っ赤に染まるような痛みに、絶叫する。

「ジェ、ラール……？」

エルンストが何か信じられない悪夢を見るような目で、呆然とこちらを見ている。

「……最後に、よく目に焼き付けて。キミが愛した、ボクの綺麗な顔」

とびきり綺麗に笑って見せると、次の瞬間、顔が燃えるように熱くなった。

「う、あ……っ」

「ジェラール……ッ、ジェラール！　いやだあああああっ」

痛みに耐えかねてその場に倒れた。手がないので触れられないが、顔が崩れているのがわかった。

血が、目の中に入って染みる。

赤く染まった視界の向こうに、消しきれなかった呪いの闇があるのが見えた。それが自分へと襲い掛かってくる。このまま闇に呑まれて死ぬんだと、そう思った。

――……死ね。骨一つ残さずな。

あの時、跡形もなく消えてしまうのが嫌だと思っていたけれど、結局何も残らず死ぬのだ。

それでもいいのかもしれない。

今このまま消えてしまえば、彼の記憶の中には、綺麗な顔だけを残せるのだから。

だが、闇はいつまで経っても自分に襲い掛かってはこなかった。

やがて意識を取り戻すと、いつのまにか、辺りの闇は晴れて、明け方の淡い光の中にいた。

「え……？」

薄く瞬きを繰り返して目を開けると、空とエルンストの泣き顔が目に入った。

彼の髪は、一晩でまるで老人のように真っ白になっていた。

声もなく、涙を流し、ミショーの体を抱きしめて身体を震わせている。

「ジェラール……っ、ジェラール、すまない……っ」

「ど、うして……」

なぜ生きているのだろう。

不思議に思い、自分を覗き込み、涙を流すエルンストの顔を見てハッとした。

彼の美しい紫の右目が、褪色《たいしょく》していた。

自分の目を代償に、残っていた呪いを全て消し去ったのだろう。黒く呪われていた大樹も元通り美しく、青々とした木に戻っていた。

「君の顔を、体を……っ、取り戻せなかった……！　命も、全部を賭けたのに……っ！　僕が全部、悪かったのに……っ」

彼の白く褪せた頭を撫でてやりたかったけど撫でることもできず、朝日が昇っていく森の中には、長いこと、エルンストの啜《すす》り泣く声が響いていた。


——一カ月後。

エルンストの心に深い傷を負わせてしまった。こんな助け方をして、一生立ち直れなくなってしまったのではないか。

そう心配し後悔していたが、彼は意外にも今まで通り生活していた。

自分でも、鏡を覗くと悲鳴を上げたくなるような顔になってしまったというのに、エルンストは変わらず接してくれた。まるで今までの顔と、何も変わらないというように。

彼がごく普通に生活していたのは、ミショーの方が、深く沈み込んでしまったからかもしれない。

グチャグチャに潰れた顔には包帯を巻いて、失った手足は義手と義足を付けることにした。

だが、包帯を取った時、ふとした瞬間に窓ガラスに自分の顔が映る度に思う。

こんな姿で、これ以上生きていたくないと。

自分の意思で懸けた代償だというのに、あまりにも惨《むご》いその姿を見ると涙が止まらなくなってしまう。

あの時、どうして死なせてくれなかったのかと、あの美しい紫の瞳を代償に助けてくれたエルンストを恨む気持ちすらあった。

エルンストの手前、明るく振る舞ってはいたが、一人で部屋に籠る時間が増え、毎日声を殺して泣き続けていた。

そんなある日のことだった。

エルンストが食料品の買い物から帰ってきた。

食糧の入った紙袋を机に置くと、エルンストはもう一つ、ミショーの前に大きな紙袋を置いた。

ミショーは首を傾げた。このところ、エルンストに自分の個人的な買い物は一切頼んでいなかったはずだ。

中身を見て、ミショーは驚いた。中から出てきたのは色とりどりの、美しい洋服やアクセサリーだった。

「……君のお気に入りの店で買ってきた」

「エルンストが選んで買ったの？」

「ああ。僕がキレイだと思うものを買った」

「……家計を圧迫するって言ってたくせに」

「これは僕の贅沢だ。君に喜んでほしかった」

淡々とした口調。だが、ひどく優しい声にミショーは瞼が熱を持つのを感じた。

「でも……でも、もう似合わないよ……」

そう言って涙を零すと、エルンストは首を横に振って言った。

「キレイなものを見ると、気分が上がるんだろ？　君には、キレイな物が似合うよ」

——キレイなものって見ただけで、気分が上がるでしょ。だからボクは、自分がキレイだと思う物に囲まれて、キレイだと思う生き方をしたいって思ってるの。

「……！」

ミショーは色とりどりのドレスを見つめたあとに、ギュッと抱きしめた。あふれ出した涙が、包帯を濡らしていく。

もう、こんなものを買っても仕方がないと思っていた。

だが、やはりこうして手にすると、それだけで胸がときめくのだ。

もう、キレイな服が似合う美しい顔はないけれど、それでもやはり、自分が思う〝キレイ〟でいたかった。

「……ありがとう」

服を長いこと抱きしめながら、ミショーはある決意を固めた。

「……ねえ、エルンスト。一つ、頼みがあるんだけど……」

「なんだ？」

「今度街に買い物に行く時に、もう一つだけ買ってきてほしいものがあって」

――数日後。

ミショーは鏡の前で包帯を取ると、そこに映った自分の顔に、そっと新しい〝顔〟を被せた。

そして、エルンストが買ってきてくれた新作の服に着替えて、鏡の前に立つ。

（あ、綺麗……）

気分が高揚し、その興奮のまま隣の部屋で今月の収支計算をしているエルンストの部屋へと駆け込んだ。

「エルンストー！　ねえどーお？　ほらー、このマスク、綺麗でしょー？　じゃんっ！　義足も元々のアタシのより長くしちゃったわ。スタイル抜群でしょ。ふふ、モデルになっちゃおうかしら」

服の裾をひらりとして見せると、エルンストは手の先から羽ペンをぽろっと落として驚愕した。

「な、なんだ……その喋り方は」

「心機一転よ！　前のボクよりも、もっと綺麗で魅力的なアタシになるの。ねえ、どう？　綺麗じゃない？」

エルンストはしばらくの間、動揺してぱちぱちと瞬きを繰り返していたが、やがてフッと笑った。

その目には、涙が小さく浮かんでいた。

「ああ……綺麗だよ。すごく」

それからは長い年月をかけて互いに励まし合い、少しずつ立ち直っていった。

彼がシュリに闇魔法を辞めさせたのは、精神が不安定な状態で闇魔法をやることの危険性について、誰よりも痛いほど知っていたからだろう。

ミショー自身も、シュリに闇魔法を教えるのは緊張した。だが、彼は闇に呑まれることなく大きく成長してくれた。

その姿を見て、ミショー自身も励まされた。

「……もうすっかり、傷は癒えたんだと思ってたけど……」

ミショーはそっと、鏡の中の自分の顔を見つめた。

「やっぱり後悔が残るのね」

あの時、自分は彼の精神がひどく揺らいでいることを知っていた。

闇に呑まれる危険性があったのにもかかわらず、注意を怠った自分に責任がある。禁書の封印も足りなかった。全ては自分の責任だ。

だが、それを何度説明したところで、エルンストはきっとこれからも思うのだろう。あの時に戻れたら。

――もう一度あの瞬間をやり直せたら。

■

夏が近づき、生徒たちがマントもコートも脱ぎ、半袖で過ごすようになった頃。その日昼食を終えた後、コンラートはシュリに呼び出され、寮の中庭の木陰に並んで座っていた。

温かい風が心地良く、すぐに眠くなってしまう。

「……なあコンラート、ちゃんと寝てるのか？」

シュリがひどく心配そうに聞いてきた。

「すんごいよく寝てるよ」

「嘘だ。目の下の隈すごいぞ」

シュリは背面に肉球マークの入った手鏡を見せながら言った。

リューペンで買ってきた工芸品らしく、同じものをお土産としてコンラートも貰っている。

「うっそ！　あーほんとだ。目つきコワッ、センパイみたいじゃん」

「寝ろ。今すぐ」

促されるように尻尾で背中をポンポンと叩かれる。ここ二週間、時間魔法の研究に明け暮れてろくに眠っていない。

毎日図書館に通い、ヘッセン中の本屋も古本屋も巡った。時間魔法に関する本は片っ端から読んだが、大体は、失敗に終わった研究ばかりで役に立たない。

「時間魔法か？」

「うん……まあ」

歯切れ悪く言うと、シュリはまだやってるのかと馬鹿にする素振りもなく、真剣な声で言った。

「なあ、コンラート。週末、一緒に城に行かないか？」

「城？」

「ああ。城の中にすごく大きな図書館があるんだけど、地下にも書庫があって……そこに膨大な未発表の論文とかそういうのが保管してあるんだ。もしかしたらアドルフが学生時代に書いた時間魔法についての論文があるかもしれない」

「……たしかに、なるほど！」

「三回生ということは、アドルフは二百年前の卒業生だろうから、探すのは大変だと思うけど……」

「えっ、この学校そんなに歴史長いの？」

「ああ。……でも、可能性はありそうだから。どうだ？」

「行く！　行きたい！」

コンラートが目を輝かせて言うと、シュリは満足げに笑った。

「よし。決まりだ。その代わり今すぐ寝ろよ。ほら」

シュリはゴロンと芝生の上に寝転がった。

「えええ……」

いくら健全極まりない青空の下とはいえ、好意と仄《ほの》かな下心を抱いている相手の隣に横たわるのはさすがに気が引ける。

「なんだよ、気持ちいいぞ。午後の授業になったら起こしてやるから」

夏服の彼は普段シャツの下に隠しているモフモフの毛に覆われた腕を伸ばし、まるで誘惑するようにポンポンと地面を叩く。

「え、え……？　シュリたんのモフモフ枕ってこと？」

「……何言ってんだ？」

しれっとそのふわふわの腕に頭をのせたい衝動に駆られたが、彼の薬指に光る二つの指輪を目にするとグッと堪え、そのまま隣にごろんと横になる。

「あー……気持ちいい」

「なぁ。幸せだよな」

こっちを向いて寝転がり、微笑むシュリの顔は凶悪なほどに可愛くて、友情を遥かに上回るドキドキにコンラートは喉をごくりと鳴らした。


週末、コンラートはシュリと共にリンデンベルク城へと向かった。

子供の頃、何度かアルシュタット伯である父と共に訪れたことはあったが、久しぶりに来てみると、記憶の中よりもずっと巨大な城で、コンラートはさすがに緊張感を覚えた。

「どうした？」

「いや、すっごい城だなって思って……やばいな。腹黒王子には昔ケンカ吹っ掛けちゃってからめちゃくちゃ敵対してるし、センパイには酔った勢いで変態呼ばわりしちゃったし、改めて心配になってきた。そのうち斬首の刑にされちゃうかも」

首を手でチョン切る仕草をすると、シュリはぶわっと毛を膨らませたあと、首をブンブンと横に振った。

「お、俺が絶対にそんなことさせないから大丈夫だ」

そういえばそうだ。シュリはあの二人から寵愛《ちょうあい》を受けている伴侶なのだ。そう思うと、心強く思うと同時に、手の届かない高嶺《たかね》の花だということを改めて感じてしまう。

「図書館はこっちだ」

シュリが慣れた足取りで案内してくれる。ゆらゆらと揺れる可愛らしい尻尾に目を奪われながら、コンラートは図書館へと向かった。

「うわ……すご」

天井まで隙間なく本で埋め尽くされていて、壮観だった。エルンストやライナーの研究棟もこんな感じだが、部屋自体の大きさが違う。見上げると、ぐらりと眩暈《めまい》を覚えるようなとんでもない蔵書の数だ。

「でも多分、マイナーな論文は書庫の方だと思う。こっちだ」

シュリが図書館の奥の本棚のうちの一つの本の背をグッと中に押し込むと、カチッという音がした。ゴゴゴ、という音と共に本棚が回転し、後ろに地下に通じる階段が現れた。隠し扉になっているらしい。長い螺旋階段を降りると、そこはまさに地下神殿というような空間で、この世の全ての本を集めたかのような恐ろしい数の本が保管されていた。

「古い論文とかは多分、こっちの壁にあると思うけど……」

シュリが指差しながら壁面を見上げて耳をぺしょりと下げた。とんでもない量だった。

「うわ～～こんな中から探し出せるかな」

「やってみないとわからない。頑張ろう」

そう言うなり、シュリは気合を入れて腕まくりをした。

「えっ、シュリたん手伝ってくれるの⁉」

「当たり前だろ。何しに来たと思ってるんだ。今日は徹夜してでも論文を見つけるって決めてるんだからな」

「いや、俺てっきり……」

週末だから、ジークフリートやギルベルトたちに会いに来るついでだと思っていた。

「……てっきり？」

「いや、なんでもない」

「よし、ほら、やるぞ！」

シュリはコンラートの背中を尻尾で思いきり叩くと、てきぱきと見る場所を分担して早速探し始めた。

それから三時間経っても、四時間経っても、目当ての論文は見つからなかった。長いこと探し続けて、コンラートだけではなくシュリも疲れ切った様子で長い尻尾を引きずるようにして歩いている。

「シュリ、ごめんね。もういいよ。さすがに無理だと思う」

「……俺、もうちょっと探してみる」

梯子《はしご》に上り、中段をくまなく探しているシュリの横顔を見ながら、コンラートは言った。

「シュリも……戻りたい過去があるの？」

「うーん……ないな。あの時は不器用だったなとか、今ならもっと上手くできたなって思えることもあるけど……でも戻りたいとは思わない」

「そ、そっか。すごい熱心に探してくれてるから……もしかしたらシュリもタイムトラベルに興味があるのかと思っちゃった」

するとシュリはしばらくの間黙り込み、少し拗ねたような顔で俯いて言った。

「……お前が最近ずっと、時間魔法のことばっかりだから……もうすぐ卒業なのに、全然遊べないから少し寂しかったんだ」

「えっ」

思いもよらない言葉に、驚いた。たしかにここ最近、昼休みに食事に行くのすら忘れて没頭していた。

以前は、自分が食堂にいかないとシュリが独りぼっちになってしまうため、必ず三食一緒に食べる習慣がついていたが、最近は自分がいなくても彼はたくさんの友達に自然と囲まれている。

それなのに、彼は寂しがっていたのだという。

寂しい思いをさせてしまった申し訳なさと同時に、嬉しい気持ちで胸がいっぱいになった。

「で、でも、コンラートがそんなに熱中するの珍しいし……嬉しいんだ。今までお前には散々世話になってきたし。できる限り手伝わせてほしい」

「シュリたん～～!!　ありがとう！」

本当は抱きしめたいところだがグッと堪え、代わりに両手を握りしめて感謝を示すと、彼は照れくさそうに頬を赤らめ、誤魔化すように話題を変えた。

「う、上の方、全然探してないから、あの辺にあるかも……」

天井近くにある本は高い梯子《はしご》を使わないと見ることができない。ゆえにまだ探せていなかった。

あの辺はさすがに危険ではないかと思うが、シュリは「猫は高い場所が得意なんだ」と梯子《はしご》を上り始めてしまった。

「ええっ、シュリたん、大丈夫？」

「大丈夫だ」

体重の軽いシュリの方が梯子《はしご》を上るのには適しているが、心配で仕方がない。天井近くは建物の三階分ぐらいの高さになるはずだ。彼は梯子《はしご》に乗ったまま身を乗り出し、背表紙に書かれた名前を視線で追っていく。

「アドルフ・ヒュフナー……アドルフ、あった!!　〝時間魔法の実現性について〟」

シュリが興奮したようにコンラートの方を見た。

「うっそ……マジ？」

信じられずに、手が震える。

シュリはそれを手にすると梯子《はしご》を降りて来たが、興奮した様子の彼は途中でずるっと足を滑らせた。

「シュリ！」

慌てて手を伸ばしたが完全に抱き止めることはできず、そのまま前方によろけ、倒れてしまった。

「ご、ごめん、コンラート……」

シュリが自分の腕の下で、慌てた様子で謝る。

（あ、やばい……）

地下で二人きりという状況。そしてこの押し倒すような体勢。理性がグラグラと揺れてしまう。

「シュリ……」

「コンラート……？」

いつまでも身を起こさないコンラートをシュリが不思議そうに見上げた。綺麗な銀の瞳と目が合い、ドキッとする。

（うわ、綺麗な顔……）

昔から可愛らしかったが、今は出会った時よりも大人っぽくなっていて、表情も柔らかい。艶《つや》やかな黒い毛も、血色のいい丸みのある頬も、小さな唇も全てが愛おしかった。

薄く開いた唇に目を奪われ、思わず吸い寄せられるように自分の唇を重ねそうになった——その時だった。

シュリの左指に嵌《はま》った指輪から強い光が出て、バチッと痺れるような痛みが身体中に走った。

「痛ってえーーっ」

思わず叫ぶと、シュリがビクッとした。

「なっ、なんだ!?　今の」

彼は驚いた様子で自分の指輪を見つめた。

（あっぶね～～）

今自分は彼に何をしようとしたのだろう。未遂で済んで良かった。ドキドキとうるさい音を立てる心臓を押さえていると、シュリは戸惑いながら先ほどの論文をコンラートに渡した。

「はい、これ。論文」

「あ、ありがとう……」

冷や汗でじっとりとした手で論文を受け取ったその時、バタバタと階段を慌ただしく駆け下りてくる足音と共に、ジークフリートとギルベルトが図書館に駆け込んできた。

「シュリ！　大丈夫か!?」

「何が……？」

「何って、指輪が……」

ジークフリートがそう言いかけたあと、コンラートの姿に気づいた。

「君か……」

「おいてめえ、何しようとした？」

「やだなぁ、センパイたち。俺がシュリたんに何かするわけないじゃないですか」

降参ポーズのように両手を挙げるが、内心冷や汗がダラダラだった。自分は彼に、無意識にキスをしようとしてしまったのだ。すると、シュリが煩わしそうに薬指の指輪を見た。

「……この指輪、魔法が誤作動するからもう外すぞ」

「ダメだ」

「ダメだ」

二人が口を揃えて慌てて言った。指輪の魔法は誤作動ではない。身に着けていた方がいいだろう。

「もしかしてその指輪って、シュリたんをモフモフしたい～！　とかそういう気持ちも邪心として認識されちゃうんスかね？」

「当たり前だろう。立派な邪心だ」

ジークフリートが氷のように冷たい視線を向けてくる。

「別にそれぐらい構わないぞ。お前らもいつも触りまくるじゃないか。あれは邪心なのか？」

シュリが呆れたように言うと、ギルベルトは「うっ」と声を詰まらせたあと、わざとらしく話題を変えた。

「つーかシュリ。お前頭に埃積もってるぞ。あとで風呂だな」

「え!?」

ギルベルトが埃を払うついでに頭を撫でると、シュリがまるでそういう仕組みの玩具のようにゴロゴロと喉を鳴らし始めた。

静かな図書室に、その音はよく響く。シュリはコンラートを見ると真っ赤になった。

「ギル、やめろ。コンラートもいるんだ。恥ずかしいから……」

「ほらシュリ。腕も埃だらけだよ」

ジークフリートが腕も撫で回すと、ますますゴロゴロ音が大きくなる。シュリは真っ赤になりながらも埃が取り払われるまでじっとしていた。

二人に撫で回されてうっとりと目を細めて喉をゴロゴロさせているシュリはひどく幸せそうだった。

ずっと、自分はシュリにとっての最後の砦になりたいと思っていた。

ジークフリートはかつてシュリを手ひどく裏切った。ギルベルトも素直になれずにシュリを傷つけるかもしれない。

シュリが二人に傷つけられた時、ただその痛みを受け止めてあげられる友人でいたい。そう思う。

だが今、どう考えても彼は幸せそうで、その最後の砦は必要ないのではないかと思ってしまった。

第三章　変えたくない今

なんの因果だろうか。今夜はあの日と同じ満月の夜だった。

エルンストはタイムボックスが埋まっていたという、学園の森にある大樹の前で、過去へと戻る石を手に立っていた。

卒業生アドルフ・ヒュフナーはこのタイムボックスに、時間移動の限度は三回まで、戻れる時間は最大十分という制限を設けていた。

それが、学生だった彼の魔法技術の限界だったのか、良心と倫理の観点からそうしたのかはわからない。

エルンストはアドルフのタイムボックスの仕組みを完全に解明することはできなかったが、その制限を解除する方法を見つけ出すことに成功した。

石にかけられている魔法を書き換え、自分の変えたい過去まで戻ることができる。この十三年間、何度あの瞬間の悪夢を見て飛び起きたかわからない。

ミショーの体を元に戻すために、エルンストはあらゆる魔法を試した。闇魔法でも、聖魔法でも、ミショーを元に戻す手立ては見つからなかった。

割れたカップが元に戻らないように、取り返しのつかないものは、時間を戻す以外の道はない。

だが、時間の操作というのは最早神の領域だと諦めてきた。

しかしそれが今、手の届くものとなったのだ。

――もしやり直したことで、未来が大きく変わってしまったら。

そう思うと手が震えるが、他に方法はない。

石を掲げて呪文を唱えると、その途端激しい緑の閃光が走る。少しして、目を開くと、目の前には大樹がそびえたっていた。

だが、先ほどと様子が全く違う。大樹は呪いで真っ黒になっており、自分は禁書を手にしていた。

(……右目が視える)

間違いない。戻れた。十三年前だ。十三年前のあの時だ。

だが、目の前にある呪われた木を見る限り、すでに禁忌魔法を使ってしまったあとだった。

(もっと前に戻ったはずだったのに……なぜだ?)

時間魔法に失敗したのだろうか。いや、そんなはずはない。

十三年前の未熟な精神が産んだ呪いは暴走し、自らに襲い掛かってきた。途端、視界が真っ黒に染まる。

「くっ……」

呪いが自分の身体を呑みこもうとするのにどうにか抗っていると、ミショーの走ってくる音と、自分の名前を呼ぶ声がした。

「来るな!!」

そう叫ぶが、ミショーは足を止めない。

「今すぐやめて！　ダメだ！　闇に呑まれる！」

彼が代償魔法を使う前に、闇の中から逃げなければならない。今の自分なら逃げ出せるはずだ。

だが、自身の魔力も過去に戻っているようだ。もがいてももがいても抜け出せない闇の向こうで、
ミショーの声がした。

「ボクが……命に代えても助けるから……」

「ジェラール！　ダメだ！　やめろ！　やめてくれ！」

必死に叫ぶが、ミショーはあの時と同じようになんの躊躇《ためら》いもなくその言葉を口にした。

「……ボクの〝闇魔法〟と〝姿〟を代償に捧げます」

ミショーが闇魔法を使うと、自分を飲み込んでいた呪いの闇が晴れていき、彼に助け出された。

「よかった！　エルンスト！　助け、られ……」

次の瞬間、目の前で彼の手足が引きちぎれ、耳を塞ぎたくなるような苦痛の悲鳴が上がった。

「ジェラール！」

「……最後に、よく目に焼き付けて。キミが愛した、ボクの綺麗な顔」

久しぶりに見たミショーの元の顔に、涙が溢《あふ》れた。

もういやだ。これ以上は見たくない。

神への祈りは通じない。

次の瞬間、ミショーの顔が爆ぜるように赤く崩れた。声も無く、その場に崩れ落ちる。

「なぜだ……っ！　なぜ！」

（どうして、なぜ。何が間違っていた……？）

やり直させてくれ。もう一度、もう一度だけ。そう強く祈りながら、目を逸らしたくなるような惨劇から目を覆い、地面に崩れ落ちる。

どれほど時間が経っただろう。気が付くと、エルンストは静かな夜の森に立っていた。目の前の大樹は呪われてもおらず、ミショーの姿も見えない。

そっと左目を手で塞ぐと、何も見えなくなってしまう。右目の視力がなくなっていた。

（戻ってきたのか……？　それとも、夢……？）

過去に戻る石が淡く発光している。おそらく一時的に過去に戻れたのだと思う。だが、結局何も変えられなかった。

「もう一度、もう一度だ！　……今度は、もっと前に……っ」

エルンストは何かに取り憑かれたように呪文を唱え、先ほどよりも強い魔力をかけて時間魔法を使ったが、目を開けて再び戻ったのは同じ時だった。

すでに禁忌を犯し、もうどうあがいても取り返しの付かない状況。

同じように、あの惨劇が繰り返される。

何度も、何度も、繰り返す度にミショーは自分の前で苦しみ、叫び、壊れていく。

「なぜだっ！　なぜなんだ……っ！　壊すなら、私を壊せ！　禁忌を犯したのは私だ！　なぜだ！」

神を憎み恨み、叫んでも、どうしてもそれよりも前に戻ることができず、何一つ過去を変えられない。戻っても戻っても、もう取り返しのつかない同じ時点で、過去を変えることができないのだ。

（代償魔法を使って……もっと前に戻れば……）

あと少し。ほんの少しだけ前に戻りたい。

（代償……）

エルンストはハッとした。そうだ。代償。それを払えば……

（何か価値のあるもの……）

もしもう一度過去に戻り、ミショーの姿を元に戻せたとして、それを見る〝目〟。左目の視力もなくなれば、自分はもう何も見えなくなる。だからこそ、大きな代償となるはずだ。

エルンストが自分の目を代償に捧げ、時間魔法を使おうとした。その時だった。

誰かが過去に戻る石を取り上げ、思いきり遠くへ放り投げた。岩にぶつかったそれは、パリンッという音を立てて二つに割れる。

「なっ……」

驚いて振り返ると、ミショーがそこには立っていた。彼の手は怒りにわなわなと震え、瞳いっぱいに、涙を溜めている。

「いい加減にしなさいよ！　そんなにまでして、アタシを元の姿に戻したいの？」

「ジェラール……」

「アタシだって元の姿に戻れるなら戻りたいわよ。アタシ、自分の顔が大好きだったんだから……っ、あなたが、綺麗だって言ってくれた顔が……。でも今の幸せは、全部、過去の結果の積み重ねでしょ。過去を変えちゃったら、もしかしたら今シュリみたいな可愛い弟子に巡り合えてなかったかもしれないし、あなたと平和に暮らせていなかったかもしれない。今が幸せなのに、なんで過去を変える必要があるの？」

それから彼はしばらく沈黙したあと、「そんなに」と声を震わせた。

「そんなに、今のアタシが気に入らないの？　見ていて苦しいの？」

「違う、そうじゃないんだ」

「違わないでしょ！　だって貴方は、アタシの綺麗な顔が好きだったんだから……っ！　でも、しょうがないじゃない！　もう、無くなっちゃたんだから……あなたが、そうやって、過去を後悔すればするほど、アタシは苦しくなるのよ」

いつも明るい彼が、泣いていた。十三年前以来だ。

「違うんだ。ジェラール。本当に……違う」

「違わないでしょ！　じゃあ、何でそんなに……っ、代償を捧げてまで、何を取り戻したいのよ」

エルンストはその問いに言葉を詰まらせたが、やがて小さな声で言った。

「……君が、諦めた未来だ」

「未来……？」

「……君はその顔や身体を理由に、未来を諦めてるじゃないか。それが苦しいんだ。私があの時、呪い魔法など使わなければと……悔やんでも、悔やみきれない」

「諦めたなんて、そんなこと……」

——アタシはもう、顔も体も半分以上失くして、幽霊みたいなものよ。幽霊は恋なんてしないの。

ミショーはシュリたちにも、そう言っていた。彼は明るく振る舞いながら、光の中を歩くことをすっかり諦めている。

「私と……愛し合うことも」

「……え」

ミショーの目が驚愕に見開かれる。

「エルンスト。アタシを……本気で愛してるの？」

心底驚いたというような声を出され、状況も忘れてエルンストは苦笑してしまった。

「……さすがに気づいていると思ったけど……」

「気づいてたわよ。でも、だってアタシもう……こんな……手足もなくて顔もグチャグチャで……それなのに」

そう言いかけて、ミショーはハッと口を噤《つぐ》んだあと、空色の目に涙をいっぱいに溜めてエルンストを見た。

「そうね……たしかに、そうだったわね。アタシが一番……今のアタシを受け入れられていなかったのかもしれないわ」

「ジェラール……」

「でも……さっき言ったことは、本当に、本気なの？」

無理しなくていいのよと、ミショーは優しい声で言った。やはり彼はまだ、全てを諦めているのだ。

エルンストはミショーの仮面をそっと外すと、その引き攣《つ》れた唇に自分の唇を重ね合わせた。

「ああ。私が愛しているのは、君の……太陽みたいに明るくて綺麗な、心なんだ」

「……うそ……」

ミショーはしばらくの間呆然としていたが、やがてエルンストの背中に腕を回し、しがみつくように力を込めながら言った。

「ねえ。アタシ今、人生で一番幸せ。……この今が、変わらなくて良かったわ」

それから長いこと、エルンストは時間を忘れて彼を抱きしめた。

十三年前の、彼の苦痛に満ちた悲鳴と涙を思い出す度に思う。あんな惨劇はやはり、起こらないほうが良かった。変えられるものなら変えたいと、思わずにはいられない。

それでも、今この瞬間がなくなってしまうかもしれない可能性と天秤にかけると、エルンストは、自分はもう二度と時間魔法は使わないだろうと思った。

■

『伝説の魔法と呼ばれる時間魔法だが、仕組み自体は難しいものではない。だが、多くの魔法学者たちがこれまで実現できなかったのはなぜか。それは、時間魔法を使って〝今〟を変えようとするからだ。過去を変える、あるいは未来を見ることで〝今〟を大きく変えるというのは、神がお許しにならない領域なのではないか。そこで私は考えた。〝今〟に影響しないように制限をかけることで時間魔法は誰にでも使えるようになるのではないか』

「……なるほどねえ」

寮の部屋でソファに横たわりながら、シュリが見つけ出してくれたアドルフの論文を読み、コンラートは呟いた。

彼の理論が正しいとするならば〝今〟を変えたくない自分は、時間魔法をいくらでも使えるはずだ。今の関係を全く変えずに、ただシュリに、たった一度だけ想いを伝えたい。それだけだ。

『私の研究成果は二つの石に封じた。これを読んでいる君がどうしても過去や未来を変えたいというのなら、魔法の完成に挑戦してみてほしい』

次のページをめくり、コンラートは目を見開いた。

石に封じられた時間魔法の本質についての記載はなかったが、回数や時間の制約を失くす方法については詳しく書かれている。

慌ててソファから飛び起きると、論文を脇に抱えたままコンラートはエルンストの研究室へと走った。

もう夜も遅い時間だが、明かりはついている。だが、中に入るとやけに静かだった。いつもミショーの一方的なおしゃべりの声が聞こえるのに、話し声がしない。

「あれ～、留守なんすか？」

いつもシュリと共にティータイムなどを過ごす部屋のドアをそっと開けると、コンラートは息を呑んだ。

（えええええっ）

エルンストと、ミショーが抱き合っていたからだ。

（あ、あれー？　いつの間に……俺の勘じゃまだそういう関係じゃなさそうだったのになぁ）

邪魔をしては悪いと慌てて足音を忍ばせて後ずさると、ドンッと後ろの部屋のドアにぶつかった。

（やっべ）

音を立ててしまったことに慌てるが、気づかれてはいないようだ。ぶつかったのは研究室のドアだった。ここに、あの日預けたタイムボックスがあるかもしれない。

息を潜めて中に忍び込むと、やはり机の上にはあのタイムボックスが置かれていた。足音を忍ばせて近づき、タイムボックスを開けようとしたが、鍵魔法がかけられていて開けられない。

（こういうのって大体好きな人の誕生日とかだったりしない？　俺鍵魔法使う時は全部シュリの誕生日で設定してるし）

以前のティータイムで教えてもらったミショーの誕生日を頭に思い浮かべて鍵の解除魔法をかけてみると、開いた。

「うっそ、開いちゃったよ……エルンスト先生も案外単純だな」

苦笑いを浮かべつつコンラートはボックスの中を覗き込み、ハッとした。

「あれ!?　過去に戻る石がない！」

あの石が無ければ、時間魔法は使えない。どこか別の場所にあるのかと机周りを探してみたが、見つからなかった。別の部屋にあるのだろうか。そこでふと、コンラートはもう一つの石の方へと目を向けた。

（そういえば、過去に戻る石は制約を解除しない限りもう使えないけど……未来の石はまだ使えるのかな）

自分の未来など、見たところでどうしようもない。それに、未来を見られると言っても十分程度先の出来事だろう。使えるかどうかだけ一度試してみようと手を翳《かざ》した次の瞬間、辺りが赤い閃光に包まれた。

「うわっ⁉」

眩しさに目をつぶり、そしてゆっくりと開ける。そこは、なぜか緑豊かな故郷、アルシュタットだった。自宅の屋敷のバルコニーに立ち、田舎の素朴な街並みを見下ろしている。

「あれ……？　なんで俺、こんなとこにいるんだ？」

街並みは、何やらいつになく騒がしく、人々でごったがえしている。

「え？　え？　なんで？　タイムスリップじゃなくて瞬間移動しちゃった？」

戸惑っていると、背後でバンッと扉が開いた。

「兄さん！　あーもう、こんなところにいた。何してるんだよ～、早く着替えないと！」

「ハインツ……」

弟のハインツが血相を変えて自分を捜している。

「何々？　今日お祭りとかあるの？　夏にお祭りなんかあったっけ？」

冬は雪祭りがあるため領主の息子として色々やることがあるが、夏は特に行事はなかった気がする。首を傾げると、ハインツは溜め息をつき、呆れたように言った。

「こんな時、ふざけてる場合じゃないだろ？　兄さんは伯爵として、国王夫妻を出迎えないといけないんだから」

「……え？　伯爵？　俺が？」

思わず自分を指差して聞いた。たしかに、次期当主になる予定ではあるが伯爵呼びはまだ早いのではないだろうか。それに国王〝夫妻〟というのはおかしい。国王は呪いの後遺症でふせっているし、王妃は亡くなったはずだ。

（あれ、でも俺は今、時間魔法で未来に来ている訳だからもしかして……俺が伯爵になった未来ってことか？）

たしかに、目の前にいるハインツは記憶の中の彼よりも遥かに大人びて見える。

（待てよ。俺が伯爵になってるってことは……国王夫妻ってまさか……）

ハッとして思わずバルコニーから身を乗り出して下を見る。豪奢な王室馬車が大通りの向こうからこの屋敷に向かって走ってくるのを、大歓声が包み込む。

「じゃあ、あれは……」

（未来の、シュリたち……？）

途端に、バクバクと心臓が高鳴り始める。

「ほら兄さん、とにかく部屋に戻るよ！」

部屋に引っ張り込まれ、待ち構えていた使用人たちによって服やら髪やらを整えられ、応接の間に連れていかれる。やがて室内に入ってきた彼らを見て、コンラートは息を呑んだ。

そこには、（おそらく未来の）ジークフリートとギルベルトとシュリが立っていた。

（シュリ……二人と結婚できたんだ）

揉めてるからどうなるかわからない、とシュリは不安そうにしていた。彼が望み通りに幸せになれて良かったと思う反面、本当に彼らと結婚するのだという事実に胸がズキッと痛み、眉根を寄せる。

三人共、記憶よりも大人っぽくはなっていたが、顔立ち自体はあまり変わっていない。

だが、雰囲気が大きく変わっていた。国を治める者としての気品を持ち、跪《ひざまず》きたくなるような高貴な佇まいをしている。

ギルベルトの酔いつぶれた時のみっともない姿や、シュリの無邪気な笑顔を思い出し、どこか彼らが全然知らない別人のように思えてしまう。

現実味のない光景にぼんやりとしていると、ギルベルトが「フレーベル伯」と口を開いた。

「あなたの治めるこのアルシュタットは治安がよく、孤児も少なく、税収も安定し際立って環境が良い。この国の他の領地の統治の参考にさせて頂きたく、今回視察に来た」

「え、センパイ……？　ど、どうしたんスか？」

ギルベルトの改まった言い方に、思わずヘラッと笑ってしまうと、彼はおいしっかりしろと言わんばかりにゴホンと咳ばらいをした。ハインツがあわてて「光栄に存じます」と答える。

するとと今度はジークフリートが口を開き、このアルシュタットの領地経営について細かい点まで賛辞を送ってくれた。

彼が言うにはアルシュタットの孤児院はとても環境がよく、また孤児自体も年々減っているとのことだ。魔法技術の発展に力を入れて新しい産業にも乗り出し、貧困に喘ぐ人々は少なくなった。もし自分が伯爵になったら、こういうことを改善できたらとぼんやり思っていたことが軒並み改善されているようだ。

すると、それまで黙って話を聞いていたシュリが不意に微笑んで言った。

「フレーベル伯爵は野良猫の保護にも力を入れていて、行き場のない孤児に世話を任せることで彼らの生活も守っていると聞く。ネコ族として、その取り組みにも感謝する」

(うわ、その野望も叶ってたんだ……あれ？　俺それなりに伯爵やれてんのかな？　それとも弟の頑張りか？)

たしかにやりたいと思っていたことは全て叶っているが、自分にそんな実行力があるとは思えない。弟がやってくれた可能性の方が高いと苦笑いを浮かべる。

やがて長い挨拶を終え、屋敷の執事が三人を宿泊用の部屋へと案内する。晩餐会の時間までの間自室に戻ると、コンラートはスカーフを緩め、「はあ」と溜め息をついた。

(なんか……遠いとこに行っちゃったなぁ)

いつも隣にいたシュリが、本当に別の世界に行ってしまったような気がする。わかってはいたことだがこれが未来なのかと溜め息をついていると、不意に後ろから誰かが走り寄ってくる足音がした。

「コンラート！」

「シュリ……」

あの頃と変わらない笑顔で駆け寄ってきたシュリに、コンラートは驚いた。

間近で見ると、どこかあの頃の少年らしい面影を残したままに見えた。だが、未来のシュリはさらに綺麗になっていて、黒い毛も艶々《つやつや》と輝いて見える。幸せな毎日を送っている証拠だろう。

「最近は城で会うことが多かったからさ、アルシュタットで会えたの本当に嬉しい！」

興奮気味にシュリは言い、コンラートの両手を取ってブンブンと振る。

「あれ？　センパイたちは？」

「ジークとギルは先に部屋に戻った。コンラートと二人で話してきて良いって。あとで部屋でこっそり久しぶりに呑もう。四人で。あ、ギルは飲まないと思うけど」

（センパイまだシュリたんの前で禁酒してかっこつけてるんだ……）

「……そ、そっか。なんか三人とも別人みたいだったからさぁ、びっくりしちゃって」

頬を掻くと、シュリは不思議そうに首を傾げた。

「公の場では個人的に親密なところは見せないようにしようって決めてるだろ。そうじゃないと、互いの立場的にもよくないし……」

たしかにそうだ。国王夫妻がアルシュタット伯と個人的に仲が良いということが大々的になると、何かあった時、政治的に妙な勘ぐりが発生するかもしれない。皆立場を守っているだけだ。そう思うと、コンラートはホッと息を吐いた。

それからシュリは城での近況を楽しげに語っていたが、しばらくしてハッとした。

「ごめん。俺ばっかり喋っちゃって……本当に嬉しくて」

「ううん。ごめん。俺もなんか嬉しすぎてボーッとしちゃって。いやほんと、シュリたんお綺麗になって……」

「な、何言ってんだ？」

恥ずかしそうに、シュリが頬を赤らめる。

「それに、王妃としての仕事もバリバリこなしちゃってさー。かっこいいよホント」

「それを言うならコンラートだろ。アルシュタットの大改革は、他の領主にも見習ってほしいと思ってるんだ」

「大改革したの？　俺が……？」

「何言ってるんだよ。王都まで噂が届いてるぞ」

「マジー？　そんな偉い人になっちゃったのか俺」

荷が重いなあと溜め息をつくとシュリは「話すと全然変わってなくて安心する」と笑った。

「アルシュタットでコンラートが頑張ってるのを知る度に、俺も頑張ろうって思うんだ。背筋が伸びるっていうか」

シュリはポツリとそう呟いたあとに窓の外の景色を懐かしそうに眺めながら話し始めた。

「あのさ……昔、俺がジークにフラれてドン底だった時、コンラート、ここで一夏を過ごさせてくれただろ？」

「う、うん」

あの時のシュリはそれ以上傷つけないぐらいボロボロだった。

「コンラートが〝シュリが王家に入るなら俺も頑張る。だから独りぼっちじゃない〞って言ってくれて……すごく心強かった。本当はあのとき、学校に帰るのが怖くて……逃げたくて逃げたくて。でも、あの言葉があったから、俺はどんなことがあっても独りじゃない。大丈夫だって思えた。だから今、俺が王妃としてしっかりこの国に立ててるなら、それはコンラートのおかげなんだ」

「シュリ……」

思えば、あの日が自分自身にとっても転機だった。

どうせ自分には誰も期待していないのだから、のらりくらりとその日だけ楽しければといい加減に暮らしていたけれど、あの日初めて、この友達のために頑張ろうと思えた。どんな状況でも逃げない、尊敬できる友達に見合う人間になりたいと思ったのだ。

諦めていた魔法技術を必死に磨き、最下位近くだった成績は学年五位にまで浮上した。

(俺は……もしかして卒業しても頑張り続けたのかな)

その先にある未来なのだとしたら、自分の未来として何もおかしいことはないような気がした。

シュリは、全然遠くになど行っていない。ただ、互いに頑張り続けただけだ。この先の自分自身も努力をして、彼の隣に居続けているのだ。

なかなか会えなくなってしまっても、気持ちだけはいつも隣にいて、この友達のために背筋を伸ばして自分も頑張ろうと思える。そういう、唯一無二の特別な関係なんだろう。

（これが……未来なのか）

アドルフは「時間魔法は〝今〟を変えようとすると失敗する」と書いていた。

つまり、この未来を見ることができたということは、知ったところでコンラートの〝今〟は変わらないということなのかもしれない。

■

「ラート……コンラート！」

誰かに揺り起こされて、コンラートは目を開けた。ミショーとエルンストが心配そうな顔をして覗き込んでいる。

「あれ、先生方……？」

「どうやってその箱を開けた？」

「どうやってって……ミショー先生の誕生日で解除魔法を使ったらすぐに開きました」

「…………」

エルンストが微かに頬を赤らめて額に手を当てて溜め息をつく。

「びっくりしたわ。こんなところで倒れてるから……その石を、使ったの？」

未来へ行く石が、まだほのかに赤く光っている。それを握りしめながら、コンラートは頷いた。

「未来を……見てきました」

「未来を？」

「はい。なんか俺、すげえ立派な人になってました」

まだ少しはっきりしない頭でそう言うと、ミショーは「すごいじゃない」と笑った後、眉根を寄せ、申し訳なさそうに言った。

「……ごめんなさいね。アタシ、割っちゃったの、過去に戻る石……でも、時間魔法はやっぱり危険だわ。特に、過去を変えるのは」

「いえ。もういいんです。使わないので」

コンラートはきっぱりとそう言った。もうその言葉には、迷いはなかった。

「え……？　でもあなたずっと時間魔法を使いたがってたじゃない」

「……卒業前に、シュリに告白だけでもできたらって思ってました。告白してすっきりして、もう一回過去に戻れば、何事もなかったように友達のままでいられるって思って。でもやっぱりだめです。過去に戻ってシュリの記憶がリセットされても、俺の記憶はそのままだ。一度でもこの想いを伝えたら、俺のシュリに対する気持ちは完全に違うものになると思います。もう友達としては見られなくなって、二度と戻すことができないヒビが入って……俺の〝今〟が大きく変わってしまう。……俺はやっぱり、シュリの大親友っていうポジションを守り切りたいです。王子たちにも、絶対に奪えない特別なポジションなんで」

ミショーはその言葉に優しく笑って頷いた。

「……そうね。私は〝恋人〟が必ずしもその人にとっての一番の存在とは限らないと思ってるの」

「え？」とエルンストが戸惑いの声を上げたが、ミショーは続ける。

「一緒に成長できる仲間がいるのは、尊いことだわ」

「ですよね！　俺もそう思うんです。シュリは恋人が二人もいるんで、三番手は嫌なんですよ。俺はシュリの一番になりたいんで」

笑って話しているのになぜか瞼が熱くなる。

ミショーはただ、何も言わずに髪を撫でてくれた。

■

どこかスッキリとした気持ちで寮の部屋に戻ってくるとすでに深夜という時間帯だったが、シュリの部屋の明かりはまだ点いていた。ノックをすると、白いパジャマ姿のシュリが顔を出す。

「シューリーたん！」

「うわ、どうしたんだこんな時間に。まだ起きてたのか？」

「それはこっちのセリフ。卒業試験の勉強？」

「いや、なんか寝られなくて……コンラートは、時間魔法か？」

そう聞かれ、コンラートは「あー……」と苦笑いを浮かべて言った。

「時間魔法はもういいんだ。ごめんね。せっかく大変な思いをして論文見つけてくれたのに」

「全然いいんだけど……何かあったのか？」

心配そうに言われ、コンラートは首を横に振った。

「やり直したい過去なんてないなって気づいたんだ。今が一番だし。卒業まで時間ないのに、シュリと遊ぶ時間減るの嫌だし」

するとシュリは少し驚いた顔をした後、嬉しそうに微笑んだ。

「あのさ……シュリ、この学校でたくさん友達増えたじゃん？」

「え？　へ、編入した時よりは色んな人と話せるようになったとは思うけど……」

「卒業したらたまにしか会えなくなるから俺の存在薄くなっちゃうかもしれないけど……でも絶対、俺のこと忘れさせないから」

シュリの目が大きく見開かれる。

「俺、王都まで噂が届くぐらいにアルシュタットで頑張るから。シュリがその噂を聞いて一緒に頑張ろうって思ってもらえるように。……だから、一番の友達の座はこの先何があっても、どんな奴にも絶対に渡さないからね」

思いのほか、自分でも驚くような真剣な声が出てしまった。

シュリは驚いて目を丸くしている。彼の薬指に光る指輪を見ながら自分も彼らと大差ない、重い男だと心の中で笑ってしまう。

シュリはしばらくの間ポカンとしていたが、やがて少し怒ったように言った。

「誰かに渡す訳ないだろ！」

「ほんとに～？　王室なんか入ったら国際的な友達とかできちゃうんじゃない？」

「それはこっちのセリフだ！　お、お前こそ、色んな奴とすぐ仲良くなって、誰とでも気さくに喋るだろ！　俺以外の親友作ったら絶対許さないからな」

そう言い合っていたが、やがて二人で顔を見合わせて笑ってしまった。

「あっ、そうだ。今二人きりだし、ルルセを舞って見せてよ」

両手を合わせて頼み込むと、シュリは少し頬を赤くしたあと、恥ずかしそうに言った。

「……酔っ払わないと、シラフじゃ無理だ」

「じゃあ呑もうよ！　ミショー先生から貰ったお酒とおつまみがあるんだ」

「呑む？　こんな時間に？」

「いいじゃん。卒業前の無礼講ってことで」

シュリは時計を見ながら少し考えていたが、やがて小さな牙を見せてニッと笑った。

「そうだな。うん、そうだ！　こんなことできるのもあと少しだもんな！」

「そうそう！　パーッと飲もうよ。卒業まで毎晩飲もう」

そうしてしばらく酒を呑みながら他愛もないことをしゃべっていたが、かなり酔ってくると、シュリはコンラートの前でルルセを踊って見せてくれた。

酔っている彼は、時々少しだけ足元がよろけていたが、それもまた可愛らしい。

（センパイたちには悪いけど……シュリのこういう所を見られるのは俺だけだから）

〝コンラートの前以外ではやらない〟。

恋人には見せられない飾らない姿も、弱い部分も全て見せ合える特別な関係。それがきっと、自分にとって一番のシュリとの関係なのだろう。

■

――二週間後。

卒業式の日、夏空に向かってコンラートはシュリとリュカと共に、グラデュエイトキャップを投げた。卒業生の恒例行事を行《おこな》っても、なかなか卒業の実感が湧かず、雲一つない空を見上げながらぼんやりとしてしまう。

「良かったぁ～とりあえず卒業試験、パスできて」

リュカが安堵の息を吐く。半年前、卒業はできないとライナーに言われていた彼は、長期にわたるスパルタ補習を経て、卒業見込みレベルの聖魔法技術に達した。

あんなに仲の悪かったライナーとも、最近は喧嘩をしながらも一緒に歩いているところをよく見かける。

「ていうか、リュカちゃんさ。魔力ゼロになった状態から半年で卒業レベルまで持ってくってすごくない？」

「誰にもマネできないだろ。さすがリュカだ」

シュリがそう言って笑うと、リュカはハッとしたあと嬉しそうに目を細めてゴロゴロと喉を鳴らしながら「まあね」と満足げに言った。その時だった。

「シュリくん、コンラートくん、そして捜したよリュカくん！　卒業おめでとう！」

「げっ」

リュカがあからさまに顔を顰《しか》める。背後にはライナーが立っていた。

「何？　まさか今日からもう研究手伝えっていうの？　卒業式だっていうのに」

「嫌ならいいけど……リュカくんが興味持ってた結界の二重化に関する研究だよ？」

「えっ、やるやる！　今すぐやる！」

リュカは耳と尻尾をピンッと立てて頷いたので、ライナーは「落ち着け」と慌てた。

「午後からでいいから。友達と最後の別れを存分にしてからだ」

「いいよ別に。僕はこれからもヘッセンにいるし、みんなと最後のお別れって訳でもないんだから」

リュカはアカデミックガウンを脱ぎ、シュリに力強く言った。

「シュリ。僕この人のもとで修業して、一日も早く聖魔法士として一人前になるから。それで宮廷魔法士になるからね」

「この人って……」

ライナーがショックを受けた顔をする。

「じゃ、二人ともまたねー！」

リュカが手を振ってライナーと共に研究棟へと向かっていった。

「またねって……カラッとしてんなぁ。全然卒業って感じしないわー」

まるで明日も、この学校の寮にいるような気がしてしまう。すると、今度はやけに卒業式らしい湿っぽいすすり泣き声が背後から聞こえてきた。

「シュリ。コンラート。二人とも……、卒業、おめでとう」

ミショーが涙声で言うと、隣に立つエルンストが無言でハンカチを彼に差し出す。

先ほどまで自分と同様あまり卒業の実感が湧かないという感じだったシュリも、彼らの姿を見ると不意に目にいっぱいに涙を浮かべて言った。

「先生たち、本当にお世話になりました」

「私は何もしていないが……」

「いいえ。先生が俺の才能を認めてくれたおかげです。あの時俺は本当に未熟で……先生が止めてくれなかったら本当に闇に呑まれていたと思います」

するとエルンストは、「そうか」と少し照れくさそうに顔を背ける。ミショーはそんな様子を見て笑うと、シュリを優しく抱きしめて言った。

「あなたは本当に頑張り屋で、可愛い教え子だわ。アタシがあなたに教えたことよりも、あなたからアタシが教わったことの方が多かったもの。……アタシはずっとあの研究棟にいるから、またいつでも遊びにきてね。闇魔法のことも、何でも聞いて。これからも、あなたの先生でいさせてちょうだい」

それからミショーは顔を上げると、コンラートの方を見て言った。

「シュリはこれからヘッセンのお城で暮らすけど、コンラートは領地に帰るのよね。寂しくなるわ……」

「しょっちゅう遊びに来ますよ」

「でも、これから領地経営に本格的に携わるんでしょ？　大変よ」

「頑張りますけど、遊びの時間も確保するつもりッスよ」

ヘラヘラと笑いながら話していると、隣でズビズビと洟《はな》を啜《すす》る音がし始めた。

「……シュリたん⁉」

シュリがいつの間にか、大粒の涙を流して肩を震わせている。

「やだコンラート……っ、ずっと、ヘッセンに、いて……っ」

嗚咽《おえつ》を漏らしてこんなにも泣きじゃくるシュリを見るのは初めてかもしれない。

彼はそのまま、勢いよくコンラートを抱きしめた。

「しゅ、シュリたん⁉」

嬉しい気持ちの反面、あのバチッという痛みが来ることを思い身構えたが、不思議とあの指輪の魔法が発動しない。

彼にとってはなんの恋愛感情も下心もない純粋な友情のハグだからだろう。

同じ気持ちを精一杯返すように抱きしめ返す。

「ごめんね。シュリ。ずっと一緒にいたいけど……俺、これから頑張るから。シュリたちの国の一端を担う者として、精一杯……アルシュタットを住みやすい場所にするんだ」

シュリは何も言わず、しゃくりあげながら何度も頷いていた。

長いこと離れがたく抱き合っていたが、ふと、辺りが妙に騒がしくなり、背後から地獄の底から響くような低い声がした。

「おいテメエ。卒業だからって見逃してたら、いつまでやってやがる。そんなに死にたいなら断頭台に送ってやろうか？」

慌てて顔を上げると、そこには殺意全開のギルベルトがこちらを睨《にら》んで立っていた。他の卒業生たちも王子二人の突然の訪問に驚きの声を上げている。

「げっ、センパイ！　……と腹黒王子！　なんでここに」

「シュリを迎えに来たんだよ」

同じように殺意を滲《にじ》ませながらジークフリートがシュリの涙でびしょ濡れになった顔をハンカチで丁寧に拭いた。

ミショーは二人の姿を見て、嬉しそうに言った。

「あら～！　あなたたち久しぶりねえ。なんだかすっかり〝王子様〟って感じになっちゃって」

「……先生。シュリのことで本当にお世話になりました」

ギルベルトが深々と頭を下げる。

「お世話になったのはアタシの方よ。ふふ、それにしても……わざわざ迎えに来るなんて、一刻もはやくシュリを城に連れて行きたいのね」

「い、いや、別にそういう訳では……」

ギルベルトは真っ赤になりながら否定したが、その手はがっちりとシュリの手を握りしめている。

「もう、城に行くのか……？」

シュリが少し寂しそうに言うと、ジークフリートは彼の手を握るギルベルトの手をひっぺがして首を横に振った。

「いいよ。せっかくの卒業式なんだからゆっくりして……迎えに来たっていうのもあるけど、ガウン姿も見たかったんだ」

アカデミックガウンを羽織ったシュリを見ながら、デレデレとして彼は言った。

それからしばらくの間、シュリの周りを取り囲んで大泣きするノイマンたちを慰めたり、先生たちを交えて他愛ない話をしたりしていたが、やがてコンラートのもとにも、アルシュタットからの迎えが来てしまった。

ミショーとエルンストに最後の挨拶を済ませて、馬車に乗り込もうとすると、不意にシュリが頬を赤くしながら言った。

「コンラート。……これ、卒業記念に貰ってくれ」

「これは……!!」

シュリの肉球スタンプだった。色とりどりのインクがマーブル模様になっている特別な肉球スタンプだ。シュリは照れくさいのか、カードを渡した途端、そそくさと馬車へと乗り込んで行ってしまった。コンラートも従者と共に馬車へと向かおうとした時、エルンストが不意に言った。

「そのスタンプ、魔法がかかってるようだね」

「……え？」

「帰りの馬車の中で、手を合わせてみるといい」

馬車の中に乗り込むと、コンラートは早速シュリから貰ったスタンプカードを調べた。どこに魔法がかかっているのかいまいちわからない。

（手を合わせてみるってどういうこと？）

両手を合わせてみたが何も起きない。だが、肉球のところに手を合わせてみると、カードが光り、金色の文字が浮かび上がった。

「あ……」

手紙だ。

見慣れた綺麗な字に、コンラートは息を呑んだ。ドキドキとしながら夢中で読みふける。

馬車のガタゴトと揺れる音が、妙に遠くに聞こえた。


コンラート。

本当は口で伝えたかったけど、俺は口下手だから、手紙に書かせてもらう。

友達になってくれてありがとう。いつも、励ましてくれてありがとう。一番辛い時、隣にいてくれてありがとう。

コンラートがいたから、俺は卒業式を前にして「卒業したくない」と思うほど、楽しい学生生活を送れたんだ。

お前は聞き飽きたって言うと思うけど、やっぱりお前は本当にいい奴だ。

お前程いい奴はこの世界にいないって本気で思う。そんなお前の親友であることを、心から誇りに思う。

そしてこれからも、〝コンラート・フレーベルの親友〟として、お前に恥じないように生きていくことを誓う。

これから暮らす場所は遠く離れるけど、どこにいても、どんなことがあっても、俺はお前の一番の味方でいるから。これからも生涯、親友でいてくれ。

シュリ

気が付くと、抑えられない嗚咽《おえつ》と共に涙が溢《あふ》れてきて、コンラートは顔を手で覆った。

「うっ……くっ……」

引き裂かれそうに胸が痛い。

別れの寂しさか、ようやくはっきりと自覚した失恋の痛みか。

ずっと気楽に生きてきた自分の中に、こんなにも激しい感情があると初めて知った。

こんなに痛い思いをしても、それでも一つだけ思う。

(……シュリと友達になって本当に良かった)

シュリがいなかったら、こんなにも卒業が寂しいなんて思わなかっただろう。あんなにも学生生活を頑張れなかっただろう。人生で一度も本気になるということがなかったかもしれない。

「あり、がとう……っ、シュリ……、あり、がとう……」

自分を成長させてくれた大好きな大好きな親友に、心からの感謝の言葉が溢《あふ》れ、長いこと涙が止まらなかった。

第四章　末永く幸せに

シュリたちが巣立ってから二週間が過ぎた頃。

エルンストはこれまで通り闇魔法の研究に明け暮れ、森の外れにある研究室は静寂に包まれていた。

「寂しいわ！」

ミショーがもう何度目かわからない声を上げた。

シュリやコンラートがいなくなってしまったことで、彼は相当寂しい思いをしているようだ。もうすぐ新入生が入ってくるが、闇魔法は自分で志望しない限り専門で学ぶことはないため、希望者が現れない限りこの先ずっと静かだろう。

エルンスト自身も、シュリたちが来なくなってしまったことに、驚くほど喪失感を感じていた。

いつも明るい彼らしくない深い溜め息をついたミショーに、エルンストは思い切ったように言った。

「ジェラール。私はもう少し……弟子を取ることに積極的になろうかと思う」

「え……」

ミショーが驚きに目を見開く。これまで自分は闇魔法の弟子をほとんど取ってこなかった。

志願者が現れても大部分は適性なしで切り捨ててきたし、少しでも精神的に揺らいで危険だと判断したらすぐに止めるように勧めていた。

自分自身が闇魔法で大切な人を惨劇に巻き込んでしまったことから、あまり生徒たちに闇魔法を本格的に学んでほしくないという想いがあった。だが、それではきっと誰も育たないのだと、シュリを見ていて思った。

シュリはミショーに師事し、とても良い闇魔法士になった。

たしかにあれだけ才能があれば危険な使い方もできてしまうが、彼はそんなに弱い人間ではないと今ならわかる。

彼が一番弱っていた時に放り出してしまったことを、エルンストは後悔していた。

「私はあまり……フォローが上手くないし、このままでは教師失格だ。闇魔法の研究ばかりではなく、生徒との関わり方も……学んでいきたいと思っている。君と一緒ならできると思うから」

するとミショーは嬉しそうに笑って頷いた。

「フォローならいくらでもするわ。闇魔法は使い方さえ間違えなければ、怖い魔法じゃないっていうことを教えましょう。ふふ、楽しみだわ！」

「ああ。それに……君には私もいるんだぞ」

「え……？」

消え入りそうな声で言った言葉は、案の定聞こえていなかったらしく、ミショーが「何？」と聞き返してきた。

「いや、だからその……私もいるんだから、そんなに寂しがるなと言ったんだ」

するとミショーは嬉しそうに笑い、「もーっ、可愛いんだから」とエルンストの両頬を両手で挟み、思いきりキスをした。

その時だった。

「すみませーん。エルンスト先生」

元教え子のリュカが立っていた。

彼は卒業後、聖魔法教師のライナーのところで助手をしているらしい。慌てて互いに身体を離したが、見られてしまったに違いない。

とんでもないところを見られてしまったと固まっていると、リュカは特に気にした様子もなく言った。

「実験用の魔石を切らしてしまっていまして。もし余っていたら、少し分けて頂けないかと……」

「……ああ。そこの棚の上にあるものを一箱持って行って構わない」

「ありがとうございます」

リュカは箱を受け取ると、なぜか少しの間その場に立ち止まった。

「どうした？」

思わずそう聞くと、彼は途端に屈託なく笑い「お幸せに！」と言って研究室から走り出て行った。

ドアがバタンと閉まり、再び研究室に静寂が訪れる。

エルンストはミショーと顔を見合わせてしばらく沈黙したあと、同時に真っ赤になってしまった。

■

「びっっっくりした～～～」

魔石の箱を抱えて森を走り抜けながら、リュカは少し胸がドキドキするのを感じていた。

誰が誰といちゃついていようとあまり関心はないが、さすがにあのエルンストとミショーがそういう関係だったというのは意外だった。

特に、エルンストは自分と同じで、色恋沙汰には一切興味のない根っからの研究者タイプだと思っていたからだ。別に走る必要もないのだが、なんとなくじっとしていられずに脇目も振らずに走っているとドンッと誰かにぶつかった。

「おっと、前を見ないと危ないぞー」

抱き止められ、顔を上げるとそこにはライナーがいた。彼はリュカの顔を覗き込むと、少し驚いた顔をして「何かあった？」と聞いた。

「別に何もないよ。……なんでこんなとこほっつき歩いてるの？」

「ほっつき歩いてるとはひどいな。魔石、重いんじゃないかと思って手伝いに来たんだよ」

ライナーはリュカが抱えていた箱をヒョイと持ち上げ、片手で脇に抱えた。

「どうしたの？　なんか猛然と走ってたけど」

「……ちょっと、走りたくなっただけ」

「魔石持って？」

「そう。トレーニングだよ」

上手い嘘がとっさに浮かばずにそう誤魔化すと、ライナーは少し考え込んだあとに何か思い当たったのか「あー……」と顎に手を当てて頷いた。

「さては、濃厚なラブシーンを見て動揺しちゃった？」

「知ってたの？」と思わずライナーを見上げると、彼は「まあね」と笑った。

知っていたなら教えろとも思うが、そういう他人のプライベートをいちいち吹聴するような人間ではないと思い直した。

「……エルンスト先生は僕たちと同じく研究にしか興味ない仲間だと思ってたからびっくりしちゃった」

「研究者も恋はするさ。リュカくんだってそのうち経験したくなる時がくるかもしれないぞ」

「そんな日は来ないよ」

リュカはそう言い切った後、少し考えて言った。

「……ただ」

「ただ？」

「僕、シュリの気持ちをちゃんと理解したいんだ。……でも恋する気持ちだけはどうしてもわからないから、研究の一環としていつか一度は経験しておかないとな……とは思ってる」

「リュカくんは相変わらず、お兄ちゃんが大好きだなぁ」

微笑ましいと笑ったあと、ライナーは不意に真剣な声で言った。

「もし本気でそう思った時は……変な奴に声かける前に、俺に声かけてくれ」

「……え、なんで？」

そんなことまでいちいち教師の許可を取らなければならないのかと思ったが、もう卒業してしまった今、自分たちは教師と生徒の関係ではないと思い直した。だとすると、なおさら意味がわからず首を傾げる。

「研究するなら、本気の方が良い成果が得られるだろ？」

「本気？　本気ってどういうこと？　僕に……その、本気ってこと？」

いつものように冗談だと言われるかと思ったが、彼の表情は真剣なまま、静かに頷いた。

「……嘘でしょ？　だって僕のこと散々言ってたじゃん」

「違う……あれは……本当に、ごめん。君が聖魔法の道を諦めてるのが悔しくて……何とかもう一度、立ち上がってほしかったんだ」

信じられないという気持ちの一方で、たしかにずっと不思議ではあった。なぜ彼が自分にあんなに固執していたのか。

それからライナーは少しの間の沈黙のあと、思い切ったように言った。

「……は、八年前のルルセを見た時から、俺は君に本気だったんだ」

「はぁ⁉　あの時見に来てたの⁉」

ライナーは無言で頷いた。いつもどこか人をおちょくったようなところがあるのに、今の彼の表情はひどく真剣だった。

「あの時の君は、まるで聖魔法みたいに……綺麗だった」

彼は本気で言っていたが、聖魔法オタクらしい独特の口説き文句に思わずリュカは噴き出しそうになった。だが、その一方で胸はドキドキと高鳴り、痛いぐらいだ。

(何？　これ……)

その時芽生えた胸がざわざわするような感覚は、全くの未知なる感覚だった。この感覚の先にあるものがシュリが焦がれた恋というものなのだろうか。

気になって仕方がない。

――リュカが誰も愛せないなんてことは、絶対ない。

シュリがそう言い切ってくれたことを思い出しながら、リュカは思わず自分の胸を押さえて言った。

「……経験してみたい。気になるもん。どうせするなら本気の研究がしたい。……先生と」

そう告げると、ライナーはひどく驚いた顔をしてその場に立ち止まってしまった。

「何？　嫌なの？　言っておくけど、研究するからには納得のいく結果を出さないと僕は許さないから」

「……わかってる。絶対に納得させてみせる。約束する」

ライナーは心から嬉しそうに笑い、リュカの体を思いきり抱きしめた。

■

卒業後、シュリがリンデンベルクの城で暮らし始めてから二カ月が過ぎた。

先月のゾネルデの日には婚約発表パレードを行い、王子二人との結婚など前代未聞だと世界的なニュースになったが、王都ヘッセンの人々は意外にも歓迎ムードだった。

去年のゾネルデ事件の時に、呪いを解いて回ったことが記憶に新しいからだろう。だが、国全体で見れば大反対をする国民が多いのも事実で、特に城内は相変わらず真っ二つだ。

もう一人王妃候補を迎えるべきだという声が絶えず、自分たちの派閥に有利な姫を推す声が多かった。皆決して顔には出さないが、シュリの立場を邪魔に思う者も多いだろう。

護衛を付けてもらっているが、マルセルのこともあり、信用しきれないところもある。自分の身は自分で守るしかないと、シュリは闇魔法の腕だけは鈍《なま》らないように毎日練習しているが、ジークフリートとギルベルトはひどく心配しているらしい。

二人から贈られた婚約指輪には邪心を持ってシュリに近づいたものを強力な結界ではじき返す魔法がかかっている。

それだけでなく、彼らは目が回るほど忙しい毎日を送りながらもしょっちゅうシュリの様子を見に来ていた。

そして寝る前の時間は必ず、一緒に過ごしてくれる。

日中は皆忙しくて会えず、シュリも将来の王妃として覚えることが山積みとなっており、あまり二人と過ごせる時間はない。

だから寝る前は、一日の中でシュリが一番好きな時間帯だ。

二人は一日の最後に書類仕事をこなしている。その時はいつも、シュリはどちらかの膝にのせられながら勉強をしていた。

覚えることは山のようにある。この国についてもたくさん学んできていたつもりだったが、まだまだ全然勉強が足りない。

シュリはその晩、ギルベルトの膝の上にのせられたまま勉強をしていた。彼は彼で、シュリを膝にのせながら器用に自分の仕事をこなしている。

「ギル。そろそろ足が痺れてるんじゃない？」

向かいの椅子に座りながら仕事をしているジークフリートが問いかけた。彼は先ほどから五分おきにギルベルトにそう問いかけている。

「全っ然痺れてねえよ。お前とは鍛え方が違うからな。それに俺は明日から一週間、視察に出かけるんだぞ。今日は独占するからな」

ギルベルトは明日から一週間、遠方の視察の予定があるらしい。彼らは遠出の時は必ず片方ずつ残って城にいるようにしている。

先月末はジークフリートが国外を訪問しており、十日程留守にしていた。

学校に通っていた時は、二人ともせいぜい週一でしか会えないのが普通だったのに、今はたった一週間会えないだけでひどく寂しく思ってしまう。

「……ギル、本当に行くのか？」

思わず見上げながらそう言うと、ギルベルトは「うっ」と顔を赤くして「行きたくねぇ」とシュリをきつく抱きしめた。

「……なあ頼む。尻尾触らせてくれ。先っぽだけでいいから」

切羽詰まったような声で言われ、シュリはぎこちなく頷いた。

「いいけど……」

ネコ族の多くは、頭以外は触られたくないと思う者も多いらしいが、シュリは基本的にあまり嫌ではなく、むしろ撫でられるのが好きなタイプだった。

ただ、尻尾だけはあまり触ってほしくない。

強く掴まれるなんてもってのほかだが、二人には不思議と、触られてもそれほど嫌ではないと思えた。ただ、あまり長い間触られるのはむずむずして嫌なので、特別な日だけにしてもらっている。

「……出張は嫌だけど、シュリが尻尾を触らせてくれるのは羨《うらや》ましいな」

ジークフリートが真剣な顔をしてそう言うと、ギルベルトは「出張代わってくれんのか？」と呆れた顔で言った。

「……そういえばシュリ。お前、さっきから何やってんだ？」

リンデンベルクの地図に熱心に書き込みをしているシュリに、ギルベルトが不思議そうに聞いた。

「この国で呪い被害があった場所とか状況をできる限りメモしてるんだ。まだまだこの国は闇魔法士が足りないから……呪い対策に力を入れたいって思ってて」

「いいな。このまとめ方、すげえわかりやすいぞ」

「呪いも……大きい被害があった場所は対応できてるけど、あちこちで起きてる小さな被害には全部手が回ってないんだよね。火急ではないとはいえ、放置は危険だから早く対処したいんだけど」

「圧倒的に闇魔法士が足りねえからな」

「うん。だから闇魔法のイメージをよくして、闇魔法士を増やしたい」

「……ああ。闇魔法でヘッセンを救ったシュリが推進してくれたら、すごく心強い」

シュリは深く頷き、そして言った。

「俺さ……ずっと〝じゃない方〟って呼ばれてきたけれど、この国にとって唯一無二の王妃だと思ってもらえるようになりたいんだ。そのために、できることを一つ一つやっていきたい」

それはきっと雲の上の太陽を目指すような途方もないものではなくて、自分が悩んだ末に正しいと思ったものを一歩ずつ積み重ねていくことなのだと思う。

そして、その結果が、二人とこの城で平和に幸せに暮らしていくことにもつながるはずだと信じていた。二人はシュリの決意を優しく受け止めてくれたが、やがて、ギルベルトが妙にそわそわとした様子でジークフリートに目で合図を送った。

「……そうだ。シュリ。俺たちからプレゼントがあるんだ」

「プレゼント？」

なんだろうと首を傾げていると、ギルベルトが「ちょっと来い」とシュリの手を掴んで立ち上がる。シュリの部屋として用意されている部屋の奥には、ずっと使われていない内扉があった。

その内扉を開けてみるように言われ、シュリはドキドキしながら扉を開けてみた。

「うわぁ……！」

狭い部屋。狭くて小さなベッド。肌触りの良い毛布やクッション。そして壁面には大きな窓。その向こうに街明かりと、無数の星が瞬くのが見える。まるで小さな隠れ家のようで、シュリは思わず目を見開いた。

「日当たりがいいから、昼間はサンルームみたいに暖かくなるよ」

「……ど、どうだ？　この部屋」

緊張気味にギルベルトに聞かれ、シュリは「最高だ!!」とゴロゴロと喉を鳴らして大喜びした。

二人は嬉しそうに顔を見合わせ、シュリの頭を撫で回す。

「このベッドで、みんなでぎゅうぎゅうになって寝たらきっと気持ちいいぞ」

「いや、無理だろ」

ギルベルトが即座に言うと、ジークフリートが「じゃあ俺と二人で寝よう」と笑いながら言った。

「いや待て。やってみねえとわからないからな」

そうして試しに狭いベッドに三人で寝てみると、本当にギュウギュウになってしまい、間に挟まれたシュリはぺしゃんこになりそうになった。

「さ、さすがに苦しい」

「ほら見ろ」

ギルベルトが呆れたように言いながら、シュリの頭を撫でる。きつく挟まれて息苦しいが、大好きな匂いと温かさに包まれて喉のゴロゴロが止まらない。

「ありがとう、二人とも。こんな最高な部屋……用意してくれて」

「別に。気に入ったならいいけど」

「俺もギルも、シュリが……この城に来てくれて本当に嬉しいんだ。シュリがこうして側にいてくれるだけで俺たちは幸せになるんだよ。だから少しでもここを住みやすい場所にしたいんだ。この城は、シュリの終《つい》の棲家《すみか》になるんだからね」

ますますゴロゴロ音が大きくなり、さすがに恥ずかしくなって毛布に半分顔を埋めた。

ここが自分の家。ここが終《つい》の棲家《すみか》。

長いこと、「じゃない方」と言われてきた自分が彷徨《さまよ》った果てにようやくたどり着いた一生の居場所は、息苦しいほどに温かく幸せで、シュリは瞼が熱を持つのを感じて、慌てて毛布の中に潜り込んだ。

これからずっと、死ぬまでこの温かさを手放したくないと思った。

■

——半年後、アルシュタット孤児院。

春の孤児院の庭には多くの花が咲き始めていた。

特に、ゲルタの墓の辺りは以前よりも、もっとたくさんの花が咲いている。

コンラートは新緑の木の下で、多くの子供たちが楽しそうに駆け回るのを眺めていると、院長のマリアが小さな孤児を腕に抱えながら、嬉しそうに言った。

「コンラート様、教育費の援助をありがとうございます。魔法具もたくさん貸し出してくださったうえに、先生まで。子供たちが学校に行かなくても魔法を学べると喜んでおりましたわ」

「……本当は、孤児も希望者には全員学校に通わせてあげられるようにしたいんだけど、まだ難航してるてね」

「まあ！　とんでもございません。もう十分でございますわ」

「いやー、まだまだだよ。もっと、ここの子供たちは幸せになれるんだから」

「……そうですね。ありがとうございます」

マリアが目を潤ませる。

父親とは領地経営の中で意見が対立し、毎日ぶつかっていた。以前なら、人とぶつかるなどエネルギーの無駄だと思っていたけれど、今は自分が正しいと思うことは通すようにしている。

ぶつからない限り、何も変えられないのだから仕方がない。

（シュリも城で頑張ってんだから。俺も頑張らないとね）

その時だった。絵本を手にした子供たちがコンラートを見つけて走り寄ってきた。

「あーっ、コンラート様だ！　ねえ、ご本読んでー！」

「こら、あなたたち！　コンラート様はお忙しいのよ！」

「いいよいいよー。どの本？」

「これー！　双子の王子様と黒猫のお話」

「んっ⁉」

コンラートは思わず目を瞠《みは》った。

表紙を見てみると、最近出た子供向けの絵本らしいが、明らかに現実の人物をモチーフとしている気がする。二人の王子が一人の黒猫の半獣と婚約したという前代未聞の発表は国中に瞬く間に広がり、半年以上経った今でも話題にされている。元々、この国の小説において実在の国王や女王が物語のモチーフにされることは多いが、大体は風刺が効いた話が多い。

意外と残酷な結末を迎える話も多いため、恐る恐るコンラートは子供たちに向かって読み聞かせを始めた。

物語は、長いこと迫害を受けて行き場がなかった黒猫が、二人の王子と出会うところから始まる。そして、冒険の末に、たくさんの人を助けて、自由と居場所を手に入れる話だった。

（……やっぱりこれ、シュリたんと王子たちの話じゃん）

あからさまな便乗商法だなーと内心笑いながらも、絵本の中の黒猫の幸せを願わずにはいられず、最後のページを捲《めく》るのを躊躇《ためら》ってしまう。すると子供たちが焦れたように声を上げた。

「はやくー」

「最後どうなったのー？」

「はい、焦らない焦らないー黒猫さんは最後どうなったかなー？」

少し緊張しながらコンラートはページを捲《めく》る。

最後の一文を見て微かに視界が揺れたが、ぐっと堪えて微笑んだ。

「……そして、冒険を終えた黒猫は二人の王子様と一緒にお城に帰ると、片時も離れることなく、ずーっとずーっと、幸せに暮らすのでした」

この作品に対する皆様のご意見・ご感想をお待ちしております。

おハガキ・お手紙は以下の宛先にお送りください。

【宛先】

〒150-6008 東京都渋谷区恵比寿4-20-3 恵比寿ｶﾞｰﾃﾞﾝﾌﾟﾚｲｽﾀﾜｰ８F
（株）アルファポリス　書籍感想係

メールフォームでのご意見・ご感想は右のＱＲコードから、
あるいは以下のワードで検索をかけてください。

アルファポリス　書籍の感想　検索

ご感想はこちらから

本書は、「アルファポリス」（https://www.alphapolis.co.jp/）に掲載されていたものを、
改稿のうえ、書籍化したものです。

双子《ふたご》の王子《おうじ》に双子《ふたご》で婚約《こんやく》したけど
「じゃない方《ほう》」だから闇魔法《やみまほう》を極《きわ》める２

福澤ゆき（ふくざわ ゆき）

2023年 6月 20日初版発行

編集－山田伊亮
編集長－倉持真理
発行者－梶本雄介
発行所－株式会社アルファポリス
〒150-6008 東京都渋谷区恵比寿4-20-3 恵比寿ｶﾞｰﾃﾞﾝﾌﾟﾚｲｽﾀﾜｰ8F
TEL 03-6277-1601（営業） 03-6277-1602（編集）
URL https://www.alphapolis.co.jp/
発売元－株式会社星雲社（共同出版社・流通責任出版社）
〒112-0005 東京都文京区水道1-3-30
TEL 03-3868-3275
装丁・本文イラスト－京一
装丁デザイン－kawanote（河野直子）
（レーベルフォーマットデザイン—円と球）
印刷－中央精版印刷株式会社

価格はカバーに表示されてあります。

落丁乱丁の場合はアルファポリスまでご連絡ください。

送料は小社負担でお取り替えします。


ISBN978-4-434-32169-6 C0093